掌上明珠 1

月半彎 著

風文創 283

目錄

序 …… 005
楔子 …… 009
第一章 …… 013
第二章 …… 023
第三章 …… 033
第四章 …… 041
第五章 …… 051
第六章 …… 061
第七章 …… 069
第八章 …… 079
第九章 …… 089
第十章 …… 099
第十一章 …… 109
第十二章 …… 123
第十三章 …… 133
第十四章 …… 145
第十五章 …… 157
第十六章 …… 169
第十七章 …… 181
第十八章 …… 191
第十九章 …… 201
第二十章 …… 211
第二十一章 …… 223
第二十二章 …… 233
第二十三章 …… 245
第二十四章 …… 255
第二十五章 …… 267
第二十六章 …… 279
第二十七章 …… 289
第二十八章 …… 301
第二十九章 …… 311

序

「媽媽，什麼是掌上明珠？」

「掌上明珠就是一顆再漂亮不過的珍珠。有一天啊，爸爸媽媽在珍珠上施了個魔法，然後珍珠就變成了你。」

「哇，好神奇——」寶寶睜大眼睛。「那媽媽呢，媽媽原來也是一顆這樣的珍珠嗎？」

「我嗎？」我沈吟片刻，卻搖搖頭。「媽媽其實不是珍珠，而是一粒沙子……」

一粒砥礪老爸老媽柔軟的血肉，終使得他們青春不再、容顏老去的沙子——

「母上大人，我的襪子呢？」

「眼睛是用來幹麼的？不就在你枕頭旁邊？」

「母上大人，我要穿紅色的上衣，妳怎麼給我拿了件綠色的？」

「就穿綠色的，不然就頂著被子出去。」

「娘欸，這隻蠢雞怎麼又飛到我床上了？」

「老母雞都要跟你比比，到底是下蛋容易，還是起床容易。」

……

十分鐘，二十分鐘，半個小時……

門嘩啦一聲被推開，一群吃飽喝足、昂首挺胸的「戰鬥雞」衝進了屋裡，後面跟的是橫眉豎目手中還抄了根權杖，喔不對，是擀麵棍的母上大人，威風凜凜，大有一夫當關萬夫莫敵之勢。

「還不起床？」

真是中氣十足，聲震寰宇。

旋風過處，那群本是吃飽喝足、氣定神閒等著看笑話的雞噗啦啦地爭先恐後齊振翅。滿地雞毛中，正在床上的幾個瞬間全部滿血復活、一躍而起，撅著屁股滿床鋪摸著，把小說藏在哪裡不會被搜到的，捨不得離開床又怕被旋風掃到、無比痛苦地穿鞋的，喘著粗氣和拚命想往被窩裡鑽的大黃貓拔河的……

好不容易收拾完，驚魂未定之中探頭一看——

母上大人已經精神抖擻，雄赳赳、氣昂昂地起駕巡視田野而去……

只是被沙子一日日一年年地磨啊磨，那般行走如風、精神健旺的母上大人卻漸漸髮白了，眼花了，腰駝了——

而我們還一直那般心安理得地做著珍珠，卻不知道，其實在很多人眼裡，我們只是一粒沙子罷了。

等我們終於明白，自己其實是兩個人，而且是世上僅有的兩個人的珍珠時，我們已經當了太久的沙子。可是，無論我們曾經是多壞的沙子，曾經給他們帶來多少艱辛，在他們心中，卻永遠是最璀璨的一顆明珠——

正如我寫的容霽雲和容文翰——

容霽雲就是深埋於容文翰血肉中的沙子，無論曾經錯得多麼離譜，都沒辦法阻止他把她看作最美好的一顆珍珠。

然後，她就真的成了一顆明珠……

很多時候，我在想，如果有可能的話，盡自己最大努力，變成一顆真正的珍珠吧，因為那是不管多苦多難，始終追隨著我們的兩人最大的期待。

多愛我們的父母吧，因為即便在茫茫人海中，我們是多麼不起眼的一粒沙，多麼卑微的一點塵埃，在他們眼裡，卻是永遠的掌上明珠！

楔子

正是隆冬時節。

山崖上早已是荒草淒淒，唯有幾莖狗尾巴草尖上還有些許綠意，只是一陣朔風颳過，捲起崖頭不多的泥土，那最高的狗尾巴草便隨之滾落谷底。

如血的殘陽下，一處孤伶伶的廟宇顯得尤其破敗。

這廟宇看似修的時間長了，又久無人居住，已是千瘡百孔，牆壁上的縫隙窄的有一指寬，更有幾道裂縫。這樣年久失修、隨時都有可能坍塌的破廟，便是孤魂野鬼，也是不屑於入住的吧？

可此時，廟宇中塌陷了一半的神龕前，蜷縮著一對衣著襤褸的人兒。

準確點說，應該是一個頭髮花白稀疏的老人。老人頭上還有些亂七八糟的漿水、野菜葉之類的東西，緊緊把一個同樣頭髮花白、神情呆滯的女人摟在懷裡。

老人十指都是黧黑色，手背上更是布滿了凍瘡，已經是隆冬季節，卻還赤著一雙腳，那鮮血淋漓的腳後跟，明顯是野狗咬過後留下的傷口，瞧著實在悽慘至極。

老人完全沒注意自己的傷口，反而一臉慈愛地瞧著懷裡的人兒，只是這溫煦的笑容出現在那樣老邁又青紫腫脹的臉上，顯得有些可怖。

「乖女兒，吃點饅頭。」

若沒有聽到老人稱呼，旁人怕是很難相信，那頭髮花白、老態畢現的女人竟是老人的女兒。

老人艱難地從懷裡把捂著的饅頭拿出來。饅頭實在太硬了，饒是老人揣了這麼長時間，卻仍是和石頭一般。

這已經很不錯了呢，這個饅頭，可是自己拚著被兩條大黃狗撕咬才搶來的，好歹能讓心愛的女兒吃進肚子、暖和一下吧？

叫雲兒的女人呆呆地縮在老人懷裡。和老人身上單薄的衣著相比，她身上的衣物明顯厚了許多，只是那衣服雖是層層疊疊的，明顯都是別人扔了不要的，不但打滿了補丁，更兼顏色駁雜，唯有最外面那件青色夾衣還算完整。

老人顫巍巍地撕下一點饅頭，慢慢餵到女人嘴裡。女人張嘴，下一刻卻無聲地拚命咳嗽了起來，剛吃進去的饅頭頓時吐到地上，女子卻沒有停下來，一直咳到吐出一口血來。

老人神情慘然，一下一下地輕撫著女子的後背，只是凍餓多時的身子早已到了油盡燈枯的地步，老人的手越來越慢，動作也越來越輕，到最後，完全停頓下來，臉朝著女兒慢慢趴下。

那樣子，好像要最後貼一下女兒的額頭……

那冰涼的觸覺讓女子猛地一個激靈，呆滯的眼神也瞬間清明，怔怔瞧著微微合上雙眼的老人，半晌嘴唇嚅動了下，艱難地吐出了一個字。

「爹……」

老人仍保持方才的姿勢，沒有任何反應。

「爹……」女人慢慢睜大雙眼，似是不敢相信這一切。

這是容文翰啊，在大楚王朝能呼風喚雨的丞相，怎麼可以這麼輕易就死了？

不對，不對，這不是容文翰，這不是自己的爹。

娘說，容文翰是這世上最狠心的人，他負了自己的結髮妻，又把妻女趕出家門，所以自己母女倆才會無依無靠、飢寒交迫，所以母親才會貧病交加死在破舊的柴房裡……

容文翰就是魔鬼，怎麼可能是這個為了女兒脫去蟒袍、卸了玉帶，受盡屈辱折磨的可憐老人？

自己一定是作惡夢了，明明自己的爹是天下第一美男子，怎麼會突然之間就變成這麼一個容顏可怖的醜八怪？

錯了，一切全都錯了……

一陣噠噠的馬蹄聲在廟門外急促地響起。

「陛下，找到了，就是這裡！」有人驚喜地喊道。

一個一身黃衣的偉岸男子隨即大踏步進了破廟，待看到神龕前那對相依偎的父女，腳下頓時踉蹌，撲通一聲就跪倒地上。

「相父！」

女子注視那越來越近的黃色身影，灰敗的臉上慢慢綻開一朵悲愴到極致，也美到極致的笑容。

爹，楚昭來了……看來，他是最終勝出的那個呢！有他在，就不會有野狼野狗來咬疼你了。爹爹放心，雲兒再不會淘氣了，雲兒真的知道了，你說的話是對的，方修林他從來沒愛過我，他……該死……

隨著楚昭跪在地上爬過來，容霽雲眼中最後一點亮光慢慢消失。

楚昭，雖然你也是個可憐人，但我還是不願把爹爹讓給你。爹爹是我的，即便你做了皇帝，也再搶不走了……

她竟是用盡全身力氣偎進了老者的懷裡，慢慢閉上了雙眼，眼角處，兩顆豆大的淚珠隨之緩緩滑落，砸在冰冷的泥地上。

「賤人，都是妳，害死了相父！」

楚昭喉嚨裡發出狼嗥一樣的悲鳴，上前猛拽容霽雲的屍體，隨手就想丟出去，哪料想喀嚓一聲脆響，卻是容文翰抱得容霽雲太緊了，兩隻手竟跟著容霽雲的屍身一道飛了出去，而那具蒼老的屍身仍是盤著腿，保持著微微前傾的守護模樣……

第一章

霽雲呆呆瞧著床上已經沒了呼吸的女人，張了張嘴，卻發不出一點聲音。良久，終於艱難地吐出了一個音。

「娘。」

明明上一刻，自己已經魂歸離恨天、命喪破廟，怎麼一睜眼，卻回到了惡夢一般的方府？

若非亂草堆上，頭髮蓬亂、嘴角尚有血跡的女人正是自己娘親，容霽雲真覺得自己一定是作了一個再荒唐不過的夢……

「娘……」霽雲張了張嘴，半晌才發出一個有些嘶啞的聲音。

那些太過遙遠的記憶竟一下鮮活起來。

咳了一夜血的娘親，因為恐懼而不停嘶喊的自己，然後所有的一切在娘親強撐著爬起來，又重重跌落稻草堆之後終結……

霽雲身子慢慢往前挪，抖著手去探孔玉茹的鼻息，下一刻，整個身體劇烈地顫抖起來。

竟然不是在作夢，娘親是真的去了；而以為到了地府的自己，也同樣真的活了過來。

淚眼矇矓中，霽雲定定瞧著這張已經睽違了將近二十年之久，卻又無比熟悉的臉，終於再也忍不住哽咽出聲。

娘，為什麼？為什麼要那樣對雲兒？讓雲兒在仇恨中毀了自己、毀了爹爹，難道，這就是您想要的嗎？

或者，其實那時候的娘，早已經因為求而不得瘋魔了吧？

清醒的時候還好，不過是命令自己貼上那塊讓人噁心、又青又紫的胎記罷了，可一旦糊塗起來，就會把自己拽到房內，然後關上房門，命令自己把胎記拿下來，或者對著自己「文翰、文翰」地叫得溫柔至極，或者拿了根鞭子把自己抽得皮開肉綻，嘴裡更是不停念叨著。

「容文翰，為什麼要對我這麼殘忍……明明雲蓮心已經嫁給了皇上，為什麼你還要想著她？我愛你啊，為了你，我死都願意，可為什麼，你連正眼都不肯看我一眼？為什麼……我要讓你後悔，我讓你後悔一輩子……」

沒有人知道自己當時有多恨，每一次被人嘲笑臉上的胎記時，每一次被毒打時，自己都會默默告訴自己，這一切，全都是因為自己有一個叫容文翰的爹，若不是因為他，自己怎麼會這麼悲慘？

因此在被爹爹的人找到並帶回容府後，不但對爹爹沒有半點親近之意，反而是極盡刻薄之能事，竟是生生把爹爹氣得吐血昏迷；然後，也第一次見到了娘親嘴裡那個爹爹愛逾性命、不是兒子更勝兒子的五皇子楚昭，也是爹爹青梅竹馬戀人雲蓮心的兒子。

猶記得當日，聽聞爹爹因為被自己傷到而臥病在床，楚昭恨不得殺了自己的樣子——

「是妳娘自己貪心，又關相父何事？妳娘就沒告訴妳，她到底是用了什麼手段，才成為容夫人的？果然是有其母必有其女！若不是瞧著妳這張臉，孤定不會容妳再活在世間！」

從楚昭嘴裡，她聽到了一個和娘訴說的截然不同的版本。

十年前，清風朗月一般的世家子容文翰走出容家、步入官場，卻在一次青樓聽曲中，被不知名的簫聲吸引，初次見到了孔玉茹。

只是陰差陽錯，容文翰喜的是簫聲的清新脫俗，孔玉茹卻愛上了聽簫人的龍章鳳姿。

她在相識一年多後偷偷藥倒了容文翰，令兩人有了肌膚之親。

孔玉茹原本想得很簡單，只是愛極了那個人，想要有一個和最愛的人的孩子罷了，可沒想到容文翰卻在知道孔玉茹懷有身孕後，排除了重重阻力，又煞費苦心地給她安排了一個體面的身分，然後把她風風光光娶進家中做了正室。

只是孔玉茹想要的並不僅僅是容府少夫人的榮寵，更有容文翰的癡心愛戀，甚至發現此生絕不可能得到那個男人的心後，為了懲罰容文翰，帶了四歲的女兒永遠離開了容府……

「相父那般人物，遭了妳娘算計後，沒有處置她就不錯了，又為那孔玉茹煞費苦心安排這許多，已經算是仁至義盡，不料妳娘竟是這般貪婪！憑她蒲柳之姿，如何配得上相父？明明是妳娘背棄相父在前，妳夥同他人脅迫相父在後，現在卻還說出如此的誅心之語！」楚昭越說越怒。「虧相父日夜掛念著妳，妳雖然長相甚肖相父，內裡卻和妳娘一般，俱是無恥無情之人！」

自己當時氣得渾身發抖，楚昭說的話，自己更是一個字都不願意聽。

「你以為我會信嗎？他是你的相父，和我有什麼干係？別告訴我，容府這樣的人家，真要找一個人，會找了二十多年才找到！」

容府的地位何等顯赫，自己一直認為，別人家尋人或許困難，容家要真心尋人的話，哪家官府會不給這個面子？一切不過是藉口罷了。

「那要問妳娘！」當時，楚昭冷笑一聲。「妳娘當日留言，說是若相父妄想把妳從她身邊帶走，她定會先殺了妳然後自殺。那女人一直都知道，相父所在乎之人唯有妳罷了！妳在她的掌握之中，相父自然不敢輕舉妄動，卻還是秘密派出了很多人四處尋訪……」

霽雲長嘆一聲，瞧著床上逝去的娘親，神情越發複雜而蒼涼。那會兒自己不信，可現在想來，楚昭說的才是事實。娘和方府姨娘盛仙玉是同村人這件事，幾乎沒有人知曉，而且爹肯定沒想到，娘竟然會恨他恨到以容府堂堂少夫人之尊，寧願躲在一個商賈之家為奴為婢！

至於方家人，自己是容府大小姐的身分自然稀奇，不然，他們又如何能在以後堂而皇之地站在太子身邊，並利用自己脅迫爹棄楚昭而投太子？

用力擦去流了一臉的淚，霽雲的眼睛清亮無比。

娘，您的恨沒有給您救贖，反而害得女兒萬劫不復，上輩子是女兒蠢，竟會愛上方修林那個人渣，害了自己，也害了爹；重活一世，女兒絕不會再重蹈覆轍！

又輕輕拉過孔玉茹壓在身下的手，想擦拭上面的斑斑血跡，哪知手一動，一張明顯時間久遠的薄紙忽然飄落。

霽雲撿起來，看著信箋末尾那兩方親親密密並列的印章——文翰，霽雲飛——神情頓時晦暗無比。

自己竟然忘了如此重要的事！

雖然無比痛恨這裡，竟然還不能馬上走嗎？

爹爹寫給自己的信件還在方府，還有那方刻有「霽雲飛」的小印，也還在母親的娘家人，舅舅孔方文手裡。

那些信件和小印，自己一定要拿回來！

當年爹被人誣陷索賄受賄時，上面蓋的私人印信，便是這枚「霽雲飛」，而之所以罪名沒有被坐實，也是因為這枚印信上刻的是自己的名字。

索賄受賄這等骯髒事，容相怎麼會蓋上刻有愛女名字的印戳？

可即便所有人都無法相信，拜自己所賜，爹爹最終還是名聲盡毀。

因為那信上實是朝中大臣全都熟悉的容相親筆。容相一筆好字，風骨清奇，自來無人可仿。此等鐵證，縱然容相才思敏捷，仍是百口莫辯。

只是沒有人知道，其實，那些信件全都是出於自己之手！

霽雲凝視著手中這張發黃的信箋。

當初，方修林就是拿了一疊這樣的信箋，每日裡讓自己臨摹。

自己那時候真是聽話呀……無論方修林說什麼，都是乖乖聽著，更不要說方修林告訴自己，只要自己能練得和信箋上的字一模一樣，就可以替娘親報仇。

自己日夜苦練，終於寫就了一手和爹爹一般無二的字，然後被方家利用，坑害得爹爹萬劫不復……

霽雲低著頭，極慢地讀著信箋上的字句。

說是信，更應該說是隨筆，內容很短，不外乎就是爹路上所見或奇聞軼事。

那時看信時，只覺爹爹虛偽得令人作嘔。連人都趕出家門了，又何必如此惺惺作態？

現在想來，爹實是愛極了自己，才會無論看到什麼有趣的事都要記下來，然後蓋上父女二人的印戳，送給尚且牙牙學語的自己……

好像上一世娘臨死時確實囑咐過自己，說是有一包袱託了方修林的娘盛仙玉保管，讓自己務必索回，葬在她身側。現在瞧著，應該就是這些爹爹的親筆信吧。

現在想來，上一世，方宏定然也就是憑著這些信箋，才會確定自己容府大小姐的身分吧？為今之計，自己得儘快把那包袱拿回來，才能離開。

眼瞧著外面已是天光放亮，霽雲往辮子上紮了條白布，推開門。

方家也算豪富，從偏僻的柴房到盛仙玉這個姨娘住的小院，也要走好大一會兒。

霽雲只顧匆匆趕路，冷不防一下撞到一個人身上。那人被旁邊的人給扶住，霽雲卻是被撞得倒退了好幾步，一屁股坐在地上。

還沒反應過來，臉上就挨了一巴掌。

「不長眼的奴才，竟敢衝撞大小姐，真是找死！」

那一巴掌竟是用足了力氣，霽雲被打得只聽到嗡的一聲，這才看到前面正站著一個華衣綺服的嫵媚少女，冷冷地瞧著自己。

竟然是不久後即將嫁給太子為妾的方家大小姐方雅心。

看對方是一個被紫紅色胎記蓋住大半張臉、奇醜無比的丫頭，方雅心嚇了一跳，反應過來後，臉色登時沈了下來。

旁邊僕傭慣會看人臉色的，見方雅心的神情，立刻知道大小姐不高興了。

一個人高馬大的女僕上前一把拽住霽雲的頭髮就拖了過來。

「沒眼色的死丫頭，還不快給大小姐磕頭！」

忽然注意到霽雲辮梢的白布，頓時氣急敗壞。

「小賤蹄子，這是要找死啊！妳是死了老子娘還是怎麼的，大清早的戴這麼晦氣的東西！」

方雅心臉沈似水。

「沒規矩的丫頭，憑妳是誰，也可以在府中隨隨便便戴孝的？妳眼裡可還有闔府主子？趕出去，讓人牙子領走發賣！」

霽雲心裡咯噔一下。方雅心乃是正室所出，和一母同胞的兄弟方修明的愚蠢相比，方雅心卻是分外精明和狠毒，甚至在嫁給太子後，以一個母家卑微的妾室在太子府混得風生水起。

在設計陷害爹爹這方面，這個女人也是功不可沒。

必須趕緊想出個法子來，不然，說不定真的還沒拿回爹爹的信箋就要被賣掉。

眼睛一瞟，她正好看到盛仙玉的大丫鬟秋月從另一邊走了過來，忙一使勁，推開那按著自己的女僕，朝著秋月就跌跌撞撞地跑了過去。

「秋月姊姊，救命！」

以自己對方雅心的瞭解，這個女人向來對搶走了父親全部注意的盛仙玉痛恨無比，一定不會放過任何一個可以打擊盛仙玉的機會。

同理，以盛仙玉的脾氣，也必然不會隨隨便便被人打臉，特別還是被正房的人打臉。

果然，方雅心眼中頓時一寒，旋即冷笑一聲。沒想到這醜婢竟然敢跑，還有秋月……

雖不認識霽雲是誰，可方雅心卻是識得秋月的。

竟然是盛仙玉那個賤人房裡的，果然是什麼樣的主人養什麼樣的奴才。

也只有盛仙玉那樣的無恥賤人，才會教出這麼上不了檯面的粗俗丫頭。

這個丫頭自己不但要打，還要當著盛仙玉的面打，要讓這個近年來越來越囂張的無恥女人明白，這方府中，到底誰才是主子！

「原來竟是盛姨娘屋裡的嗎？」方雅心緊了緊斗篷，冷冷瞧著早已凍得嘴唇烏青的容霽雲。「這附近不就是姨娘的院子嗎？帶上她，我倒要問問，姨娘安的什麼心！」

驀然被霽雲拽住的秋月嚇了一跳，看方雅心臉色不善，心裡咯噔一下，忙使勁去拽霽雲的手。「小蹄子，妳做了什麼混帳事，竟敢攀誣到姨娘身上，是想找死嗎？」

這醜丫頭自己認識，不就是前年害得姨娘成為闔府笑話的那對母女之中的女兒嗎？

本來姨娘在府中就因為出身的關係被人看不起，偏偏那孔玉茹還充什麼大尾巴狼，當初嫁人後託人給姨娘捎信，說什麼她嫁入了富貴之家，一聽說她要來，姨娘歡喜得什麼似的，以為終於有人可以為自己撐腰了，特地稟了老太太。哪知一大群人迎接出去，卻是一對衣著破爛再寒酸不過的母女！

特別是這女孩，自己就沒見過能醜成這副德行的，簡直讓人看了晚上就會作惡夢。

老太太當即就帶了人拂袖而去。

姨娘也登時氣得手腳冰涼，可已經說了是自家姊妹，自然不好馬上再攆出去，從那之後就把她們丟到了柴房，索性眼不見心不煩。

看情形這丫頭是衝撞了大小姐，自己可不要給她揹黑鍋，而且瞧這丫頭髒成了什麼樣子，真是看著都噁心。

她抬腳朝著霽雲的肚子上就踹了一腳，可任憑她又掐又拽，容霽雲竟是無論如何不肯撒手。

旁邊的方雅心微微一哂，早有粗壯的僕婦上前按住兩人，喝罵道：「兩個上不得檯面的東西，大清早的在這兒拉拉扯扯的成何體統！妳們主子果然好手段，教出這樣的狗奴才！」

說著，徑直扯了兩人往盛仙玉的小院興師問罪去了。

又有有眼色的丫頭，急匆匆地去主院悄悄稟了方老太太和方夫人知道。

第二章

盛仙玉聞訊趕出來時，正瞧見被狠狠推倒在地的秋月和霽雲。

霽雲頭髮蓬亂，盛仙玉沒瞧出來是誰，秋月可是自己的大丫鬟，自然一眼就認了出來。再看看後面氣勢洶洶跟著的主院丫鬟、僕婦，登時明白，這是那邊又來找自己晦氣了！頓時氣得牙根直癢癢，對著方雅心不冷不熱地一笑。

「喲，這鬧哄哄的，我還當是哪個不長眼的丫頭婢子要找打呢，原來是咱們的大小姐。春雨，還傻愣著幹什麼，還不快給大小姐看座，好歹咱們也是大戶人家，可別學得那沒有一點教養的小家子氣。」

對盛仙玉的指桑罵槐，方雅心並不在意的樣子，纖手一指下面跪著的秋月和霽雲。「聽說這兩人都是姨娘手下使喚的人？」

不待盛仙玉否認，又續道：「一個是姨娘底下的大丫鬟秋月，還有一個……」

早有僕婦狠狠拽住了霽雲的頭髮，霽雲被迫抬起頭來，可怕而又醜陋的胎記頓時映入盛仙玉的眼中。

「我記得沒錯的話，這丫頭是姨娘好、姊、妹的女兒，可對？」

方雅心說到「好姊妹」幾個字時，特意拔高了音量，下面人意會，頓時發出了幾聲不懷好意的輕笑。

盛仙玉登時鬧了個大紅臉。

這兩年，盛仙玉根本就是任孔玉茹母女倆自生自滅，提都不許旁人提起這兩人，只想著這母女倆最好早死早超生，或者自己受不住苦走了算了，哪想到都兩年了，兩人竟還是賴在這裡不走。平常還好些，只是逢年過節的時候，總有一些不懷好意的親戚故意向自己打聽「好姊妹」的消息，弄得盛仙玉惱也不是，發火也不是。

可府中誰不知道孔玉茹母女的存在，想不承認自然不可能。

盛仙玉幾乎是從牙縫中擠出了這幾個字。「是又怎樣？」

心裡更是暗暗發誓，等打發走了方雅心這死丫頭，自己馬上讓人牙子領了孔玉茹母女出去，一文錢不要，任憑她們賣到哪裡，只要不讓自己再丟人現眼就好！

只是眼下，這丫頭自己還得護著。所謂打狗看主人，明眼人一瞧就知道，方雅心明著是看這兩奴才不順眼，實際是要藉著兩個奴才來給自己沒臉，要是讓人知道，自己連「好姊妹」的女兒都護不了，這府中恐怕更沒有人把自己放在眼裡。

「姨娘只要認了就好。」方雅心涼涼道。「雅心敢問姨娘，是有哪個不長眼的得罪了姨娘，還是府裡有對不住姨娘之處？」

秋月這會兒已經回過神來，忙不住給盛仙玉使眼色。方才路上也看到了霽雲頭上的孝布，秋月馬上明白，這是讓人家揪住小辮子了，主子的性子自己知道，一向是個爭強好勝的，要真認下可就麻煩了。

奈何盛仙玉此刻全神貫注在她心目中的頭號大敵方雅心身上，根本沒注意到秋月的小動作。

「大小姐這話從何說起？」盛仙玉毫不示弱。「這裡也是我家，說什麼得罪不得罪的？大小姐要是看我不順眼，自可稟了老爺，要打要殺還不是一句話的事？何苦拿了這兩個不懂事的丫頭找事？」

又想搬出爹爹嗎？方雅心神情厭惡至極。可惜，這次便是爹爹也護不了。

她忽然長嘆一聲。「姨娘心裡果然有怨。雅心知道，姨娘自來心氣高，總覺自己太過憋屈，只是即便如此，雅心也希望姨娘念在爹爹和修林的分上，做事多留一分餘地，如此殺敵一千，自損八百，何苦來呢？」

什麼念在老爺和修林的分上？還殺敵一千、自損八百，這臭丫頭胡說什麼？

「大小姐，我念妳年紀尚幼，不和妳一般見識，可不是就怕了妳，妳也不要欺人太甚。她們做了什麼，妳只管算到我身上便是。」

「是，雅心也知道自己管得太多。」方雅心忽然面容悲戚，一副有些無助的樣子，指了指霽雲道：「不管發生什麼，雅心相信姨娘也定是希望闔府平安的。這丫頭擅自戴孝，帶來的晦氣就讓雅心一人受了吧，只望姨娘再不要做下這等糊塗之舉。」

說著，竟是掩面要走。

下面僕婦頓時臉色大變，紛紛勸道：「小姐，切不可為了個賤婢這樣糟踐自己。」

方雅心還要再說，院外忽然傳來一聲蒼老而怒氣沖沖的聲音。

「雅心，妳自是一副菩薩心腸，可妳的福壽，這起子賤人還當不起！」

盛仙玉臉一白，倉皇無比地抬頭，卻是方家老太太和方宏的正房夫人崔玉芳冷冷瞧著自己，頓時嚇了一跳，忙強笑著迎了出去。「怎麼勞動老太太和姊姊一塊兒來了？有什麼事，讓人喊仙玉過去伺候就好。」

哪知剛走了幾步就被人攔住。

老太太厭惡地瞥了盛仙玉一眼。「我這老不死的，怎麼敢勞動妳的大駕？還不給我跪下！」

「啊？」盛仙玉愣了一下，已經被人摁倒在地，膝蓋狠狠磕在青石板上，頓時疼得臉都變了。「老太太，仙玉做錯了什麼，還請老太太明示，打壞了仙玉沒什麼，老太太可別氣壞了身子。」

「別氣壞了身子？」老太太的龍頭枴在地上一搗，顯見是氣得不輕。「妳這賤人是巴不得老身死吧？老身身體還好好的，妳就已經讓妳那好姊妹的女兒把孝都給戴上了！宏兒真是瞎了眼，怎麼會把妳這麼個心如蛇蠍的毒婦娶回家中？」

「什麼？」老太太一向吃齋唸佛，平日裡雖對自己冷淡了些，可還是第一次當眾這麼給自己沒臉，盛仙玉很是無措。

「讓她自己看。」老太太又高聲喝道。

一旁早已摩拳擦掌的僕婦上前，叨小雞一般提起瘦弱無比的霽雲，往盛仙玉面前狠狠一摔。

霽雲撲通一聲趴倒在盛仙玉面前，頭髮中那抹刺目的白色一下映入盛仙玉的眼睛。

盛仙玉瞳孔猛地一收縮，知道自己是上了方雅心的當了，虧自己這麼大個人了，竟然吃了這麼大一個暗虧。

她伸手一把揪住霽雲的頭髮，揚手就是狠狠的幾巴掌。

「死丫頭，虧我看妳們母女可憐，才容妳們在府中住，妳竟然聯合外人來害我！」說著轉身，衝著老太太不住磕頭。「老太太，我冤枉啊！我也不知道這丫頭竟然豬油蒙了心，做出這等晦氣事。老太太，您知道我的，一向是刀子嘴豆腐心，我就是再混，也不能指使個外人害我們自家人啊！」又回頭衝霽雲厲聲喝道：「快說，到底是怎麼回事？誰指使妳做的？」

霽雲被打得一陣陣發懵，鮮血順著嘴角就淌了下來，卻仍是強撐著磕了個頭道：「老太太恕罪，霽雲戴孝……和姨母沒有關係，是雲兒的娘，昨兒個……歿了。」

「什麼？」老太太呆了一下，不敢置信地瞧著霽雲。「妳是說妳的娘，人已經沒了？」

「是。」霽雲垂淚道：「娘昨晚歸天了。霽雲就是想來稟告姨母，娘親臨死時囑咐霽雲，一來讓霽雲謝過姨母收留之恩，二來，說是還有一個包袱託了姨母保管，讓霽雲取了來，然後送母親回鄉。」

知道方老太太一向心軟，方夫人崔玉芳哼了聲道：「即便妳沒了老子娘，府裡尚有這麼多主子在，妳也是可以隨隨便便穿孝的嗎？若是衝撞了哪個主子，可是妳一個小小的奴才能擔待得起的？」

方老太太本是有些憐惜這丫頭這麼小年紀就沒了娘，聽兒媳婦如此說，卻也不便再說什麼。再怎麼著，自然還是自己兒孫重要。

當下嘆了口氣道：「這件事媳婦看著辦吧。」說完就要走。

盛仙玉卻已經看出老太太的不捨之意，雖恨極了霽雲母女，卻也不願放棄這機會，忙膝行幾步，一把抱住老太太的腿。

「老太太慈悲。您一向最是惜貧憫弱，是霽雲這丫頭不懂事，做出這般混帳事來，可念在這孩子也是一片孝心，可憐這麼點年紀突然沒了娘，一時傷心過度之下，做事沒了分寸也是有的，老太太就饒了她這一遭吧！」

只要不處置容霽雲，自然也不會再追究自己方才一時錯口承認之過。

方雅心卻是不同意。「照姨娘如此說，以後府裡倒不必講什麼規矩了，隨隨便便就可以算了，哪還有那些勞什子規矩做什麼？而且姨娘想，今日她敢不把主子放在眼裡，異日說不得就會做出背義賣主之事！」

「妳！」沒想到方雅心如此巧舌如簧，盛仙玉簡直氣得心窩都疼了，卻又不好反駁，抬頭狠狠瞪了霽雲一眼，只恨不得一個窩心腳踹死這丫頭。

「我不會。」霽雲卻是重重地給老太太磕了個頭。「娘臨死時囑咐說讓霽雲帶她走，霽雲不敢違了娘的囑託。娘說，我們並沒有賣身方府，是可以離開的，還囑咐霽雲不可忘了府中的大恩。霽雲離開後，再不會回來，又怎麼會背義賣主？求老太太成全。」

霽雲一番話雖說得顛三倒四，卻清楚地暗示了幾點。她們窮，卻也懂得感恩，而且雖寄身方府，卻不是府裡的奴才，賣主之說自然不存在。

只是那蓬亂的頭髮遮住了霽雲的眼，沒人看到那雙清亮眸子裡的晦暗情緒。

前生，是我自己蠢，才甘願做你們方府的棋子，生生害死了爹爹；今生，你們最好不要惹我，否則，就別怪霽雲無情！

「算了，讓她走吧。」方宏走進院子。他來了也有一會兒了，雖是埋怨盛仙玉連個下人都管不好，做出這等荒唐之事，可畢竟兩人歡愛正濃，看盛仙玉在冰冷的地上跪了這麼久，也著實不忍心。

又看了盛仙玉一眼。「仙玉，妳去找一下那包袱在哪裡，讓這小丫頭帶上離開吧。」

「爹！」沒想到自己爹爹這麼護著那個女人，方雅心頓時又急又氣，卻在接觸到方宏不悅的眼神時，只得把要說的話又嚥了下去，恨得差點把銀牙咬斷。

眼見盛仙玉手下的大丫鬟已經把包袱丟給了霽雲，不由狠狠跺了一下腳。

霽雲顧不得擦嘴角的鮮血，雙手珍而重之地抱住包袱，長吁了一口氣，重重給方宏磕了個頭，起身就走。

哪知跪了這麼久，腿早僵了，身子便朝著方雅心站著的方向歪了過去。

站在左近的丫鬟荷香忙扶了方雅心讓開，然後抬腳朝著滾倒在地的霽雲就踹了一下。

「怎麼走路的，衝撞了小姐。」

不足兩尺處就是一方池塘，霽雲一個不防，身子便跌落下去，手裡的包袱一下甩了出來，正好丟在方宏腳下，散落一地。

眾人卻恍若未見。惹得大小姐這麼生氣，這小蹄子也該吃些苦頭！

撲通一聲，霽雲一下就落入池塘中。

不長眼的小賤人，淹死了正好！盛仙玉心底恨恨地道，上前攙住自己婆婆。「外面冷，老太太還是進屋去吧，要是老太太凍出個什麼好歹來，仙玉就罪過大了。」

老太太寒著臉推開盛仙玉的手。「以後管好妳分內的事，把那丫頭撈上來後就趕緊打發走吧！」

盛仙玉連連答應，可憐兮兮地送了老太太等一行人離開，剛要往蹲在地上不知在看些什麼的方宏身邊去，卻被丫鬟春雨攔住。

春雨自來厚道，看池塘中那弱小的身子不住撲騰著，大為不忍，上前一步悄悄道：「主子，這大冷的天，還是趕緊把小丫頭撈上來吧，不然恐怕會出大事。」

卻被盛仙玉狠狠剜了一眼，罵道：「要妳多事。那樣張狂的性子，就是要讓她得點教訓。」

說完，瞧也不瞧水中已經漸漸沒了力氣的霽雲，扭著腰肢往方宏身邊而去。

「老爺。」

哪知剛一彎腰，地上的方宏卻猛然起身，盛仙玉猝不及防之下，被撞得撲通一聲跌坐在泥地上，頓時大駭，含淚道：「方郎……」

果然不愧是當初的青樓頭牌，這柔柔軟軟的嗓音，聽在人耳朵裡，真是骨頭都酥了。

方宏在人前一向也是很正經的，可每每盛仙玉用這樣銷魂的聲音一喚，無論提出什麼要求，方宏很少有不答應的。

本以為方宏會一如既往地柔情密意，上前扶起自己，好歹也給自己個臺階下，哪想到方宏這會兒竟是充耳不聞，好像根本沒意識到自己的愛妾還坐在爛泥裡，反而三步併作兩步衝向池塘，嘴裡更是厲聲道：「快，你們快下去，把丫頭拉上來！」

第三章

一小廝原本正在池塘邊樂呵呵地看霽雲的笑話，聽了方宏的話，頓時就有些丈二金剛摸不著頭腦。

瞧各位主子的意思，明顯是要折騰這醜丫頭呀，老爺怎麼……

還沒反應過來，方宏已經一腳踹了過去。「都聾了嗎？還不快下去，把那丫頭撈上來！」

盛仙玉也有些懵了。老爺自來不管內府事務，怎麼今日裡對這個小丫頭如此看重？難道是看上這丫頭了？也不對，瞧這丫頭長得人見人怕、鬼見鬼愁的，怎麼入得了老爺的法眼？

突然想到一個可能：不會是玉茹勾了老爺上床吧？

這樣想著，頓時大為惱怒，咬了咬牙，攀著秋月的手從地上起來，上前一步道：「老爺，不就是一個賤婢嗎？您何必——」

話音未落，臉上狠狠挨了一巴掌。「賤人，妳幹的好事！還愣著做什麼？快讓人準備薑湯，對了，請本城最好的大夫來！」

兩人從相識以來都是柔情密意，好得蜜裡調油一般，盛仙玉萬沒想到，有一天方宏竟然會當眾責罰自己。

好在盛仙玉還不算是完全沒腦子，看方宏的樣子，知道應該是有什麼大事發生了，雖不知道具體到底是什麼，但可以肯定的是，應該和霽雲那個臭丫頭有關。

她捂著臉，邊流淚邊喏喏地退了下去。

等熬好了薑湯出來，那邊一眾丫鬟、僕婦也把霽雲嚴嚴實實地裹了起來。

眾人心裡本來當霽雲是個丫頭罷了，這樣的下等僕役，府裡多的是，真是死了一個兩個也不打緊，可現在看老爺的神情，竟是如臨大敵一般，也都不敢怠慢。

奈何無論眾人如何想法，昏迷不醒的霽雲都是咬緊牙關，竟是一點薑湯也灌不進去。

好在大夫很快趕了過來，診了脈後，臉色也是有些難看，只說貴府小姐本就體虛，現在又在冰水中泡了這麼久，這病情怕是有些凶險。

「不拘什麼藥，」方宏倒吸了一口涼氣道。「只要能治好小姐，先生儘管開來便是。」

若真是如自己所想，她是容家後人，要是死在自己府中，闔府老小說不得都要為她償命……

送走了大夫，盛仙玉忙迎上來，顧不得訴苦，小心翼翼地道：「老爺。」

「唉。」方宏嘆了一口氣，隨手拿了兩張紙遞了過去。「妳自己看。」

盛仙玉小心翼翼接過來。兩張紙雖大小不一，但筆鋒同樣遒勁有力，字體清奇，特別是右下角都有同一方印章，只不過小些的紙張上還多了個「霽雲飛」的章。

「這是一個人寫的。」饒是盛仙玉識字不多，卻也一下看了出來。「難道這個什麼『文翰』是個了不得的。」

文翰、文翰，可自己在京中多年，沒聽說過有姓文的貴人啊！

方宏哼了一聲。「那要再在文翰前加個『容』字呢？」

「容文翰？」盛仙玉騰地一下就站了起來，神情頓時驚嚇無比。孔玉茹嫁的人是容文翰？那個風流倜儻的天下第一才子，上京三大世家容家的獨苗容文翰?!

想當初，多少姊妹對這位英俊無比的貴公子仰慕無比，以能為容公子彈奏一曲為傲事，這樣天人似的人物，怎麼可能會娶孔玉茹這樣相貌平平的女子為妻？

盛仙玉說不出是嫉妒還是失落，乾巴巴地道：「老爺是不是……弄錯了？」說完卻突然想起，當初那個玉茹嫁入豪門的傳聞，難道竟然是真的？

「我也但願是弄錯了。」方宏吐出了一口濁氣，心裡卻明白弄錯的可能應該極小。容大人的那張字畫是自己費盡九牛二虎之力、花了萬金才求來的，他的字一向別具一格，被公認為當世最難模仿的字體。

更讓人懷疑的是，孔玉茹的女兒小名就叫做霽雲！

想那容家自來人丁單薄，怕是絕不會坐視自家血脈流落在外，更不要說從那「文翰、霽雲飛」的並列印章看來，容文翰恐怕對這個女兒還極為看重。

「正好有批貨要運往京城，我會親自跟了去，查一下這事情到底是真是假。這段時間好生伺候著，再找一具上好的棺槨，盛殮了那位夫人。為免節外生枝，我會稟告娘一聲，其他人就誰也不要說了。」

聽方宏的意思，是連崔玉芳母女也要瞞著嗎？盛仙玉連連應著，眼睛裡是濃濃的驚喜和算計。

「妳說她日夜守著那丫頭？」方雅心握著茶杯的手一頓。

當日離開後，就聽說爹打了盛仙玉，然後便氣呼呼離開偏院去京城了，方雅心和母親崔玉芳暗自高興了好久。

原以為盛仙玉這幾天是沒臉見人躲起來了，卻竟是在伺候那個醜丫頭嗎？

這個女人又在鬧什麼么蛾子？方雅心可不認為盛仙玉是良善之輩，不然，她那好姊妹也不會凍餓之下死在柴房裡。

「小姐，盛姨娘太欺負人了！」大丫鬟荷香臉上頂著五個紅紅的指印，急匆匆從外面進來，一副受了氣的模樣。

方雅心抬頭，瞧了一眼荷香。「怎麼了？」

「您不是想喝燕窩粥嗎，奴婢看這麼久了還沒送來，就去廚房催了下。哪想到——」

荷香越說越氣。

本來廚房做的東西，自來都是老太太的排在第一位，然後便是正房這邊；至於盛仙玉的偏房，從來都是老老實實地排在後面的，哪知道荷香去了卻發現，廚房的三個火全都用著呢！

問了下才知道，三個火上全是盛姨娘房裡要的東西。

荷香是方雅心手下最得用的一個，和自己主子一樣，自來不把盛仙玉放在眼裡，又聽守在那裡的秋月說，這些東西都是燉給那日冒犯了小姐的醜丫頭吃的，當即就火冒三丈，端起一個火上正熬的藥就潑到地上，換上了方雅心的燕窩粥上去。

荷香潑了後也沒當回事，仍舊一迭連聲地催著廚房再做幾樣精緻的小菜，哪知道盛仙玉聞訊趕了來，竟是劈頭就狠狠給了荷香一巴掌。

啪！一聲脆響，方雅心手裡的白瓷茶杯重重摔在地上。

「夫人，那荷香可是大小姐手下最得用的。」春雨小心翼翼道。「大小姐會不會……」

「怕她來興師問罪？」盛仙玉指了指髮髻微微偏右的位置，示意春雨把珠釵插上去。「我倒怕她不來。」

忽然瞧見床上躺的霽雲手指動了一下，頓時大喜，一把推開春雨就撲到床前。

「雲兒、雲兒，妳醒了？」

霽雲沒想到，自己便是在昏迷中，就已經做了一次盛仙玉手中的槍。只是看到抱著自己不住抹淚，還心肝肉啊叫個不停的盛仙玉時，馬上明白，自己的身分怕是已經被發現了。

「好孩子，妳終於醒了。」盛仙玉邊拭淚邊道，又一迭連聲催促著。「快去尋了林兒來，就說他雲妹妹醒了。」

很快，一個十二、三歲的漂亮少年便出現在盛仙玉的小院中。

看到出現在門口的少年，霽雲的眉一緊，十指不自覺地摳緊被褥。果然是方修林，那個自己愛了一輩子，愛到最終連自己和爹爹的命都搭進去的方修林，那個自己發誓，寧願來生變豬變狗，也絕不願再和他有任何一丁點關係的方修林！

當初自己被下人發現，未著寸縷和表兄孔松青躺在一起時，為了證明清白，自己跪在地上向方修林苦苦哀求，甚而差點以死明志，但其實一切全都是方修林安排的，目的不過是為了藉此挾制爹爹。

而方家卻藉此步步為營，設下一個又一個的圈套，把自己置於死地的同時，終於逼得爹爹不得不上奏皇上，說願以自己身上功名及容府所有財物贖買自己。

然後，容府忽然被查出藏有巨額財富，更被搜出大量的索賄受賄的信件！

輝煌了幾百年的容府自此被連根拔除，本是清風霽月一般的容文翰為了他那個「水性楊花、不守婦道」的女兒，最終變成了街頭的喪家犬……

正是早晨，方修林逆著陽光進入房間，溫暖的晨輝，從背後灑落在方修林的肩上，更襯得那完全遺傳了盛仙玉好相貌的俊俏臉蛋熠熠生輝。

好像前生，也是這樣一個明媚的冬日，方修林這般披著陽光走入了自己的房間，瞧著「醜陋」的自己，臉上滿是親近和喜愛……自己一頭栽了進去，以為那就是世間僅有的溫暖，沒料到卻是地獄。

不過一眼，霽雲就捕捉到了少年眼眸中藏得很好的一絲厭惡。

但不得不說，小小年紀的方修林演技已經很高明。下一刻，方修林就來到床前，臉上迅即換上了多情笑容。

霽雲有些諷刺地瞥了方修林一眼。若不是早知道了這男人的真實嘴臉，自己怕是還會被騙過去吧？

眼見方修林馬上就要握住自己的手，霽雲突然把手收了回來。

方修林伸出的手一下就僵在了那裡，而且不知為什麼，心裡忽然升起一股寒意。

「哎喲，臭小子。」盛仙玉很快反應過來，嗔怪地點了一下方修林的額頭。「娘知道你擔心妹妹病情，可也不好這麼毛躁不是？女孩子的手也是你能輕易摸得的？將來呀，要是你能求了雲妹妹做媳婦兒才成。」

「媳婦兒？」旁邊伺候的丫鬟險些驚叫出聲，眼神閃閃爍爍地在醜若無鹽的霽雲和長相俊俏的方修林之間來回。不是吧，盛姨娘想把這麼個醜丫頭要來給人見人愛的小少爺當媳婦兒？

霽雲閉上眼睛，把頭深深埋在被褥裡。

媳婦兒嗎？果然一如上輩子的戲碼。

下一步就是英俊少爺愛上醜陋丫頭，並終於衝破重重阻力娶了丫頭的傳奇了吧？

可惜，這一輩子，注定不過是這對母子的獨角戲罷了！

霽雲的手慢慢撫上自己那惹得方修林厭惡不已的胎記。這胎記做得還真是逼真呢，只是這輩子，自己再不會為了討方修林歡心而主動去掉。

有這東西在，方修林應該會少往自己面前晃蕩吧？

不然，真怕自己會在憤怒之下殺了他……

明顯感覺到霽雲的抵觸，盛仙玉一僵，臉色登時就有些不好看。倒是春雨小聲道：「小姐幾天沒吃東西了，奴婢去端些粥來可好？」

盛仙玉臉色這才緩和下來。也是，這都昏睡幾天了，之前又被自己的人打了，有些抵觸情緒是理所應當。來日方長，只要能得了這丫頭歡心，憑兒子這長相，讓這麼個醜丫頭心甘情願那還不是輕而易舉？

眼下她正弱著呢，正是收服她的好時機。

倒是正房那邊，明明被自己下了面子，也不知為何，這幾天一直沒什麼動靜，想想實在是蹊蹺。

第四章

「開門！」外面忽然響起一陣急促的拍門聲。

「誰呀？」盛仙玉一皺眉。

這幾日過得當真痛快，自打了方雅心的丫鬟卻沒有任何事後，那些下人看自己的眼神明顯都多了幾分畏懼。

倒沒想到，這深更半夜的還敢有人大膽吵鬧自己。

她看了秋月一眼。「妳去看看。」

話音一落，一陣嘈雜的腳步聲響起，卻是那些人已然闖了過來。盛仙玉頓時意識到不妙，忙要去開門，卻發現門竟然被人從外面鎖了，而那腳步聲明顯朝著霽雲的房間而去。

忽然想到一個可能，臉色頓時一白。

破門而入的聲音也一下驚醒了霽雲，正對上荷香得意的眼睛。

「是妳？」

想到就是因為眼前這個醜女，才害得自己大庭廣眾之下被打，荷香手一用力，一下把霽雲摜到冰冷的地面上，冷笑一聲道：「怎麼，還想報復回來？那也得等妳有命回府裡！」

「希望妳……不要後悔。」霽雲低喃了一聲，就昏了過去。

「我後悔？哈。」荷香諷刺一笑。不就是處置了一個賤女嗎？說什麼自己會後悔，真是天大的笑話！

盛仙玉正好透過窗櫺看到了霽雲被拖走的一幕，嚇得聲音都直了。

「妳們幹什麼，快放下她！」

荷香回頭朝著盛仙玉的方向冷冷一笑。「容霽雲的病情瞧著極似時疫，絕不可再在府中待下去。至於偏院眾人，為了闔府安全起見，自盛姨娘起，近幾日內一律留在自己房間，沒有夫人同意，任何人不得踏出房門一步！」

林大家的邊輕鬆地拖著木板車邊哼著小曲兒。

帶來的一批娃兒除了一個病得極重的，已經都送了出去，本來準備今日就結了店錢離開呢，沒想到城中最大的方家又託人送了個丫頭來，說是不曉事，衝撞了主家，主家又心慈，索性眼不見心不煩，不但不要一文錢，還白送給自己一貫錢，交代自己一定要帶走，再別讓這丫頭出現在城裡。

這種事林大家的倒也不陌生，那些大戶人家，表面上看著乾乾淨淨，可內裡卻齷齪著呢，這丫頭定是礙了主人的眼了。

不過，既有人白送，自己當然也不會推辭，反正也準備走了，明兒個就帶上這丫頭離開好了，沿路再尋些女娃小子來，又是一筆好生意，何況人家還白給了一貫錢呢。至於那個快病死的小子，就扔在這裡，讓他自生自滅好了。

很快到了租住的小店，林大家的解開捆得緊緊的被單，推了推裡面瘦小的身體。「喂，起來了！」

哪知連喊了幾聲，蜷縮在被子裡的丫頭一點反應都沒有。不會是打殘了吧？林大家的心裡有些惱火，忙不迭地徹底鬆開，仔細摸了摸腿腳。都是好好的，不像斷掉的樣子。

林大家的長吁了口氣，而霽雲也在婦人又摸又拽中醒了過來，半晌才艱難地抬頭。

「妳……是誰？」

林大家的正自盤算，沒想到小丫頭突然開了口，當下不耐煩地應道：「妳家主子已經把妳賣給我了，明天妳就——」

話沒說完，藉著影影綽綽的月光，忽然看到霽雲臉上那可怕的胎記，嚇得大叫一聲，一屁股就坐在了地上。

半晌才從地上爬起來，狠狠吐了口唾沫。怪不得倒貼錢給自己，原來是這麼個醜陋到可怕的女娃兒。

看起來還病歪歪的，又長成這副樣子，那是鐵定賣不出去！算了，大不了自己明天帶走，扔到深山裡算了。

林大家狼狽地起身，狠狠在地上又呸了一口，揪住霽雲就扔進牲口圈裡。

霽雲大病未癒，一晚上的又被拖拽著扔來扔去，這狠狠一推之下，一頭就栽倒在了地上。

聽得有人痛哼了一聲，霽雲恍惚間意識到自己好像趴在一個人的身上，但張了張嘴，又再次昏了過去。

霽雲醒轉時，所有的感覺只有一個字：冷。

本就是從被窩裡被直接拉了出來，身上不過一身單衣罷了，更不要說身下還有一個大大的冰塊。

雖然從體型上明白應該是個人，可八成也是個死人罷了，不然怎麼會這麼冷冰冰的沒一點熱氣？

大約也是同自己一樣，得罪了主家，被送給林大家的處理的下人吧？

已經死過一次了，便是身旁還躺著個死人，霽雲心裡倒也不怕的。

不管別人如何，自己總是要想法子活下去。不論多苦，自己都要去找爹爹。

看看角落裡，還疊了好大一堆乾草。這麼冷的天，那裡應該暖和些吧？

霽雲動了下，想要從死屍上爬下來，手指卻忽然被人握住。

小店外懸掛的那盞燈也飄飄忽忽、搖搖曳曳地晃了起來。

霽雲猛然抖了一下，一個激靈就從死屍身上滾落地上，竟是出了一身的冷汗。

已經適應了黑暗，她大致看清，那死屍身量比自己略長些，應該還是個八、九歲的男孩罷了。這麼小的年紀，也不知犯了什麼事，又是寒冬的時節，就被丟給了人牙子？

不覺苦笑。自己又何嘗不是這樣？

罷了，都是苦命人，自己現在這個樣子，比這死屍又能強得了多少？合十默默禱告了下，剛要朝那乾草堆處爬，手背上再次傳來手指劃過的冰冷觸感。

難道這個人沒有死？

霽雲猶豫了下，終於鼓起勇氣把手搭在那人的鼻間，半晌長吁了口氣。

氣息雖然微弱，可人確實還活著。

從這人時斷時續的呼吸看來，應該也是瀕死的狀態。好在同自己一樣，男孩求生的意念非常強，明明已經極度衰弱，卻還是再次想要把手抬起來，只是那手卻不過擦著霽雲的肌膚，徒勞地落到冰冷的地面上。

意識到身邊的人還是慢慢從自己身邊爬開了，男孩終於不再掙扎，眼角緩緩沁出兩滴眼淚。

下一刻，身邊卻突然多了些柔軟的東西。

卻是霽雲，正艱難地拖了些稻草過來。

這個人既然還活著，自己就不能眼睜睜看著他凍死，興許這孩子的家裡，也有望眼欲穿的父母在苦苦盼兒歸呢……

這樣一趟趟的運柴草過來，委實吃力得很，不過爬了幾次，便累得幾乎喘不過氣來，一時馬廄裡充滿了霽雲高高低低的呼吸聲。

強撐著好不容易弄來足夠多的軟草，霽雲身上也沒了力氣，抱著男孩一頭栽在了草堆裡。

歇了好大一會兒，霽雲終於又有了些力氣。

懷裡抱著的男孩，氣息卻更微弱了。
霽雲下意識抱緊了男孩。男孩的手也動了下，似是想回應霽雲的擁抱，卻不過抬了一抬，便不再動。
霽雲嘆了口氣，哄小孩一般輕拍著男孩的後背。
前世，她也曾無比渴望能給方修林生個一兒半女，哪裡料到從十六歲出嫁到二十六歲被趕出方府，整整十年間都沒給方家留下一點血脈。
當時方修林寬慰自己，說是無論自己會不會生孩子，他都不會另娶他人，自己感動之下愛之愈深，對方家也就更死心塌地，無論他們說什麼，自己從來都是言聽計從。
豈知自己前腳被趕出家門，方修林後腳立即迎娶了他那千嬌百媚的表妹李玉文為妻，更諷刺的是，自己嫁給方修林不過十年，被趕出去時，他們的孩子都已經十一歲了！
更沒料到的是，當時坊間竟還盛傳，方修林和李玉文本就是恩愛情侶、鴦盟早定，卻是她橫刀奪愛，容家更以權壓人，強嫁女兒，生生拆散了一對有情人，現在天理昭彰，惡人受到懲罰，方修林和表妹這對苦命鴛鴦終成正果……
虧自己當日還認定這些流言是李玉文所為，方修林定會為自己做主。
正是自己的一意孤行，不但使得自己白白受辱，大庭廣眾之下被李玉文連摑了十多個耳光，更連累護女心切的爹爹被方府惡狗撕咬，差點喪命！
鮮血淋漓中，李玉文倚在方修林的懷裡，卻是笑靨如花。
後來，自己機緣巧合下更知道了另一件事：自己不孕，除了大夫診出的宮寒之症外，更是方修林不斷讓自己服用避子湯的結果。每次只要有房事，方修林都會格外體貼，親手為自己端來一碗香濃的湯，然後親手餵給自己吃……

「既然不想死，就不要死吧。活著雖然很痛，可總會熬過來的……我們都要活著，我要去找我爹，你也要好好活下去，將來，好保護你愛的人……」

霽雲喃喃著，也不知自己都說了些什麼，終於慢慢睡了過去。

而此時，方府中卻是亂成了一片。

方宏快馬加鞭從京城裡趕了回來，他進府時真是喜氣洋洋，春風得意。

沒想到方府有偌大福氣，隨隨便便收留個人，就真的是尊貴無比的容府千金。

本來消息也沒有這麼容易打聽到，合該他好運，七託八託之下，竟和太子的一位家臣搭上了關係，那人聽了方宏的敘述，特意找了容家一個老僕，老僕一眼就認出方宏畫像上的女子，正是容府少夫人孔玉茹。

更令方宏想不到的是，那位家臣後來又領著自己拜見了太子殿下。太子殿下待人和煦，打發自己離開後，那個家臣又帶來一個更讓方宏喜出望外的消息——

太子殿下有意納方宏女兒為妾。

這真是天上掉餡餅啊！想他們方家雖也算是富家大戶，卻是作夢也沒想到可以和官家攀上關係，更不要說是當朝太子了。

只是方宏也有自知之明，太子會如此禮遇自己，看重的絕不可能是他們方家本身，而是目前寄住在方家的容文翰女兒，容霽雲。

自然，在京城的這段時日，方宏也領教了容家在朝堂上究竟有多大的影響力。太子親自推行並為之籌謀已久的一項國策，因為遭遇了以容文翰為首的世家反對，竟生生胎死腹中。

無論是容家在朝中無與倫比的影響力，還是太子的格外恩賜，方宏都明白，自己想保有這一切，都有一個必不可少的前提，那就是討好容霽雲。

無論想什麼法子，都必須把容霽雲留在方府。而他回來時，太子家臣更是明確無誤地交代了這一點。

若失去容霽雲這個籌碼，自己不但無法保有現在的富貴生活，便是闔府人的性命，怕都沒有保障。

容府也好，太子也罷，想讓一個方府消失，無疑都和碾死一隻螞蟻無異。

只是方宏所有的驚喜在回到府中後，卻被人兜頭澆了一盆冷水。不，說冷水太輕巧了，說是滅頂的災難也不為過。

當方宏興沖沖地直撲偏院時，盛仙玉流著淚告訴他，容霽雲被崔玉芳給帶走了。

方宏的笑容頓時僵在臉上，險些沒栽倒在地。

「老爺！」盛仙玉嚇了一跳，忙要去扶，卻被方宏一巴掌搧在臉上。「賤人，我怎麼交代妳的！」

說著，頭也不回就往崔玉芳住的主院跑去。

一路上倉皇的模樣，直把那些奴僕看得目瞪口呆。

「夫人。」春雨和秋月反應過來後也嚇了一跳，慌忙去扶跌坐地上的盛仙玉。

「我沒事。」盛仙玉擦了擦嘴角的血，又是懊惱，又是歡喜。

看老爺的樣子，容霽雲是容府小姐已是板上釘釘的事，可惜這會兒，怕是小命早沒了。只是自己保護不力，尚且被老爺如此對待，那害了容霽雲性命的崔玉芳，絕對更沒有什麼好下場……

主院，方老太太的正房裡坐了滿滿當當一屋子的人，卻是方家的大姑奶奶方錦帶了兒子、女兒回來省親。

老太太最喜歡熱鬧，包括崔玉芳在內，大家都簇擁在老太太身旁，一屋子的珠光寶氣、花團錦簇，看得人眼花。

「祖母，您果然最疼姑母。」方雅心做出傷心的樣子，輕輕晃著老太太的胳膊。「瞧這一桌子的好東西喲，雅心每次來，祖母都是藏得嚴嚴實實，姑母一來，就全擺上了。」

老太太呵呵一笑。「心丫頭還說，是誰聽說姑母要來，高興得什麼似的，又巴巴地跑過來，又是好茶又是精美點心的，一趟趟往老婆子屋裡搬？我倒是疼妳，也沒見妳這麼上心過。」

嘴裡雖是這樣說，臉上表情卻是開心得很。

畢竟是自己最疼愛的女兒，雅心對姑母好，老太太高興著呢！

「哎喲喲，」方錦瞧瞧這個，又瞧瞧那個，一副拈酸吃醋的模樣。「妳們兩個就故意氣我吧，不就是嫁出去的閨女潑出去的水嗎？娘也好，雅心也罷，心裡早就沒了我吧？瞧瞧，一個說這東西多好啊，一個說哎呀，這東西可都是妳送的，妳們兩個親親熱熱，我們倒都成多餘的人了！」

說著，就把頭往旁邊的崔玉芳懷裡擠。「罷了，雅心搶了我的娘，我也要搶她的娘，都說長嫂如母，嫂子，妳可要好好疼錦兒。」

「錦兒，妳都多大的人了，今兒還……」老太太忍不住，噗哧一聲就笑了，其他人也是笑得前仰後合。

正自和樂融融，外面忽然響起了一陣急促的腳步聲。

第五章

「哪個小子，這麼不懂規矩？」老太太微有些不高興。知道老太太喜靜，大凡自己房間外，眾人一向都是躡手躡腳的，這麼咚咚咚的腳步響聲，可知來者定然是個男子。

「娘和小姑繼續嘮著，」崔玉芳站起身。「我著人去瞧瞧。」說著便往門口而去，哪知道剛掀開厚厚的門簾，迎面正好瞧見方宏。

崔玉芳頓時一喜，忙迎上前。「老爺。」

方宏也看到了崔玉芳，獰笑著上前一步，忽然抬起腳，朝著崔玉芳的心窩處就狠狠踹了一腳！

裡面人也聽到了崔玉芳的聲音，都不由一喜，除了老太太還坐在那裡，其餘人忙都起身去迎。

唯有方雅心，心裡卻很不踏實。

以爹的行程，最快也得三、四天後才到家，怎麼這麼急忙就趕了回來？

只是眾人再沒想到，剛剛起身，門忽然被撞開，然後一個人就重重跌在眾人腳下。

「嫂子！」方錦走在最前面，立時看清倒在地上的不是別人，正是自己的嫂子崔玉芳。

方雅心大驚，忙排開眾人，上前一把抱住崔玉芳，卻見自己娘親正痛苦地蜷縮成一團，嘴角還有鮮血汩汩流出，頓時大慟。

抬眼看自己爹爹再次揚起手來，方雅心護住了崔玉芳，恨聲道：「爹索性把我們娘兒倆一塊兒打死吧，以後眼不見心不煩的，爹和盛姨娘自然可以開開心心過日子了！」

自己猜得沒錯的話，爹這麼暴怒，肯定又是盛仙玉搗的鬼！

爹向來最疼自己，從小不捨得動自己一根手指頭，憑她盛仙玉再如何猖狂，方雅心可不信方宏會為了她為難自己。

哪想到方宏卻像中了邪般，連猶豫都沒有地賞了方雅心一個重重的耳光。

方雅心一時被打懵了，其他人也都傻在了那裡。

方雅心從小乖巧，在府中頗有人緣，長大後又善籌謀，甚至方府內務，崔玉芳很多時候也要聽從女兒的意見，雖還是尚未出閣的小姐，也是人人敬畏，卻不防今日會在眾人面前出這樣大的醜。

「爹，你……」方雅心一張俏臉很快腫脹得老高，又急又怒又愧之下，兩行淚水就從臉頰上流了下來。

方老太太也反應了過來，氣得抓起手邊的茶杯就朝方宏擲了過去。

「孽子！我這麼孝順的媳婦兒，還有花骨朵一樣的孫女兒，你也下得了手！今兒個你要不說出個子丑寅卯來，老身就不認你這個兒子！」

眼看著天都要塌下來了，這些人還沒事人一般指責自己，方宏狠狠一跺腳，紅著眼睛盯著地上哀哀哭泣的母女二人。「還哭？闔府人的性命，就要斷送在妳們母女二人手中了！

這件事若能善終還罷了，不然，我就先一根繩子吊死妳們兩個，然後再找個地方抹脖子算了！」

「啊？」這下連老太太也意識到出大事了，不由一愣。「宏兒你說什麼，玉芳和雅心這幾日都在我這老婆子房間裡，會惹來什麼天大的禍事？莫不是你聽了讒言，弄錯了？」

方錦也很是不滿道：「大哥，你是一家之主，可得一碗水端平，可別人家說什麼你就信什麼，就是說破天去，我都不信嫂子和我這姪女兒會害咱們方家！」

「閉嘴！」方宏厲聲道。「妳知道什麼？妹夫已經在前面等著了，妳這就回家去吧！」

這架勢，分明已經是下逐客令了。

方錦頓時氣苦，一跺腳，領著孩子扭頭就走。

方宏也不搭理她，一逕命所有人都退下去，又派了信得過的下人遠遠守著，不讓任何人靠近。

方雅心終於察覺出不對勁。爹的樣子，明顯是發生了什麼不得了的事，可是這幾天，自己和母親委實連家門都沒有出過啊，又怎麼會……

突然想到昨晚自己出主意讓母親拖出去的那個醜女，不會和她有關吧？

果然，方宏掩好門後，恨恨盯著地上的崔玉芳。「賤人，還不快說，妳把人弄哪兒去了？」

「什麼人啊？」老太太明顯不知道發生了什麼事，一頭霧水地問方宏。

崔玉芳卻是一聽就馬上明白，這說的是自己昨晚捆走的那個丫頭的事，心裡頓時大怒，沒想到老爺竟是要為那個醜女出頭，換句話說，分明就是為了盛仙玉那個賤人來找自己晦氣罷了。

「老爺，您好狠的心，枉玉芳嫁了您這麼多年，您不就是想給盛姨娘出氣嗎？玉芳給您生兒育女，如今竟是連一個府中丫頭都不如！我活著還有什麼意思啊，還不如，這麼死了算了！」

「妳還要說？」方宏沒想到都這時候了，崔玉芳還有心思爭風吃醋，氣得揪住崔玉芳的頭髮又是一個耳刮子。「好好好，我這就打死妳罷了！我問妳，妳把她送哪兒去了？信不信要是那丫頭死了，我第一個先要妳的命！」

聲音之狠戾，嚇得崔玉芳猛一哆嗦。

方老太太突然想到兒子走時囑咐自己的話，終於難得清醒了一次。「你們說的是那個叫容霽雲的丫頭？到底發生什麼了？對了，宏兒你不是說進京打聽那丫頭的消息嗎？」神情忽然一震。「難道……她真的是！」

「是啊！」方宏失魂落魄地癱倒在一張椅子上。「她果然是容家的女兒，上京第一世家、名聞天下的大楚第一才子容文翰的女兒！」

容文翰？崔玉芳還在糊塗，方雅心卻已經回過神來。「上京的容家？」

「是。」方宏點頭，神情委頓。「而且太子已經知道了這件事，並答應擇日娶妳為妾，妳這麼聰明，不會不明白太子願意要妳的原因吧？」

「太子要娶我們家雅心？」崔玉芳的淚一下止住了，打雞血般從地上爬起來，半晌卻又撲通一聲坐倒地上，又哭又笑道：「你說，太子瞧上我的雅心了？」

「真是昏聵！」方宏厭煩地道。「妳以為若不是因為容霽雲在我們府裡，太子會看雅心一眼？我現在明白告訴妳，若是容霽雲有個三長兩短，不要說太子絕不會娶雅心，便是我們闔府大小的性命，說不定都不保！」

崔玉芳這次終於聽明白了，女兒的這樁大好姻緣，是太子看在那個醜丫頭容霽雲的分上才勉強應允，天啊，那豈不是說，容霽雲的來頭大得很？

「還愣著幹什麼？」關鍵時候，倒是方老太太先清醒過來，柺杖在地上狠狠搗了一下。「玉芳妳把人送哪兒去了？還不快帶了人去找！」

終於明白為什麼這幾日，玉芳母女倆在自己房間裡寸步不離，原來就是為了防止自己發覺這件事！

心裡頓時對崔玉芳極為不滿，當下板了臉道：「我老太太果然是個擺設罷了，玉芳妳管的好家！」

一句話驚醒夢中人，崔玉芳忙不迭從地上爬起來，嘴裡一直叨叨著。「我這就去、我這就去，我捨出這張老臉來，我給她跪下……」

女兒的大好姻緣啊，自己就是拚了這條老命，也得把那尊貴的容家小姐請回來。

方雅心也顧不得自己披頭散髮，接了崔玉芳的話急急道：「娘說把人交給林大家的領走了。林大家的自來貪財，租住的應該是些小店。爹快派人去，多派些人手；再派人順著官道去追，不過一天工夫，人即便走了，應該也不會太遠……」

方府一陣兵荒馬亂之後，很快就派出了所有奴僕，據說是要找方府盛姨娘的甥女兒……

霽雲再睜開眼時，已經是重新回到了方府之中。

她微微動了下身子，忽然覺得有些不對勁。上半身疼痛得厲害，下半身卻不知道怎麼回事，竟然沒有一點知覺。

霽雲不敢相信，又用手狠狠在腿上掐了一把，仍是沒有絲毫痛感。

「我的腿……我的腿，怎麼了？」

重生後，霽雲第一次感到恐懼。若是沒有了雙腿，自己該怎麼去尋找爹爹？

「雲妹妹。」一個有些悲愴的男聲忽然在耳邊響起，身子也隨之被強行帶入一個懷抱之中。「妳別難過，妳放心，有我呢，哥哥已經替妳報了仇，欺負妳的荷香，我已經讓人牙子領走發賣。至於妹妹的腿，好歹總有法子的，即便一時看不好，只要妹妹不嫌棄，哥哥做妳的腿。」

霽雲身子猛地後仰，正對上方修林含著熱淚的雙眸。

方修林一怔，眼中的淚竟生生被霽雲眼中的寒意給嚇了回去。

好像太不對勁了吧，明明還只是個七歲的丫頭罷了，怎麼這眼神卻如此嚇人，彷彿能看穿自己似的！

被這樣一雙眼睛瞧著，本就裝得痛苦的方修林竟是無論如何也說不下去了，訕訕地放開霽雲。

「我的腿……我的腿……怎麼了？」霽雲臉色蒼白，手也下意識用力絞著。

方修林很快恢復鎮定，溫言道：「雲妹妹莫要害怕，大夫說，凍得太狠了，腿暫時沒有知覺也是正常的。」

只是大夫還說了一句話，若是半個月之後仍是沒有知覺，那應該就是殘了。

這個結果倒是讓方府中人樂意接受的。一個殘了的容府千金，又寄人籬下，不靠著他們方府，還能靠誰？

基於霽雲的殘疾是崔玉芳直接造成的，大兒子方修明自然立即被判出局。方宏一錘定音，容霽雲就嫁給方府二公子，十三歲的方修林好了。

盛仙玉自是喜氣洋洋。

方雅心那臭丫頭雖是嫁給了太子又怎樣，不就是個妾嗎？而且聽方宏的語氣，容家權勢之大，連皇室都得容讓三分。容家那麼大一個家族，目前嫡系也不過就容霽雲這麼一點骨血罷了，兒子只要能娶了容府千金，飛黃騰達自是指日可待！

而且方宏也明確告訴自己，至多在年後，他便會抬了自己為平妻。

盛仙玉明白，這樣做，表面上看是對崔玉芳差點害了容霽雲的懲罰，實際上，卻是為了將來一旦容霽雲身分大白於天下，娶了容霽雲的林兒能有一個相對而言更加體面的身分，那樣才更容易為容家接受不是？

因此，盛仙玉關在房裡和方修林足足談了一下午。

方修林本就是一個有野心的人，不用盛仙玉說，也馬上想到了這一層，暗下決心，一定要讓容霽雲在知道自己身分前愛上自己，並對自己死心塌地。

甚至因此，連原先看了都作惡夢的那張醜臉也覺得順眼了些，起碼裝起含情脈脈那一套來，已經是毫無壓力。

卻沒想到這醜丫頭竟是絲毫不為之所動。

已經知道了霽雲的身分，方修林也不敢太過造次，接了丫鬟捧來的參茶遞給霽雲。

「來，雲妹妹，我特意讓丫鬟一直給妳溫著的，快喝了暖暖身子吧。」

霽雲明白，形勢比人強，無論內心如何驚濤駭浪，也不能表現出來。同理，就是再恨方修林，也得忍著些。

當下強忍住內心的煎熬與憤怒，終於伸手接過參茶，輕輕抿了一口，想了想，小聲道：「那天，和我一起的那個哥哥呢？我想看看他。」

「妳說那個和妳一起的小子？」方修林的臉色明顯有些難看，突然有一種自己的東西被人覬覦的感覺。

畢竟，找到容霽雲時，她可是和那個小子緊緊抱在一起。

眼一掃，霽雲就把方修林充滿掠奪而又厭憎的神情盡收眼底，慢慢呼出一口濁氣。這個男人有太大的野心，尤其是對功名利祿。虧前世的自己還自作多情，誤以為這是方修林太愛自己了！

從前，自己總是小心翼翼揣摩他的心思，想方設法討他歡心，唯恐他會嫌棄自己的孤女身分，可現在，一切都不一樣了。

沒有人知道，現在的她其實是已經活過一世的幽魂，沒有人知道，她其實早已清楚了自己的身分。同樣，現在患得患失，唯恐被拒絕的人是他們，而不是自己。

「我想見他。」霽雲聲音並不高，卻帶著不容拒絕的意味。

「喔，好。」方修林愣了一下，說完才意識到自己答應了什麼，不由有些後悔。自己怎麼這麼容易就聽從了這麼小的丫頭的吩咐？

真是太頭疼了，這丫頭不但對自己的示好全無所覺，而且還這麼任性，只是方才已經答應了，再要後悔明顯不大合適。

第六章

男孩並不是被抱過來，而是扶著下人的手，自己一步一步挪過來的。

應該沒人告訴他要來見誰，所以看到躺在床上的霽雲時，男孩明顯吃了一驚，卻又很快把驚訝壓下去，一言不發在霽雲床前坐下。

霽雲上上下下打量著男孩，良久，終於輕輕道：「我們又見面了。你沒事，真好。」

男孩抿了抿嘴唇，嘴角微微上揚，卻仍沒說一句話。

霽雲也就閉了嘴。自重生後，心裡終於第一次有了點喜悅的感覺。重活一世，總覺得一切好像很不真實，而這個男孩子的出現，卻真真切切讓霽雲意識到，原來一切真的重新開始了。

這個男孩子，她上輩子就見過。

也是這個冬天，當時他獨自一人昏倒在雪地裡，霽雲坐的車子正好經過，心軟之下，就把他帶進了府裡。

哪知得知自己從外面帶了個男孩回來，方修林當時就很不高興，自己嚇壞了，只得給男孩裹了厚厚的棉被又放些藥物，把男孩子拜託給剛到府上的表小姐，也就是後來和方修林上演了一齣「感天動地生死苦戀」的李玉文。

後來自己還曾問過李玉文，李玉文卻告訴自己，說男孩醒來後就走了……

沒想到，今生又在差不多的時間遇到了男孩。

和上一世不一樣的是，兩人卻是在男孩清醒的時候見了面。這是不是昭示著，這一生，那些曾經上演的悲劇，自己也許可以讓它們不再發生？

兩人一個低著頭沈思，一個面無表情，竟是半天都沒有說話。

一直守在窗外的方修林終於吁了口氣，放心離開了霽雲的房間。

眼看著又到了吃藥的時辰，想著兩人症候差不多，霽雲就吩咐下人多熬一碗藥來。

男孩平靜的表情終於有了些裂縫，只不過那苦惱樣子同樣是一閃而過，便又恢復了死氣沈沈的樣子。

霽雲失笑，看男孩一副慷慨就義的模樣，閉著氣仰頭就把一大碗藥喝了進去，忙捏了個蜜餞丟進男孩嘴裡。男孩嚇了一跳，竟就那樣張著嘴巴傻在那裡。

霽雲失笑，柔聲哄道：「快漱一漱啊，化了很甜的，嘴裡就不苦了。」

明明霽雲看著也是七歲的小孩罷了，卻用這麼老氣橫秋、哄孩子一般的語氣說話，其他伺候的丫鬟就有些忍俊不禁。

「這麼好吃的蜜餞，小公子八成是捨不得吃呢。」

「太好吃了所以捨不得嗎？」霽雲也順著丫鬟們的話故作天真地道，想了想，隨手拿起几案上的那包蜜餞，塞到男孩手裡。「你拿著吧，覺得苦了就吃一粒。」

男孩定定看了霽雲一眼，把那包蜜餞緊緊抱在懷裡。

直到離開，男孩始終沒有開口說過一個字。

目送男孩走遠，霽雲嘴角慢慢露出一絲笑容。

這一世，不知為什麼，李玉文好像出現得晚了些啊，還有她那個弟弟……

當時在府中，一則自己心裡眼裡全都是方修林一個，二則方修林的有意回護，以致自己根本不瞭解李玉文的家庭狀況，沒想到她竟然有那樣一個俊美如斯而又心狠手辣的弟弟。她那個弟弟雖然只出現過三次，可每一次都給自己帶來幾近毀滅的打擊。

第一次，他護著李玉文，冠冕堂皇從正門而入，看著自己的那冰冷神情如對狗彘。

第二次，自己再次落入方家人手中，爹爹派了身邊近衛來搭救，他卻仗劍擋於門前，毫不費力地斬殺三人，重傷一人，然後在天亮時，親自把自己交予來拿人的衙差，見證了自己身敗名裂的整個過程。

第三次，破廟之中，他再次出現，格殺了爹爹身邊最後兩名近衛，留下一地鮮血，才冷漠地揚長而去……

是夜，天暗沈沈的，無邊的黑暗中，偌大的方府如同一隻怪獸，匍匐在夜色中。

本是閉目熟睡的男孩忽然睜開眼來，一眨不眨地盯著房間唯一的窗戶。

下一刻，窗戶咯噠一聲，一個黑色的身影若鬼魅般閃身而入。

正凝目屏息，手裡還扣了把飛刀的男孩長長吁了口氣。

下一刻，黑衣人已經欺身上前，往男孩嘴裡塞了顆藥丸，然後長臂一伸，就把男孩抱了起來，轉身就要離開。

「慢著。」男孩終於開口，聲音竟是嘶啞難聽至極。

黑衣人似是沒想到男孩會突然說話，下意識停住了腳步。男孩掙開男子的懷抱，蹣跚著來到床前，極快地從枕頭底下掏出一包物事，迅速塞入懷中。

黑衣人不覺皺眉，卻也沒說什麼，又要伸手去抱男孩，卻被男孩讓開。

「讓阿呆留下。」

小小的身子站得筆直，便是口氣中也充滿了上位者的威嚴。

「不行。」黑衣人毫不猶豫拒絕。「這批孩子中，阿呆武功醫術都是最高的，這次你的解藥就是他配出來的。我想把他放在你身邊——」

卻被男孩突兀地打斷。「讓阿呆留下，告訴他，以後他和我們再無任何關係，他只有一個主子，那就是容霽雲。」

黑衣人明顯沒料到男孩會說出這樣一番話來。容霽雲，這又是哪瓣蒜哪根蔥？

「對我而言，這世上最重要的人。」男孩似是看破了黑衣人的心思，一字一句道……

第二日一大早，方修林就趕了來，故作不經意地告訴霽雲，那個男孩子真是沒家教，竟然說都沒說一聲就離開了。

霽雲怔了一下，卻也沒有過多的表示。

方修林更加放心。自己本來擔心霽雲會不會喜歡上那個男孩子，現在看來，霽雲就是典型的小孩子心性，不然怎麼可能這麼無動於衷？

方修林有信心，只要容霽雲長到情竇初開的年紀，她一定會喜歡上自己。

霽雲看著一時咬牙一時歡喜的方修林，只覺內心更加厭惡，再次閉上眼睛睡了過去。

半夜時分，霽雲猛地睜開眼睛，說不清為什麼，可她就是覺得屋裡好像多了個什麼。

正要撐起身子去瞧，卻被牆角處一團白色的物事吸引了視線。自己記得，好像白天那裡並沒有什麼多餘的東西，怎麼現在會有一團白色的東西？

正自糊塗，那白色的東西忽然動了起來，飄飄忽忽地往霽雲的床邊而來。

「你！」饒是霽雲膽大，卻仍駭得叫出聲。

可下一刻，霽雲吃驚地發現，無論她如何張大嘴巴，竟是怎麼也說不出一個字。

那團白色物事也已來到了近前，卻是一個人，藉著昏黃的月光，直直盯著霽雲的眼睛。

霽雲掩飾了眼中的冷意，故作恐懼地拚命掙扎。

白衣人的頭猛地往前一伸，定在霽雲的臉上方，饒有興味地等著瞧霽雲魂飛魄散的恐懼模樣。

霽雲長長吁了口氣。自己果然草木皆兵了些，這麼幼稚的傢伙，怎麼可能是方府派來試探自己的？

冷冷瞟了白衣人一眼，唬得白衣人猛地一怔，頓時有些反應不過來。

自己是來嚇人的，怎麼這會兒被嚇住的好像是自己？頓時就有些不忿。

白衣人重重哼了聲，終於收回視線，提了個板凳坐下來，然後一伸手就掀開被子，嗤啦一聲撕破了霽雲腿上的衣物，兩條白生生的小腿就暴露在冰冷的空氣裡。

看霽雲仍然沒有反應，不由大感無趣，忽然從懷裡拿出幾根針，胡亂往霽雲腿上扎了幾下，然後氣哼哼地打開窗戶，沒了蹤影。

霽雲睜開眼來，頗為深思地瞧著窗外黑漆漆的夜空。

這神秘人到底是何方神聖？

原以為是個瘋子罷了，誰知從那天開始，每到夜半時分，白衣男子都會飄飄忽忽出現，來了之後，無一不是先看霽雲的反應。

可饒是兩人越來越熟識，霽雲卻從來都把他當成透明的一般。到最後，霽雲甚至已經完全習慣這個夜半出現的不明生物，即使白衣人氣哼哼的，恨不得在那張醜陋不堪的臉上盯出個窟窿來，霽雲仍是熟睡如常。

白衣人氣不過，便掏出銀針在霽雲沒有知覺的腿上撒氣，而且戳的時間越來越久，往往是毫無章法地亂戳一通後，才趾高氣揚地揚長而去。

轉眼，半個月的時間過去了。

其間，方家又請了很多大夫來，只是不論哪個，幫霽雲診脈過後卻都是搖頭嘆息。

這小女孩當真可憐，不只人長得醜，現在這麼小的年紀，竟連腿都殘了。這個樣子，以後怕是連嫁人都難啊……

盛仙玉每每來時，總是擺出一副慈母的樣子，看霽雲的眼神竟是比對著方修林還要和藹。除此之外，每天還變了花樣地往她房間裡送各種好吃好玩的東西，每每摟著霽雲心肝肉地不停叫著，然後再嘀嘀咕咕說幾句崔玉芳的壞話。

崔玉芳自是不甘，可已經知道霽雲的身分，生氣之餘又很是害怕，終是被方雅心拉著親自賠罪來了。

當時盛仙玉也在，聽下人說崔玉芳母女就在門外候著，頓時興味無窮。這還是傳出自己要被抬為平妻消息之後，第一次見崔玉芳，當即假惺惺地迎了出來，道：「哎喲，原來是姊姊和心兒啊，快進來快進來。妹妹早說要去姊姊屋內坐坐呢，只是可憐我家雲兒身子骨太弱了，我這一直守著的不是？也沒法離開。」

看崔玉芳一臉吃了大便的樣子，盛仙玉心裡暗爽。

崔玉芳自然聽得出盛仙玉語氣裡的驕縱之意，心裡雖然恨極，無奈此一時彼一時也，只得強壓了怒火，勉強笑道：「妹妹，說哪裡話來，當初都是我考慮不周，才使得雲兒病上加病，妳以後什麼都不必做，只要好好看顧雲兒便可。」

一行人進了屋。

跟著的丫鬟忙把手裡捧著的精美衣物和美食等奉上，方雅心也跟著坐到床前，握著霽雲的手時的親密神情，竟是和親姊妹相仿，彷彿從前那些不快從未發生過。

「妹妹，姊姊早想來看妳了，可是爹爹說妳身體不好，囑咐我等妳有些精神了再來。姊姊現在看著，妹妹果然好多了呢。喏，這是我娘，妳以後也當自己的娘就是。想吃什麼、想玩什麼了，都可同她講。」

「是啊。」崔玉芳尷尬地湊了過來，腆著臉道：「雲兒有什麼想要的嗎？大娘這就著人給妳送過來。」

霽雲對這兩個女人自來沒什麼好感，剛要搖頭，卻一眼看到方雅心腰間的一塊琥珀色玉墜，眼睛頓時一亮。

方雅心很會察言觀色，笑著摘下玉墜子塞到霽雲手裡。

「很好看是吧？太子府的東西，我弟弟修明也同妳一樣，愛得不得了，他手裡也攢了好多的玉石呢。不過這東西，還是更適合女孩子，妹妹喜歡的話就拿著玩吧。」

霽雲接過那枚玉石，高興地把玩起來，對方雅心後邊的話卻絲毫沒注意的樣子。

盛仙玉撇了撇嘴。這對母女果然不安好心。

霽雲恰好張嘴打了個呵欠，盛仙玉便站起身，不陰不陽地對崔玉芳母女道——

「我們雲兒身子骨還弱著呢，大夫囑咐說要多靜養，姊姊和心兒沒其他事的話，就先回去歇了吧。」

方雅心笑了下，對盛仙玉的無禮絲毫沒放在心上，又細細囑咐了旁邊的丫鬟小心伺候，這才施施然起身，扶了母親離開。

三人離開後，霽雲冷笑一聲。狗咬狗一嘴毛罷了，只是今天卻有一個意外的驚喜。

霽雲再次舉起手裡的玉石細細瞧著。

真是踏破鐵鞋無覓處，得來全不費工夫。自己正愁著怎麼把舅舅手裡那枚爹爹刻給自己的私印拿回來呢，就得了這枚玉石。無論大小還是顏色，都和爹爹刻的那方相差無幾！

第七章

白衣人再次到訪的某個晚上，依舊故技重施地飄到霽雲床前，歪著頭對著霽雲呆了半晌，忽然伸手用力揪住霽雲的兩腮扯了起來。

霽雲吃痛之下，頓時清醒過來，氣得捉住那隻冰涼的手塞進嘴裡咬了一口。等放開手，才意識到自己做了什麼。

霽雲不由慚愧，果然年齡會影響心智嗎？自己竟會做出這麼幼稚的舉動。

白衣人被咬得狠了，疼得嘴角直抽，下一刻，卻把印了深深的兩排牙印的右手伸到霽雲眼前。

「疼。」

和人的不著調相比，聲音竟是清亮動聽，明顯是個十四、五歲的少年。只是，這話語裡濃濃的撒嬌意味又為那般？這傢伙是不是沒長眼啊，自己怎麼瞅著也都是七歲的孩童，衝自己撒嬌，這不是有病嗎？

霽雲頓時有些尷尬，眼神游移著，就是不看那兩排牙印。當然，這麼黑，想看可能也看不著。

白衣少年卻更加委屈，手再次往下移，放到霽雲唇邊，更加可憐巴巴道：「疼。」

霽雲真是哭笑不得，抬手就把那隻手拍開。

「再伸過來，我還咬你啊！」

話音未落，手忽然被人抓住，下一刻，同樣的位置也被狠狠咬了一下！

「你！」霽雲疼得差點哭了。這就是以牙還牙吧？再怎麼說，自己這樣也是個小孩子啊，竟然跟個小孩一般見識，這貨果然是瘋子！

哪知後面還有更離譜的事，被咬過的部位忽然一熱，卻是少年的舌頭舔了上去。

霽雲頓時有一種被雷劈了的感覺，簡直無語淚先流。果然瘋子不可用常理推測，若非看他是為了給自己治腿而來，自己就要喊人了！

雖然不知道白衣人是何來歷，甚至連他的模樣也總是隱在黑暗裡，可這傢伙惡作劇之後，除了在自己腿上不停戳來戳去，也從來沒有什麼過分的舉動。

沒想到這傢伙今天卻突然如此過分。

可還沒等她開口，白衣人又戀戀不捨地舔了幾下霽雲的手，抽了抽鼻子委委屈屈道：

「餓。沒吃飯，咬我，疼。」

霽雲再次愣住。自己理解得沒錯的話，這傢伙的意思是他沒找著東西吃，餓得很了，才會去揪自己臉蛋？至於說方才舔自己的手，其實是把自己的手當成某種生物的蹄子來啃了？

霽雲深深吸了一口氣，才強忍住再把少年另一隻手也咬一下的念頭。她伸手拽住少年的衣領子，胡亂抓了些點心塞進了少年的嘴巴裡，直塞得少年滿嘴都是，才住了手。

不得不佩服少年的強大，那麼多甜得膩死人的點心，少年竟是連嚼都沒嚼就狼吞虎嚥了下去。只是下一刻就悲劇了，一下被卡住了喉嚨，頓時噎得直翻白眼。

霽雲又是好氣又是好笑，摸著床邊倒了杯溫熱的參茶遞過去。
少年果然乖覺，忙湊過來，卻不接，而是就著霽雲的手喝了下去。
就沒見過這麼厚的臉皮。
少年果然是餓得狠了，接下來又掃蕩了霽雲積下的大半點心，看得霽雲目瞪口呆。
這分量，怕是自己能吃三天吧？
少年終於茶足飯飽，揉著肚子癱坐在椅子上，那樣子真是滿足至極。
「你到底幾天沒吃飯了？」霽雲終於忍不住問道。
「幾天？」少年撓了撓頭，扳著指頭數了起來。「一天……兩天，嗝……三天。」
終於，他淚光閃閃地抬起頭，控訴地瞧著霽雲。「我都三天沒吃東西了，嗝！以前一天一般吃一頓的，嗝……」
真是越想越委屈，原來看見一個房間裡有吃的，自己就進去拿，可這幾天不知怎麼了，那房間裡的東西都不知跑哪兒去了！
自己蹲在那兒足足等了三天啊，等到脖子都餓細了，哪知卻一點吃的都沒等到。
「你以為自己是頭豬嗎？不對，豬餓了，也知道換個地方去找，你就不會去其他地方找？」霽雲聽得啼笑皆非。怪不得前幾天廚房的人老說吃食之類的東西丟了，原來是這隻人形大老鼠幹的！
「不去，麻煩。」少年懶懶道。
就沒見過這麼懶的人，真是服了，竟然寧願餓死都不挪個地方！霽雲很無語，瞪了少年一眼。「以後餓了就來我這裡。」想了想又補充道：「記住了，一天三頓。」
「三頓？」少年頓時就有些炸毛。「幹麼那麼多？一頓就夠了。」
一頓就夠煩了，還要三頓？
果然。霽雲再次翻了下白眼。怪不得每天飄來飄去，瘦得像個鬼一樣。
「我說一天三頓就是三頓。少了一頓，就餓你三天。」
「喔。」少年是典型的吃硬不吃軟，看霽雲強橫的樣子，吞了吞唾沫，終於怏怏應下了。
霽雲再次被氣樂了。看這傢伙的模樣，怎麼自己這個供飯的倒像是占了什麼天大的便宜？
吃飽喝足了終於有了力氣，少年從懷裡掏出一根銀針，掀開霽雲的褲子時卻又猶豫了下，為難地瞧著霽雲的小臉。
「那個……妳怕疼嗎？」
「怎麼？」霽雲不解，什麼疼不疼的，自己的腿一直都沒有知覺好不好？
她忽然想到一個可能，一把抓住少年的手。「你是說，我的腿、我的腿……」
這段時間以來，雖是自己一直裝作一般的小孩子，似是完全不理解殘疾意味著什麼，可沒有人知道，其實內心承受著怎樣的煎熬，特別是那些所謂的名醫一個個搖著頭離開……
沒有腿的話，豈不意味著原本就困難重重的尋父之路更是難如登天？若不是想到遠方苦苦尋覓自己的父親，霽雲怕是早就崩潰了。

而現在，少年竟問自己是不是怕疼，那豈不是說，自己的腿還有救！

「妳要是怕疼的話，就不扎吧。」少年似是有些不忍，做了個收起銀針的動作。畢竟，自己方才白吃了人家一頓不是？

霽雲差點流出的淚又無影無蹤，一把攥住少年的手，惡狠狠地道：「快扎！不然十天不給你飯吃，然後再一天讓你吃十頓飯！」

這次終於換成少年無語，拍開霽雲的手，左手忽伸，一把抓起霽雲的腳板，抬手就將銀針扎了進去。

和以往漫無邊際的亂戳不同，少年這次竟是非常精準地對著兩個腳板同一個位置連扎了六次。

這麼黑漆漆的房間裡，也不知他是怎麼做到的。

看少年停了手，霽雲卻仍是沒有一點感覺，剛想開口詢問，一陣如千萬隻螞蟻同時嚙咬般的尖銳刺痛忽然從下肢傳來。

「哎喲！」

霽雲慘呼一聲，下一刻，卻是流了一臉的淚。

早就對自己的腿不抱一線希望了，已經做好了爬著去找爹爹的準備，沒料到峰迴路轉，自己的腿竟然有了知覺。

「這是疼傻了吧？」看著又哭又笑的霽雲，少年不覺微微抖了下，往後退了一步道：「我就說很疼吧，是妳一定要我扎……」

話還沒說完，脖子一下被人摟住，然後臉上被狠狠親了一下。
少年僵立片刻，臉色忽然爆紅，一跺腳，一把推開霽雲，翻身就飛了出去。
只是都飛出去老遠了，只覺被親的那個地方還熱辣辣的，就是自己的心，好像也咚咚咚地拚命跳著。
自己不是中毒了吧？忙伸手握住自己的脈門，好像也沒有中毒啊……
後來霽雲才知道，恢復知覺那一刻並不是最疼的，之後才是更痛苦的過程。其間，還要各種小心不被方府中人察覺。
好在方府中人看來是已經接受了她殘疾的事實，並沒有再請大夫來。
白天，霽雲就乖乖在床上躺著，忍耐著方修林每天情意綿綿地對著自己訴衷情，晚上，才小心地起來，一步步在地上鍛鍊。
第一次下床走動的那個夜晚，霽雲摔倒地上，半天都沒爬起來，快天明的時候，才勉強挪回床上。
而且白衣少年也不知怎麼了，從自己的腿恢復知覺後，竟再沒出現過，便是說好的食物，也沒來取。
怕是已經離開了吧？霽雲不由遺憾。腿都治好了，可自己竟連對方長什麼模樣都不知道呢！
哪知就在霽雲確信少年已經離開的三天後，白衣少年再次無聲無息地出現，看到霽雲摔得青青紫紫的傷痕，已經餓得發綠的眼睛頓時就變成了紅的，忽然抓起霽雲的另一隻手，作勢要咬，最後卻是放在唇邊輕輕碰了一下，然後長嘆一口氣。

那老氣橫秋的模樣，竟和爹爹看著不聽話的調皮女兒相仿。

然後，他把左臉蛋湊了過去，很認真很正經很苦惱，慢吞吞道：「妳在我這邊臉蛋再咬一下吧，不然，我吃不下飯……」

一個月後，霽雲的腿終於恢復如常。而一年一度的春節，也如期而至。

方府的這個春節過得格外喜慶。

就在春節前幾天，一艘官船停泊在港口，方宏親自把女兒送上了船。

很快就有消息傳來，說是方府大小姐方雅心嫁進了太子府。

城中各大家族本是對這個消息半信半疑，不大相信憑方府一介商家，又不是頂尖的富豪，怎麼可能攀上太子這棵大樹。雖然聽說大楚宮中，皇上更寵愛小兒子楚昭，甚至有廢了太子立小皇子為儲君的傳言，不過傳聞畢竟是傳聞，大楚王朝的太子殿下還是那一位。

可是，還不到春節呢，就有人看見城中郡守的轎子在方府出入。

其他大族也都是人精，立即明白方雅心嫁入太子府為妾這件事應該是真的。

方府的這個春節也就過得分外熱鬧又揚眉吐氣。

方宏自然明白，這所有的榮光歸根究柢，都是容霽雲帶來的，而且太子的特使還特意悄悄入府觀察過，看了那些信箋和人後，再次肯定，此女必然是容文翰的女兒。

雖然因那胎記使然，容霽雲相貌醜陋得嚇人，可那雙眼睛活脫脫和容文翰如出一轍。

而且，他們已經透過確定的消息管道得知，容文翰的女兒確實失蹤了，他也的確對那個女兒愛得如珠似寶，稱為掌上明珠一點也不為過。

怪不得三年前，容文翰會大病一場，原來病根都在這個丟失的女兒身上。

近年來，看容文翰的意思，根本就沒有再次娶妻的意圖，這也就意味著，容霽雲就是容家這個百年世家唯一的血脈。

綜合種種情況看來，對心思玲瓏、油鹽不進的容文翰而言，這個相貌醜陋的女兒，或許就是他唯一的軟肋。

臘月十六，盛仙玉被抬為平妻。

同日，盛仙玉的妹妹盛榮芳也帶了女兒李玉文前來觀禮。

李玉文和方修林年齡相當，都是十二、三歲左右。

當美麗妖嬈的李玉文甫一出現，馬上就吸引了方家兄弟所有的注意力。

而最終的結果，自然是長相更英俊的方修林很快擄獲了李玉文的一顆芳心。

方修林上一世再如何陰險毒辣，這會兒畢竟少年心性，整日裡對著霽雲這個醜陋無知的女娃兒，明明心裡厭惡得不得了，偏要不停地說著好聽話，真是嘔得不得了。

現在看到花朵一樣的表妹，只恨不得日日陪在左右，來霽雲房間的次數明顯少了，即便是萬不得已來一次，也是稍微坐會兒就趕緊找藉口離開。

霽雲只做不知，卻恨不得方修林再不要來自己這裡最好。

想想上一世，自己就是因為李玉文的突然出現，又是生氣又是難過，唯恐方修林被搶了去，忙不迭地把自己的假胎記拿掉。

這一世，自己可再也不會做那樣的蠢事……

第八章

正月初二是出嫁的女兒回娘家的日子。

方錦進府時滿臉笑容。

上一次回娘家，卻被自家哥哥給趕了出來，使得自己在婆家人面前大大沒臉，好在很快又傳出姪女雅心嫁入太子府的好消息，婆家人待自己的態度立刻來了個大轉彎。

這次回來，一定要好好巴結嫂子！

崔玉芳和盛仙玉也已經聽下人回稟說姑奶奶回來了，笑吟吟迎了上來。

只是盛仙玉的笑透著幾分得意，崔玉芳的笑卻很是勉強。

方錦繃著臉，絲毫不見笑意地和盛仙玉勉強見了禮，然後高高興興地一把挽住了崔玉芳的胳膊，特意揚聲道：「嫂子，錦兒恭喜妳了，我就說嘛，咱們雅心命格貴著呢，不像那些上不了檯面的，便是弄個女兒又如何，烏鴉怎麼也變不了鳳凰的！」

看別人都一臉笑笑地瞧著自己，後面的盛仙玉鼻子險些給氣歪了。這不是和尚頭上的蝨子，明擺著是嘲笑自己嗎？

這些狗眼看人低的！轉了轉眼珠，悄悄吩咐身邊的秋月道：「去，把小姐請過來。」

目前在方府中，容霽雲就是自己的尚方寶劍，自己倒要瞧瞧方錦怎麼找死。

霽雲這會兒正在房間裡。

雖然一大早，盛仙玉就差人說要帶自己去正房熱鬧熱鬧，霽雲卻明白，說什麼熱鬧熱鬧，不過是想借自己耍耍威風罷了，當下便一口回絕。

理由也很好找，自己是小孩子，腿又不能動，脾氣不好，還會耍賴，都很在情理之中不是？

正斜靠在床上瞧著窗外發呆，門卻啪的一聲，接著有輕輕的腳步聲響起。

「下去吧。」霽雲不耐煩地道，身上卻忽然一沈，緊接著，自己放在床裡側的那個破舊包裹一下被人搶了去。

「放下！」霽雲厲聲道，回頭看去，卻是李玉文正冷笑著站在面前。

「還給我。」她盯著李玉文，眼中的冰冷凍得李玉文不覺往後退了一步。

意識到自己的狼狽，李玉文又羞又惱，抖開包裹，任那一疊信箋飄然灑落，甚至有幾張還落到了火盆裡，變成一簇明亮的火苗。

霽雲臉色一白，一下從床上栽了下來，伸手就去搶，卻被李玉文一把摁住。

「死丫頭，看妳還敢不敢跟我搶表哥！」

窗外，秋月的影子一閃，又很快地退了開去。

「李、玉、文。」霽雲半爬在地上，盯著李玉文，一個字一個字地道。

「我在呢。」李玉文蹲下來，越發地笑意盎然。

遠遠的，一陣急匆匆的腳步聲忽然傳來。

李玉文忙丟開霽雲，神情頓時變得楚楚可憐，頭皮卻忽然一痲，卻是長髮已落在了霽雲手裡。

「妳做什麼？」李玉文一呆，還沒反應過來，臉上已狠狠挨了一個耳光。

「妳、妳打我？」李玉文簡直不敢置信。

霽雲再次抬起手來，接連搧了三、四個耳光。

李玉文沒想到霽雲雖然人小，力氣竟這麼出奇的大，臉上頓時一陣熱辣辣的痛。

事情果然如自己預想的那樣發展了，可又好像和自己預想的不大一樣……

腳步聲終於來到了門外，然後，門砰地被推開。

中間是方老太太，兩邊分別是崔玉芳、方錦和盛仙玉，後面還跟了一大串神情各異的女眷，便是方修林兄弟倆也聞訊趕了過來。

李玉文長吁了一口氣，以為自己的刑罰終於可以結束了，哪知霽雲卻是眼都沒抬一下，依舊左右開弓狠狠搧著李玉文的耳光，啪啪啪的脆響聲頓時充滿了房間。

剛才還一片喧譁的人聲頓時一片寂靜。

「姨母，救我！」李玉文被打得頭都懵了，良久才反應過來，淚流滿面的樣子真是我見猶憐。「我不過是看霽雲妹妹孤單，想陪她說說話，正巧看見她東西掉落，就想幫她拾起來，哪料到她卻瘋了一般撲上來打我。」

方修林第一個就忍不住，想去抱李玉文。

崔玉芳的臉上帶了一絲奇異的笑。

盛仙玉看著霽雲的臉色，本也是難看至極，但看到崔玉芳的這縷笑容，猛一警醒，趕緊喝止方修林道：「林兒，你這是做什麼，還不快退下！」

「雲兒，妳怎麼又胡鬧，快放開玉文姊姊。」方修林又急又怒，只得轉向霽雲。霽雲有恃無恐，又狠狠給了李玉文一巴掌，惡狠狠地道：「我討厭她，你們都護著她，你們都和她一起欺負我，我要打死她，打死這個賤人！」

又瞟了李玉文一眼，那神情冰冷之外更是充滿了嘲諷。

李玉文一愣，只覺得事情好像更詭異了。

不是應該看到自己受委屈，所有人都該指責容霽雲，進而厭煩容霽雲，否定她的兒媳婦資格嗎？怎麼這些人一副手足無措的樣子？

方修林先是一驚，繼而卻又一喜。霽雲這是……吃醋了？

「什麼東西！」方錦目瞪口呆之餘終於醒過神來，不由勃然大怒，好好的喜慶日子，這兩個外人竟是如此攪局。

看盛仙玉的樣子，八成就是她的兩個甥女了，又恨鐵不成鋼地瞧了一眼低著頭做木頭狀的嫂子，這麼好的機會都不知道把握，怪不得會被盛仙玉給死死壓在頭上。

當即冷了臉道：「還不快來人，把這兩個不知死活的丫頭拖下去好好管教！」

「啊？」李玉文一下愣住了。管教的話，不應該是容霽雲嗎？自己目前是受害的好不好？

「姑母。」方修林一愣，忙要阻止。

「好了，兩個小丫頭鬧著玩罷了。」方老太太終於開口，沈著臉瞟了一眼一片狼藉的房間。「地上這麼涼，還不快把雲丫頭扶回床上？文丫頭身邊的人呢？還愣著幹什麼，去扶妳家小姐起來吧。」

這下不但李玉文，便是方錦和其他一眾女眷也倒吸了口冷氣。

老太太這也偏心得太明顯了吧？這叫鬧著玩？看那醜丫頭慓悍的模樣，再晚來會兒，說不定會出人命也不一定。

醜？胎記？方錦心裡忽然一動。這麼可怕的胎記，自己好像在哪裡見過……

「走了。」方老太太的聲音再次響起。「不嫌我老婆子煩的話，就再陪我老婆子說說話。」

說完給盛仙玉使了個眼色，然後才轉身離開。

眾人忙乖乖跟上，唯有方錦走了幾步又忽然站住，狠狠跺了下腳。

終於想起來了，這個女孩子自己可不就見過，不是鎮上那個有名的破落戶孔方文的甥女？竟然跑到自己娘家作威作福來了！

眼睛一轉，頓時就有了個主意。

看著那一群匆匆而來又匆匆離去的方家人，李玉文只覺腦袋好像打了結。怎麼可能和自己設想的完全不一樣？難道這麼多耳光，自己都白挨了？

她淚光閃閃地轉向盛仙玉。

「姨母。」

「妳先回房間。」盛仙玉卻不欲和她多說，反而急急往床邊而去。「哎喲，我的乖雲兒啊，讓姨母瞧瞧，有沒有傷到哪裡？」

自己怎麼會有這麼愚蠢的甥女，那可是容文翰的親筆書信，將來認親要用的，可都是無價之寶！

李玉文身子一晃，險些沒氣暈過去。自己這個被打的人無人搭理，打人的人反而受到百般憐惜。

她一把推開欲言又止的方修林，踉踉蹌蹌跑了出去。

方修林想要去追，卻又擔心容霽雲會因此恨上自己，終是強忍著滿心的厭惡留了下來，哪知道霽雲卻還是不依不饒。

「李玉文那般欺負我，不就是因為她有你這個表哥還有什麼弟弟護著嗎？你走，我不想看見你！」

方修林雖是不住咬牙，又怕惹霽雲不高興，只得強壓了怒火道：「霽雲，妳又多想了，玉文哪有什麼弟弟？家裡就一個姊姊罷了。就是我，自然也是護著妳的。」

「李玉文沒有弟弟？」

霽雲簡直以為自己幻聽了。

實在是李玉文那個惡魔一般的兄弟，根本就是自己上一世無法逃脫的惡夢！而現在，方修林卻告訴自己，李玉文根本就沒有弟弟？

事情怎麼有些不對勁，明明上一世李玉文是有兄弟的，而且她那個兄弟應該和自己年齡相彷，怎麼方修林卻斬釘截鐵地說根本就沒這回事？

那麼一個大活人，就這樣平空消失了？

正自頭疼，一個丫鬟忽然匆匆走了進來，看到方修林也在，神情頓時就有些詭異。

給方修林和容霽雲見了禮，才稟道：「小姐，外面來了一個渾人，口口聲聲說是您舅舅和表兄，老爺讓奴婢接您去瞧一下。」

府裡今年的怪事真是特別多，盛姨娘護著這癱子也就罷了，怎麼瞧著老爺對這醜女也頗有回護之意……

方修林怔了一下，頓時有些狐疑，忙也跟了上去。

方宏正陰著臉坐在書房內，瞧著大剌剌坐在下首、樣貌不善的父子，只覺一陣晦氣。好好的，容霽雲怎麼會突然冒出個舅舅來？自己本待讓人把這兩人轟出去，可又怕他們出去亂說，只得先安撫住，一切等霽雲來了再作計較。

別說這人不見得就是容霽雲的親舅舅，即便是，說不定見了她現在這副樣子，也是避之唯恐不及。

若這男人執迷不悟，執意要帶走容霽雲，就別怪自己心狠手辣！

「爹。」方修林掀開厚厚的帷簾，警惕地瞧著下首的父子倆。

方宏點了點頭，眼睛在低垂著眼的霽雲身上停了下，又很快轉開。

倒是孔方文父子忙站了起來，在看清被人抬進來的霽雲後，表情明顯有些扭曲，尤其是孔松青，簡直想拔腿就走，卻被孔方文給狠狠擰了下。

孔松青黑著臉又坐了回去。

方宏換了個坐姿，表情明顯緩和下來。

「雲兒，我苦命的孩子……」孔方文醞釀了良久，終於擠出個哭喪的表情。「唉，妳說妳娘怎麼就去了呢？是舅舅照顧不好，讓妳們受了這許多苦。」

奈何對自己妹子孔玉茹實在沒一點感情，竟是半天也沒辦法擠出一滴淚，只得用袖子在臉上胡亂擦一下，就想去抱霽雲。

卻被霽雲狠狠打開。「你是誰？我不認得你。」

孔方文頓時就討了個沒趣，旁邊的孔松青本是歪歪斜斜坐在凳子上，見此情景，騰地一下就站了起來，衝霽雲晃一晃拳頭道：「臭丫頭，別不識抬舉啊！」

這死丫頭和姑母當初賴在孔家時，自己就沒少這樣教訓她們，現在八成又想吃自己拳頭了！

方宏嘴角笑意更濃，卻用眼神止住了要上前「英雄救美」的兒子。

鬧吧，鬧吧，現在鬧得越凶，待會兒容霽雲越不會跟他們走，倒省得自己麻煩。

方修林也很快想通了其中關節，倒也樂得清閒，只想著孔松青真上前捶這死丫頭幾下倒好，也算是給表妹出氣了。

「你們到底是誰？」霽雲裝出一副害怕的樣子，小小的身子不住往後縮，垂下的劉海恰好遮住了眼中的厭惡和鄙視。

當初孔家家貧，孔玉茹五歲那年便被父親賣掉，自此斷了音訊。卻沒想到逃離容家後，會在一個小鎮上遇到逃難至此的孔方文。

原來孔玉茹被賣後不久，家人就把賣女兒的錢財揮霍一空，然後家鄉大水，父子倆就流落到了他鄉。

孔玉茹本以為父兄已經死在那場大水裡，沒想到會碰見自己哥哥，當即大喜，不但拿出錢財幫哥哥買了房屋田地，還出資送姪子孔松青進學館。

但孔家父子和死去的爹爹一般，俱是好吃懶做且心狠手辣之徒，很快把孔玉茹的錢財揮霍一空，竟然密謀要把母女二人賣到青樓，孔玉茹嚇得連夜帶著霽雲逃了出來……

看到嚇住了的霽雲，孔松青哼了聲，又吊兒郎當坐回椅子裡。

「我是妳舅舅啊！」孔方文走上前。「雲兒不認得我了嗎？」

霽雲裝作驚慌地瞧了瞧方宏父子，看兩人沒一點表示，只得強撐著道：「我、我不認得你了，可我娘說，我舅舅手裡有她的印呢，印上還有我的名字，你若是有那東西的話，我就信你。」

印章？方宏愣了一下，忙看過來。

「妳說這個啊？」孔方文忙從衣兜裡摸出一個精美的琥珀色玉石小印。「我帶著呢，現在相信我是舅舅了吧？」

本來自己是想把這東西也賣出去，沒想到人家卻說玉石雖是好的，可已經刻上字，就值不了多少錢了。

霽雲接過來，只瞟了一眼就馬上認出，果然是爹爹特意給自己刻的那枚私印。眼眶頓時一熱，抬起袖子就去拭眼睛，再放下胳膊時，手心裡早換了另一枚印章。

孔方文劈手就奪了回去。「好了，雲兒，證物妳也看了，現在知道是舅舅吧？」

方宏忽然出聲。「能不能借我看看？」

孔方文無奈，只得又把印章遞了過去，方宏舉起來瞧了一下，神情頓時很是激動。

霽雲飛！果然是信箋上那枚印章！

第九章

「許配給方修林？」霽雲猛地抬起頭，有些不大相信自己的耳朵。

上輩子，孔方文也是來鬧了一場，不過自己對這個舅舅厭憎至極，是以自始至終都未曾露面，一切都是交由方宏父子處理。

訂婚的事情，方家根本提都沒有提。

轉念一想，卻又了然。是啊，上輩子，除非是傻子才會看不出來，自己愛極了方修林，於方家而言，導演一齣「方修林衝破重重阻力終於娶了自己」的戲碼，必然會令自己對方家更加死心塌地。

而這一世，自己從來都是避方修林唯恐不及，定是這一點讓方家人心裡非常不安，所以才要藉由父母之命、媒妁之言，先把自己和方修林綁在一起。

「舅舅，」霽雲沈默片刻才道：「雲兒聽丫鬟姊姊說，女孩家的婚事要父母作主的，娘似乎說，雲兒的爹還在。」

也不知關於自己的身世，孔方文又知道多少？

「別再提妳爹！」卻被孔方文打斷，很是不悅地瞪了霽雲一眼。「沒良心的臭丫頭，不是妳爹，妳娘會這麼年紀輕輕的就去了？」

看霽雲始終垂頭不語，孔方文不由有些焦躁，索性直接道：「妳娘不在了，我就是妳唯一的長輩。舅舅覺得，方家二公子人很好，而且，舅舅瞧著啊，方二公子也很喜歡妳啊，妳現在這個模樣，二公子仍能待妳如此，可見是個重情的，舅舅就作主，把妳許配給修林可好？後天就是吉日，舅舅就多留兩日，待幫妳定下這門好姻緣後再離開。」

「雲兒聽舅舅的就是。」霽雲低下頭，長長的睫毛遮住了眼神中的冷意。「只是雲兒想娘了，舅舅可不可以跟方老爺說，讓雲兒明兒個去廟裡給娘上炷香？」

後天訂婚嗎？那明天自己就離開方府。即便是虛名，這一世，自己也絕不願和方修林有一丁點關係。

聽霽雲說一切由自己作主，孔方文很是開心，當即滿口答應下來。

果然傍晚的時候，方修林就特地跑過來告訴霽雲，明天一大早，他會親自陪霽雲去廟裡上香。

看方修林要走，霽雲似是想起什麼，忙喚住方修林道：「我想吃姨母房裡的金絲芙蓉糕，修林哥哥可不可以讓姨母差人給我拿些來？」

這之前，霽雲一直都是稱呼他二公子的，突然改口叫「修林哥哥」，讓方修林頓時受寵若驚，忙一迭連聲地答應下來。

不一會兒，盛仙玉的大丫鬟秋月就端了盤點心過來。

「謝謝秋月姊姊。」霽雲的神情明顯很開心。

秋月也發現了這一點，邊拈了塊芙蓉糕遞給霽雲邊道：「小姐笑起來真好看，是不是遇到了什麼開心事啊？」

霽雲神情似是有些嬌羞，一副想說又不好意思說的樣子，最後還是憋不住道：「秋月姊姊，我只給妳一個人說，妳莫要告訴旁人啊。」

秋月越發好奇，忙點了點頭。「好，奴婢一定不會說給旁人聽。」

「那我告訴妳啊……」霽雲拽了拽秋月，秋月忙俯下頭。

「今天，我舅舅來了，說是要把我許配給修林哥哥呢。修林哥哥明天陪我去給娘燒香，等我們從山上回來，舅舅說，就要給我訂親呢！」

「真的？」秋月明顯吃了一驚，卻很快換上了一副笑臉。「哎呀，果然是天大的喜事，奴婢恭喜小姐了。」

兩人又說了會兒話，秋月明顯有些心不在焉，很快就找了個藉口離開了。

霽雲隔著窗子，瞧著秋月在院子裡站了站，忽然一轉身，朝著李玉文住的方向而去，嘴角露出一絲笑意。

上一世，自己也是直到最後才知道，秋月很早就是李玉文的人了……

前些時日，李玉文會選擇那麼一個恰當的時機來自己屋中生事，秋月就出力不少，這一次，應該依然會為自己的離開立下汗馬功勞。

「他們從山上回來就會訂親？」李玉文簡直不相信自己的耳朵。「不、不可能，秋月姊姊，妳一定是聽錯了，修林表哥昨日還跟我說，他只愛我一個。」

情急之下，李玉文竟連兩人私下裡的誓言都搬了出來。

「奴婢也相信二公子肯定是被逼的，那麼一個醜若無鹽的女子，二公子怎麼可能會願意？小姐還是快想些法子吧，等他們真訂了親，就說什麼都晚了！」

秋月說完，又四處瞧了瞧，這才轉身離開，心裡更是暗暗後悔，早知道方家這麼重視容霽雲那個臭丫頭，自己當初就少為難孔玉茹母女兩個了。現在倒好，主子倒是拿出了一副慈母的派頭，所有的罪過都讓自己一個人頂了。

雖然容霽雲現在還小，可擋不住旁人知道，若容霽雲真成了方府少奶奶，定然不會有自己好果子吃，說不定會和荷香一樣被發賣了也不一定……

況且，表小姐也不是全無勝算的，畢竟她才是主子的正經甥女，若表小姐真能成了方府少奶奶，到時候，少不得會好好報答自己。

第二天早上，霽雲是被丫鬟雀躍的歡呼聲給驚醒的，卻是昨晚一夜的好雪，院子裡足足積了有一尺深。

盛仙玉趕忙打發了人來，問霽雲是不是換個時間去，被霽雲否定後，很快便套好了馬車，並準備好了器物。

只是霽雲上車時才發現，車旁邊還有一個人，竟是李玉文。

霽雲當即讓抱著她的丫鬟停下，做出一副蠻橫的模樣，指著李玉文道：「她怎麼在這裡？讓她滾，我不想見到她。」

李玉文的俏臉頓時煞白，身子一晃，差點栽倒。

方修林聞聲趕了過來，忙好言勸慰。「雲妹妹莫惱，是娘親怕妳一人孤單，特意差了表妹陪妳的。往後咱們就是一家人了，妳們姊妹也要多親熱親熱才是。」

「我才不要和她成一家人！」霽雲卻是不住搖頭，惡聲惡氣道：「我討厭她，修林哥哥也不許睬她！」

「雲兒。」聽霽雲如此說，方修林明顯有些惱火，卻依然強壓著性子哄道：「雲兒最乖了，玉文姊姊也最喜歡雲兒了，還特意給妳準備了最愛吃的芙蓉糕呢，雲兒要不要嚐嚐？」又對著李玉文催促道：「玉文，還愣著做什麼？快拿芙蓉糕給雲兒。」

「啊？」李玉文沒想到，方修林竟真的讓自己像個丫鬟般伺候霽雲，臉色越發蒼白，卻還是聽話地蹲下身子，拈了塊點心給霽雲，卻被霽雲狠狠打落在地，冷聲道：「若不是看在修林哥哥的面子上……哼，上來吧！」

李玉文簡直要被氣暈了。

這容霽雲實在是無禮至極，一會兒說肩膀疼了讓自己揉肩，一會兒說口渴了讓自己端茶，一會兒又說餓了，讓自己備齋飯……

本該是那些下人做的，卻全交給自己一個人做，而且一會兒看不見自己就大聲嚷嚷個不休，一上午過去了，別說是去私會表哥了，自己竟連喘口氣的工夫都沒有。

眼看著已經過了午飯時分，所有的下人都被打發下去休息了，偏偏自己被留下來，看容霽雲的樣子，怕是還要折騰自己。

李玉文內心氣苦，瞧瞧那張醜陋不堪的小臉，再想想自己英俊瀟灑的親親表哥就要被這樣一個醜女給搶了去，真恨不得上前掐死她。

這麼個小丫頭片子，自己還不信就治不了她了！

李玉文思量著站起身子，輕聲對霽雲道：「雲妹妹，剛才姊姊聽小沙彌講，說是後山的梅花開得正豔，妹妹可要去瞧一瞧？」

「梅花？」容霽雲聽了，登時來了興致。「真的嗎？雲兒要看，雲兒要看。妳快去叫修林哥哥來，讓他陪我賞梅去。」

李玉文笑得更加開心。「傻雲兒，小聲點，讓那幫子下人聽到，又不讓妳出去了。表哥已經去後山候著了，咱們快去，可別讓表哥等急了。」

「嗯，嗯。」霽雲忙點頭，做出一副聽話的樣子，任由李玉文把自己抱起來。

山路濕滑難行，李玉文揹著霽雲走了一會兒，便有些氣喘吁吁，只是想到自己待會兒可以好好治治這個醜女了，頓時覺得身上好像有了使不完的勁。

兩人走了大半個時辰，路途卻是越來越崎嶇難行。

「喂，站住，妳要帶我去哪裡？」霽雲裝出一副害怕的樣子，帶著哭腔道。

李玉文瞧了瞧四周的環境，確信這個位置夠偏僻，絕不會有人來，忽然一鬆手，霽雲撲通一聲就掉到了雪地裡。

「妳要做什麼？」瞧著惡狠狠盯著自己的李玉文，霽雲拚命地往後縮著身子。「妳這個狐狸精，快把我送回去！丫鬟姊姊早就告訴我了，妳也想嫁給修林哥哥是不是？妳這麼壞，修林哥哥一定不會要妳的，就算將來修林哥哥也要妳，妳也不過是個妾，我要打要殺妳都可以！妳敢對我無禮，我就讓人用大棒子打妳，然後再賣了妳。」

「妳！」李玉文勃然大怒，上前就打了霽雲一個耳光，然後冷笑一聲。「賤人，妳不是要打殺我嗎？那就爬過來啊！我這就去找修林表哥，我看妳怎麼找人用大棒子打？」

說完，轉身就走。

「啊？」霽雲嚇壞了，一下哭了起來，嘴裡還不停罵著：「李玉文，妳這個狐狸精、賤人！妳快回來，妳要敢扔下我，我回去一定告訴修林哥哥，讓他打死妳！」

李玉文越聽越怒，腳下也越走越快。很快，霽雲的哭罵聲就越來越遠，漸漸聽不見了。

李玉文長吁了一口氣，放緩了腳步，剛進入廟門，迎面正好碰見方修林。

看到微微嬌喘、俏臉微紅的李玉文，方修林眼睛頓時一亮，忙快步走過來。「表妹。」

「表哥。」李玉文站住腳，看著皚皚白雪下，越發顯得玉樹臨風的方修林，眼睛一紅，兩串眼淚就滾落下來。

李玉文本就美麗，這一流淚更增加了三分柔弱，方修林頓時心頭一蕩，看左右沒人，忙上前擁住李玉文。

「好妹妹，這是怎麼了？誰給妳氣受了？」

方修林不說還好，這一開口，李玉文哭得更加傷心，到最後，更是直接軟倒在方修林的懷裡抽泣道：「表哥，你不是說只愛玉文一個嗎？怎麼方才那個醜女說，你明日便要和她訂親？還說將來我要是予你為妾，她就把我打殺……」

「好妹妹，妳莫哭，妳哭得哥哥心都要碎了。」方修林心知肯定是那個醜八怪又讓表妹受了委屈，真是醜人多作怪！

邊憐惜地抱了李玉文在懷裡，一點點吻去李玉文臉上的淚，邊安慰道：「玉文放心，那個醜八怪不敢的，她若是敢為難妳，哥哥第一個饒不了她。既然妹妹如此難過，哥哥也就實話告訴妳了吧……」

「你是說，她是京城貴人家的女兒？」李玉文雙眸瞪得溜圓。

「是啊。」方修林無奈點頭。「不然，妳以為方府為什麼要菩薩一樣供著那個醜八怪？」

他眼裡閃過一絲陰狠。前些時日聽爹爹說，方雅心讓人送信，說那個容文翰竟是對太子的百般拉攏油鹽不進，看樣子是鐵了心要護著小皇子楚昭，接二連三地壞了太子的好事，囑咐爹爹一定要好好掌握容霽雲這枚棋子，將來會有大用。

李玉文也是個聰明的，略一思索也明白了其中的關節，而且聽修林的意思，只要將來太子登了大寶，就可以馬上處理了這個醜八怪，到時候，自己就是名正言順的方夫人了。

她身子漸漸軟倒，伏在方修林胸前道：「修林哥哥，苦了你了，是玉文誤會你了。」這樣出色的表哥，每日卻不得不面對那樣一個醜陋不堪的女子，定然更痛苦吧？

方修林低頭去親李玉文。兩人畢竟年少，很快把持不住，竟抱著回了房間行起那雲雨之事。

「……妹妹放心，將來哥哥掙的鳳冠霞帔都是妳一個人的，等太子登了基，那醜八怪還不是任妳處置？發賣也好、打殺也罷，全由妹妹一人說了算……」

兩人正自甜言蜜語，屋外忽然傳來一陣喧譁，卻是霽雲的大丫鬟小紅的聲音。
「少爺、少爺，您有沒有見到我們家小姐？」
「你們家小姐？」方修林一愣，那個醜八怪嗎？「怎麼，雲兒不在房間嗎？」
本是滿臉紅暈的李玉文突然臉色煞白，一把扯了方修林的衣襟道：「表哥。」
「我先去看看，等會兒再說。」
方修林慌裡慌張地穿上衣袍就想往外跑，卻被李玉文一把拽住。
「表哥，」李玉文的聲音都有些發直。「你聽我說，我、我把容霽雲……忘到後山了……」

第十章

「什麼？」方修林一個趔趄，險些沒摔倒。「忘到後山了，什麼意思？」

「我……當時只是氣極了。」李玉文臉色蒼白，卻越想越害怕。一開始是盼著那個醜八怪死，可聽表哥方才所說，那個醜八怪現在還死不得啊，方家的榮華富貴可全著落在她一個人身上啊！

「妳怎麼如此糊塗！」方修林氣得猛一跺腳，又想到什麼。「妳快穿了衣服領我去。幸虧那個醜八怪還是個癱子，頂多再凍僵一次。玉文，下回可別再如此魯莽！」

只是當兩人匆匆趕到那個山坡時，除了一地的積雪，哪還有半個人影？

「玉文，妳好好想想，是不是記錯了？」方修林的聲音已是氣急敗壞。

李玉文臉色蒼白地四處瞧了瞧，再開口時，明顯帶了哭腔。

「表哥，就是這裡沒錯……你瞧，這兒正好有兩棵大松樹，我明明是把她放在這裡了啊……」

方修林身子晃了晃，一屁股就坐在了地上，又很快從地上爬起來，飛也似的往廟中而去。

李玉文也跟在後面慌慌張張地跑。她初經人事，兩股又痠又脹，好幾次都滑倒在雪地上，卻不敢叫一聲苦。

方修明一邊請求廟中住持派人幫自己尋找，一邊讓人快馬加鞭回城去告訴方宏。

又過了一個時辰，方宏也趕了來，可多方尋找之下，竟是沒有任何人見過容霽雲。

「這幾日連降大雪，有些餓極了的野獸出來覓食也未可知。」最後，廟裡住持無奈地道。

「爹，怎麼辦？」方修林早已是六神無主。

「逆子！」方宏抬腳狠狠把方修林踹倒在地上，又回頭瞪了一眼瑟縮在角落裡的李玉文，恨聲道：「回府再與你們算帳！」

卻仍然不甘心，又派了大批家奴四處尋找，只說活要見人、死要見屍。

安排好在山上搜尋的人手，方宏又馬不停蹄地趕回城裡，給郡守大人送了拜帖，言說有家奴私逃，希望能嚴守四門，盤查過往車輛和行人，不要說一個癱子，便是隻蒼蠅也不許飛出去！

方家平日裡也沒少孝敬官府，現在加上和太子的這層關係，當地官員也不敢怠慢，四門把守明顯森嚴許多。

進出城門的人不知道發生了什麼事，可看到那些衙差一個個凶神惡煞般，也都嚇了一跳，趕緊老老實實排隊等著檢查之後出城。

「妳過來。」隊伍中一個牽著七歲孩子的婦人忽然被叫出來，一名丫鬟打扮的女子快步上前，抬起婦人牽著的女孩的臉，看到女孩雖然驚恐無比卻是乾乾淨淨的一張臉後明顯有些失望，揮揮手又放了女孩離開。

「不是個癱子嗎？秋月姊姊怎麼……」旁邊的丫鬟低聲道。

秋月嘆了口氣。「老爺方才讓人傳信說，有獵戶昨日傍晚時分，看到一個七、八歲的孩子獨自下山，就下令說凡是七、八歲大小的孩子，都要認真辨認，一個都不許放過。」

丫鬟點了點頭，忽然注意到隊伍中間一個一身藍布小褂的男孩，眼睛不由一亮。「咦，隊伍裡那個孩子，長得真漂亮。」

秋月聞聲抬頭，也不由暗暗讚嘆。

男孩看著也就七、八歲的樣子，卻是生得面紅齒白，眉目清俊，特別是眉下一雙澄澈星眸，顧盼神飛，令人見之忘俗。

似是感覺到秋月的眼光，男孩抬起頭來，瞥了秋月兩人一眼，微蹙了下眉頭，似是有些不喜別人的注視。

秋月懶懶坐了回去，重重跺了下腳。這麼多人，也就這個漂亮男孩罷了，看來是注定沒有什麼收穫了。這天寒地凍的，自己的手腳都快凍僵了。

心裡暗暗埋怨主子，這樣的天氣，在戶外待一會兒都受不了，何況是被扔在雪地裡那麼久？

那獵戶只說見到個孩子下山，可方府中誰不知道，那容霽雲明明就是個癱子，那麼多有名的大夫都認定了的，怎麼可能突然間就好了？照自己看，八成是死在深山裡，已經被什麼野獸給吃了……

心裡忽然覺得有些不對勁，老爺那麼聰明的人，不可能想不到這一點啊，怎麼還這麼心急火燎地找個不停？而且更奇怪的是，也不讓官府畫像，偏使著府裡和自己一般的這些下人們盯著各個城門口，真想找人的話，畫出來往牆上一貼多快啊……

正自出神，一陣噠噠的馬蹄聲忽然響起，秋月抬起頭來，卻是二少爺方修林。有別於以往的風度翩翩，方修林今日衣服都沒換，顯得有些狼狽，便是眼裡也布滿紅絲，明顯一宿未眠。

「少爺。」秋月忙迎上去。

「有線索嗎？」方修林邊下馬邊問，明知道可能性不大，還是不免抱些希望。

秋月搖了搖頭。

方修林頓時就有些失魂落魄。其他三面城門自己也都去過了，同樣沒有任何消息，難道那個醜八怪真的死了？

他轉頭瞧著過往的人流，視線忽然停駐在一個即將步出城門的小小身影上，眼角忽然一跳。

這個背影，怎麼如此熟悉？

「少爺，這兒風大，不然您先——」秋月卻是懵然未覺，便想扶著方修林，卻被方修林一把推開。

「喂，別放他出城！」方修林揚聲喊道，說著便大踏步往城門口而去，一把拽住了那個男孩。

男孩愕然回頭，方修林一怔，怎麼也沒想到，竟是如此漂亮的一個男孩子。

只是被握住的這隻手，怎麼如此柔軟？
「你幹什麼？」男孩似是有些生氣，猛一推方修林。
方修林皺了皺眉頭。「你叫什麼？家住哪裡？」
男孩並不買帳，哼了一聲道：「我叫什麼和你有什麼關係？快放開我！」
方修林看左右並沒有人上前，心知這男孩應是獨身一人上路，而且更奇怪的是，雖然這男孩隱藏得很好，可總覺得好像對自己有一種若有若無的敵意，心裡忽然一跳——
這種感覺，和容霽雲給自己的感覺很像！
他臉色突然一寒，衝著跟過來的家丁一揮手。「帶回去。」
男孩臉色大變，看了看周圍瞧熱鬧的人群，眼裡蒙上了一層淚霧，剛要開口，另一隻手臂也忽然被人抓住。
「小呆，我可找到你了，看你還往哪兒跑！」
本是圍著看熱鬧的人群齊齊倒吸了口冷氣。
方修林聞聲抬頭，也怔在了當場。
一個十四、五歲的少年郎，明明裝扮是男子，卻怎麼這麼美？
來人內穿一件大紅色鎏金紋窄袖錦袍，外披著件白色鶴氅，身姿挺拔，眉如遠山，斜飛入鬢，鳳眼斜長，睥睨有情，因著容貌秀雅至極，竟是雌雄莫辨。
少年上前一步，把男孩護在身後，不悅地瞪了方修林一眼。
「哪裡來的狂徒，怎生如此無禮？我家弟弟也是你想帶走就可以帶走的嗎？」

這翼城本就是交通要道，來往富商巨賈、達官貴人甚多，看對方穿戴不俗，言談舉止又明明白白透著一股高高在上的味道，方修林就先怯了，吶吶著放開手來。

男孩哼了聲，一把推開俊美少年，徑直往城外而去。

少年愣了一下，忙跟了上去，看兩人樣子，分明就是一對鬧氣的兄弟模樣。

方修林呆了半晌，重重跺了下腳。自己果然魔怔了，那個醜八怪怎麼可能會是這麼個清俊高貴的樣子？

他突然打了個寒噤，難道那個醜八怪真死在深山、葬身獸腹了？不然為何掘地三尺都找不到絲毫蹤跡？

明明是即將到手的榮華富貴，就這樣眼睜睜瞧著它飛了？

真不甘心！

方宏狠狠捶在桌子上，紅著眼盯著瑟瑟發抖，跪在下面的方修林和李玉文，神情忽然一動，良久終於緩聲道：「你們下去吧。」

他從懷裡摸出那枚「霽雲飛」的私印把玩著，嘴角逐漸浮現出一絲玩味的笑意。

只要太子殿下還用得上，只要容文翰還在意這個女兒，那自己就有的是法子讓那個醜女再活過來！

日前收到女兒捎來的信，言說不日就有一大福分臨頭，這個關鍵時刻，自己無論如何不能讓太子殿下失望。

翼城外。

霽雲抬頭，怔怔地瞧著分外高遠的天空。

直到這個時候才終於確信，自己已經從上輩子的夢魘中逃了出來，從此以後可以海闊天空了。

只是以方家人的貪婪，怕是不會甘心吧？

可再不甘心又如何，即便背後有太子支撐，只要自己不在他們掌握之中，爹爹便不會束手束腳。

霽雲深深吸了一口氣，臉上除了終於逃離方府的全然愉悅外，更是無比剛毅。

爹爹，上一世女兒有眼無珠，不但自己身敗名裂，更累得您一世英名毀於一旦，身死之後還被人唾罵……

葳蕤如大樹般的百年世家容家，也一夕之間灰飛煙滅。

還記得那一日，容家被抄，府中男女老幼足有八百餘人被一根繩子捆了，拖出上京的隊伍塞滿了整個街道，哀哭之聲響徹雲霄。

被人摁著伏在蕩蕩黃塵中的爹爹神情悲戚而絕望。

直到今日，爹爹那直挺挺跪著的木然背影，在風中被吹散的凌亂白髮，彷彿還歷歷在目……

只是當日累及家族的，除了自己之外，還有一個很重要的原因——

屠城之禍。

記得沒錯的話，如今正是爹爹所說，他和鎮遠侯爺高岳北征祈梁的時間。

這片土地上大大小小共有幾十個國家，大楚和西邊的西岐、北邊的祈梁是最大的三個國家。

三國也曾發生過無數次的戰爭，在三十年前終於達成休戰協定，為了彼此制約，互相送了質子到對方國家。

大楚和西岐君王俱是子息眾多，唯有祈梁，卻總共兩個皇子罷了。

祈梁大皇子本在西岐為質，卻在大楚昭元十五年的深秋時節，在西岐質子驛館中被殺。祈梁君王得悉此事後，震怒非常，接回皇子屍首後，卻在一個月後對大楚悍然發兵，打出的旗號便是為他們皇子報仇。

後來才知道，雖然祈梁皇子死在西岐，可遺留下的所有證據卻都指向了大楚。以致大楚質子四皇子楚曄被祈梁扣押，西岐八歲的小質子穆羽則是連夜潛逃，三國間互送質子的約定也至此完全廢除。

祈梁人本就能征善戰，此次更是來勢洶洶，大楚朝內卻是人心惶惶。最後是太子舉薦了智計百出的容家家主容文翰為主帥，鎮遠侯爺高岳為副手，前往邊關迎戰。

高岳和容文翰本就是至交好友，兩人一武一文，配合默契，終在六年後擊退祈梁，保了大楚平安。

這本是大功一件，可惜戰爭的第二年冬天，便發生了一件慘絕人寰的大事——屠城。

第二年的冬天，本應在入冬之前送到的糧草，不知為何突然延遲，緊接著天氣突變，連日大雪後，糧道徹底斷絕，幾萬軍隊一下陷入了外無援軍、內無糧草的絕境。

兩人緊急商議後，萬般無奈之下決定冒險突襲祈梁邊境最富庶的一座城池，冀望搶得對方的糧草，能支撐一段時間。

卻沒想，那一仗會如此慘烈。

六千人的軍隊幾乎全軍覆沒，虧得後續援軍趕到，才最終拿下了那座城池。可看到昨日還是自己袍澤，今日卻已經身首異處，早就殺紅了眼的一眾援軍就喪失了理智，憤怒之情也如燎原之火一發不可遏止……

等爹爹和鎮遠侯趕到時，那座曾經富庶的城市已經成為一座死城。

兩人沈默多時，最終還是決定把這件事瞞了下來。

但因容霽雲通姦案，這件事卻被有心人翻了出來，不過卻是換了一個版本：容文翰和鎮遠侯見財起意，下令屠城！

甚至在容家搜到的財物裡，據說就有那場屠殺後侵占的大量金銀財寶。

而事實的真相卻是，祈梁甫一發兵，太子一黨便認定此戰必敗，因此才一力舉薦素來和楚昭交好的爹爹和高岳帶兵出戰，本想藉此次戰爭一舉拿下楚昭的左膀右臂，除去這兩個眼中釘，不料兩人竟然率軍和祈梁戰了個旗鼓相當，甚至還稍占上風。

太子大怒，和手下商議之後，決定在糧草上作文章，無論如何也不能讓這兩人得勝回朝。

這才有了之後的斷絕糧草以及屠城之禍。

爹爹每每憶及此事，都是輾轉反側，在惡夢中驚醒，甚至說自己合該遭此業報，受上天嚴懲，只不該禍及子孫，連累了最愛的女兒……

而後來，事情之所以發生轉機，有關糧草的一干事宜得到妥善解決，聽爹爹說，應該歸功於一個人，那就是年方十六歲的五皇子楚昭。

爹爹說，楚昭在四面楚歌、百般艱難的境況下，終於拿住了太子的短處——私開金礦。

大楚律例，私開金礦等同謀逆。

當時皇后一派勢力仍是如日中天，得悉此事後自是趕緊補救，最終雖是保住了太子的位置，卻也不得不妥協，乖乖讓出籌措糧草的職責，甚至太子還被迫獻出大部分金子用於採購糧草。

只可惜的是，還是晚了些，糧草送過去時，屠城慘劇已然發生。

自己如今要做的，便是儘快把太子私開金礦的罪證握在手裡，然後交到楚昭手中！

而自己記得沒錯的話，爹爹提過那處金礦所在的地方是舞陽郡的佢裡。

現在，爹爹應該已在前往兩國邊境的路上了吧？

雖然發瘋一般地想著爹爹，可眼下於自己而言，最要緊的事不是和爹爹團聚，而是解決爹爹的後顧之憂，絕不讓爹爹陷於糧盡援絕的境地。

第十一章

已經有了決斷，她轉身就想走，卻察覺有人一直在盯著自己，回頭去瞧，正是那方才在城門處幫自己解圍的少年，這會兒竟然傻傻地瞧著自己，只是那呆呆的樣子，哪還有方才富貴逼人、清俊靈秀的模樣？

霽雲怔了一下後，忙後退一步，謹慎地衝對方一拱手。

「方才多謝公子解圍，雲開有禮了。大恩不言謝，咱們後會有期。」

說著，一轉身就要離開，胳膊卻再一次被人抓住。

「原來妳叫做雲開嗎？可他們原先怎麼都喊妳霽雲呢？」

聲音竟是格外響亮。

霽雲嚇了一跳，忙揪住少年的衣領，一把捂住他的嘴巴，磨著牙道：「給我閉嘴！」

「喔。」少年乖乖應了聲。

霽雲剛鬆了一口氣，手心處卻驀然被一個軟軟熱熱的東西舔過，驚得忙往後一跳，一張小臉頓時羞得通紅。

「混蛋！你幹什麼？」

「我餓。」少年又伸出靈巧的舌頭在嘴唇外舔了一圈，好看的唇頓時顯得更加紅灩灩的，控訴地瞧著霽雲。「阿呆兩天沒吃東西了。」

「你是阿呆?」霽雲的眼睛幾乎要掉了。不是吧，那個總是神出鬼沒、不著調的少年，就是眼前這個俊美如玉的少年?「你不是走了嗎?怎麼又回來了?」

哪知阿呆聽了霽雲的話，瞬間委屈無比。「哪有，明明是妳自己偷偷跑了!阿呆這幾天找不到妳，飯都沒吃，一定是妳嫌我吃得多，才故意丟下我。」語氣中滿是控訴。

這個阿呆，就知道吃!霽雲簡直哭笑不得，剛要說什麼，一陣古怪而又尷尬的聲音忽然在肚腹間響起。

阿呆愣了一下，像發現新大陸般就要把頭貼上霽雲的肚子，嘴裡還嘟囔著——

「咦，什麼聲音?」

霽雲嚇了一跳，忙把他的頭推開，咬牙道:「阿呆，你再胡鬧，便不許跟著我。」

阿呆傻了一下，忽然拍著自己同樣咕嚕叫著的肚子道:「雲兒別氣，不然，雲兒聽我的好不好?它也在叫呢!」

直到自己的腦袋被摁在少年暖暖的肚腹上時，霽雲終於無比悲憤地明白，方才差點被他的好相貌給騙了，現在瞧著，這傢伙分明就是個呆子!

只是這傢伙就這麼可憐兮兮地盯著自己瞧，模樣還真是會讓人心軟。

她當下嘆了一口氣。「走吧。」

「我不走。」阿呆卻誤會了霽雲的話，神情中充滿警惕，一副唯恐會被丟下的模樣。

「你不想吃東西了?」霽雲沒好氣地道。還有沒有天理了?明明自己才是小孩子好不好?竟然現在就要過著照顧一個拖油瓶的日子。

「好啊，好啊！」阿呆頓時喜笑顏開，幾乎要蹦起來，突然想到什麼，拉了拉霽雲的衣袖。「可是雲兒，我們吃什麼啊？」

是啊，這天寒地凍的，可是連個活物也沒有。

「我們吃魚。」霽雲深吸一口冷冽的氣息，只覺從來沒有的舒暢。

阿呆微微愣了一下，雖然說不出什麼所以然，卻直覺霽雲的身上好像有什麼東西不一樣了！。

看霽雲已經走遠，阿呆忙跟了上去，嘴裡卻還半信半疑地嘟囔著。「魚怎麼會和雲兒一般呆，這麼冷的天在外面瞎跑，凍也凍死了！」

霽雲也不說話，只在前面大步疾行。

上輩子，天寒地凍的時候，爹爹討不來饅頭，就會用樹枝綁個簡易的雪橇，佝僂著腰拖了自己到凍河上，撿了磚頭砸開冰面，然後幫自己鋪上厚厚的稻草，和自己一起垂釣。爹爹當時已然年老體衰，兩隻手更是哆嗦個不停，很少能釣到魚，倒是自己，雖是呆呆傻傻，卻每每能令魚兒咬鈎。

也不知重活一世，是不是還有那般好運道？

正胡思亂想間，手中忽然一沈，霽雲輕抬手腕，一尾斤把重的魚啪的一聲就被扔到了冰面上。

「魚！」阿呆眼睛一下睜得溜圓，手腳並用就把那魚撲到身下，興奮地攥著那魚對霽雲嚷嚷道：「哇，雲兒，快來瞧，果然有和妳一般的呆頭魚啊！」

霽雲聽得一個踉蹌，差點趴在冰面上。

和自己一般的呆頭魚，這傢伙還真是大言不慚！

不過個把時辰，霽雲就逮著了六、七條魚，其中最重的一條足有五、六斤，把阿呆激動得抓耳撓腮，高興得跟什麼似的。

「對了，你身上有沒有帶火石什麼的？」麻利地將魚收拾好，霽雲不滿地瞪了一眼口水都好似要流出來的阿呆。

說什麼阿呆，這會兒瞧著分明是個不食人間煙火的貴公子，竟是啥事都幫不上忙，甚至讓他撿個柴火，連乾濕都分不出來，抱回來的全是濕漉漉的東西。

怪不得每次見到都是一副快要餓死的模樣，這樣的白癡，也不知從小到大是怎麼活過來的？

「咳咳咳！」正埋頭吃魚的阿呆忽然劇烈咳嗽起來，卻是吃得太急了，被魚刺卡住了喉嚨，正抬手拚命要摳出來的模樣。

「別用手摳。」霽雲驚了一下，忙攔住，又撕下一塊饅頭送到阿呆嘴裡。「吞下去。」阿呆聽話地把饅頭吞了下去，卻噎著，驚得霽雲忙又灌了一口水進去，又用力拍打阿呆的背部，好歹才不至於背過氣去。

等伺候完阿呆，霽雲累得雙腿一軟。自己這會兒真的是個七、八歲的小孩？可怎麼覺得倒像是人家的娘呀！

而且自己眼下還有要事去辦，阿呆這副樣子，要是到時候露出什麼馬腳，可是會壞了大事的。

下一刻，卻嗅到一股香噴噴的味道，霽雲抬頭，只見阿呆小心翼翼地把一塊剔去魚刺的鮮嫩魚肉遞到霽雲唇邊。

「雲兒吃。別討厭我，也別扔下我好不好？」

霽雲：「……」

兩個月後，佢裡。

佢裡是緊靠魯山的一個偏遠小鎮，隸屬舞陽郡，本就並不如何繁華，再加上近兩年來，鎮上一些上山打獵的獵戶很多進了山後再也沒出來，竟是活不見人、死不見屍，有人說是那些獵戶惹怒了山神，山神降下了懲罰……

當時人們也曾報告官府，哪知官府來了後，反說鎮人造謠生事，勒令不許胡言亂語。

那之後，鎮上又有二、三十個青壯年神秘消失……

後來，人們非但不敢再上山打獵，更有些有門路的紛紛從鎮上搬走，這佢裡小鎮也就更加荒涼破敗。

「喂，站住！」一個有些公鴨嗓的聲音忽然打破了正午時分的寂靜，是一個面白無鬚的三十多歲男子，正橫眉豎目、又喊又叫，那聲音又尖又細，聽來著實有些怪怪的。

他的前面是兩個衣著襤褸的八、九歲男孩，每個人手裡都抱著個包袱，腳下趿著一雙破鞋片，沒命地往前衝著。

後面的人雖已是氣喘吁吁，卻仍咬著牙窮追不捨，看情形，那包袱裡應該是極貴重的東西。

眼看就要追上了，兩個孩子卻是聰明得緊，對視一眼，一個朝東一個往西，竟是分頭跑了開去。

白面男子明顯愣了一下，跺腳罵了句「小猴崽子」，略猶豫了下，便也跟著掉頭往東追了起來。

只是就這麼一愣神，那孩子已經拐進了一處胡同。

男子嚇得一個激靈。

包袱裡的吃食倒無所謂，但那只太子府的權杖要是丟了，自己可就麻煩大了！

一溜煙地追了過去，男子登時面色如土。這一眨眼的工夫，那熊孩子怎麼就沒影了？

真是要老命了，鮑林那個兔崽子可正等著挑自己錯處呢，這要是被他知道了……

錯眼瞧見一株大柳樹下，一個七、八歲的孩子正瞪著一雙黑白分明的大眼睛，好奇地瞧著自己，忙一把拽住。

「說，有沒有見到一個孩子跑過？他往哪個方向去了？」

男孩嚇了一跳，忙往後縮，神情驚恐無比。

男子還要再問，耳後忽然傳來一陣風聲，忙要回頭，卻已是狠狠挨了一下，頓時趴在地上。

「哥，你做什麼？」小男孩嚇了一跳，忙出聲喝止。

「阿開別管那麼多了，快幫我把人捆起來。」

「哥，你又不乖！」小男孩語氣很是不贊成。「大哥走的時候說不許我們做壞事，難道你都忘了嗎？快放開這位大叔。」

少年似是有些為難。「阿開，我們都兩天沒討到什麼東西吃了，而且那人說，只要把這人留兩、三個時辰，他就給咱們白麵饅頭吃。那人還說，除了讓咱們把那個什麼牌兒給丟到丘湖裡，其他的東西都要還給他，他們也就開個玩笑而已，咱們又不是害了這人性命，也不算不聽大哥的話，又有什麼相干？」

男子已然轉醒，正好聽清少年的話，眼中頓時有些森冷。

肯定是鮑林那個王八蛋！竟然打的這般好主意嗎？金礦那裡可是定下了死規矩，過了申時，是不准任何人進入，再加上自己把太子府的權杖丟到不知名的地方……

男子不由打了個寒噤。這是明擺著想要自己的老命！

他一個翻身就坐了起來，一把揪住身後少年的手。

「什麼人支使你做的？」

「咦，哥，不就是他讓你做的嗎？」八歲男孩眼睛忽然一亮，指著遠處道。

男子霍地回過頭來，眼前哪有人影？這才知道上了當。

再回頭，小男孩已經扯著偷了自己東西的少年退到一丈開外。他眼睛不由一亮，這小傢伙倒是個可人的，不但心地厚道，難得還機靈得很。

當下收起惡容，換上一副慈悲模樣。

「兩個小崽子，快過來，大叔答應你們，只要你們好好回答大叔的問題，大叔不但不怪你們，還給你們買白麵饅頭吃。」

聽說能吃上白麵饅頭，兩個餓得骨瘦如柴的孩子，眼睛同時一亮。

那大些的少年便想上前，卻被小孩子拽住，認真道：「我們站在這兒就好。」

又轉了頭對男子道：「大哥跟我們說做人要講義氣，我哥已經答應了那人不會告訴旁人，我們把東西還給你就是，大叔別問我們了好不好？」

男子笑得越發慈和。

「不然這樣，我說，你們聽著，若是的話就點點頭，這樣也不算不講義氣是不是？大叔仍然會給你們白麵饅頭吃。」

小孩子腦袋瓜畢竟簡單些，想了想，覺得男子說的也有道理，再加上那白麵饅頭的誘惑，就點點頭應了下來。

「讓你跟我開玩笑的，是不是一個瘦高個兒，皮膚黑黑的，鼻子下還生了個小瘤的人？」

大些的少年似是認真回想了下，然後迅速點了點頭。

果然是鮑林那個王八蛋！想要害自己，沒那麼容易！男子狠狠吐了口唾沫，抬起頭，看兩個孩子還眼睛亮晶晶地盯著自己，眼睛轉了轉，對大些的少年道：「你去把咱家，喔，我的東西拿來，我這就帶你們去吃白麵饅頭。」

「好嘞！」少年高興得撒腿就往一處破舊的祠堂跑去。

目送那個少年遠去，男子看了一眼同樣神情興奮的小男孩，心裡很快有了計量。

「娃娃，你願不願意跟著大叔走？大叔保證，不但頓頓讓你吃到白麵饅頭，還可以經常吃到肉。」

這小傢伙，可比他那個哥哥聰明多了，也算是自己的福星吧，若不是他，自己怕是死在鮑林手裡都不知道怎麼回事。

「我不去。」沒想到小男孩一口就拒絕了，還警惕地往後退了一步。「大哥說，我們兄弟幾個不能分開。」

男子本來不過是試探一下，想要最後確認一回，小男孩到底有沒有受鮑林的收買，若是很爽快地就答應了，說不得自己不但不能要他，還得讓人好好調查一番，看是不是鮑林安排好的。

現在既然這樣乾脆地拒絕了，說明和鮑林應該是沒關係的。而且這麼小的年紀，主意就拿得這般正，不定還真是個得用的呢！

「不過跟在我身邊伺候罷了，大叔可不會為難你。而且大叔告訴你，那個讓你們給他辦事的人可是個厲害的，看你們沒做好，說不得會害你兄弟性命也不一定。你要是願意跟著我，我就去同他說，讓他不來為難你那些兄弟。」

男孩果然嚇了一跳，眼睛頓時淚汪汪的，卻仍猶豫著，沒有馬上答應下來。

方才跑走的少年已經領著六、七個同樣衣衫襤褸的孩子跑了過來，最前面的兩個孩子果然捧著自己採買東西的兩個包袱。

男子站了起來，拍拍身上的塵土道：「不急，你可以待會兒再回答我。」

然後帶了這群孩子朝著東北角的周記饅頭鋪而去。

這群孩子果然餓得很了，一大籠饅頭很快被搶了個精光。

唯有那個小男孩，手裡捏了顆饅頭，咬得卻很慢，明顯是有心事的樣子。

男子也不管他，只蹺了腿坐在旁邊的凳子上，對著老闆揚聲道：「再來一籠，讓他們帶走。」

胖胖的周記老闆忙又端來一籠，笑呵呵奉承道：「官人可真是個大善人，給這些小傢伙買了這麼多饅頭。」

男子微微一笑，順著老闆的話頭道：「我也就是看這些孩子可憐。你說這小小年紀就流落街頭……對了，這都是咱們這鎮上的嗎？怎麼父母也不管？」

「都是些可憐人。」那老闆點了點頭，又瞧了眼那些啃著饅頭就喜笑顏開的孩子，嘆了口氣道：「客官到我們這兒，肯定也奇怪怎麼就婦女孩子多，青壯年少吧？哎，不瞞您說，我們鎮邪門著呢！也不知怎麼，這年輕人說沒有就沒有了，您老要年前來呀，這樣滿街跑的娃兒更多！

「這一過年啊，那些有娘在的，看看家裡男人怎麼也等不回來了，又怕娃兒也會有什麼禍事，就帶著娃兒走了；再加上朝廷徵兵，那些半大小子又走了一批，就剩這些沒爹沒娘的可憐孩子了……每天東家討點西家要點的，可一打仗，這賦稅又加了幾成，家家都難著呢……瞧這些孩子瘦得……」

聽了饅頭鋪老闆的話，男子一顆心越發放到了肚子裡。怪不得方才那小子說兩天都沒好好吃東西了，而且果然都是本地人，而非什麼人安插的眼線。

結了帳，經過小男孩身邊時，特意停了下，低聲道：「想好了嗎？我可就要走了。」

「我跟你走。」男孩憋了好久的淚終於落下來，抽噎著道：「大叔可要說到做到，別讓那人為難我哥哥們。」

「那是自然。」男子爽快應了下來，又把剛剛吩咐老闆準備的一兜包子遞過去。

小男孩狠狠地抹了把淚，接過來向幾個打打鬧鬧的男孩子跑了過去。

男子默不作聲地瞧著，笑得甚是開懷，卻並不離開，而是帶著男孩往車馬行而去。

車馬行的老闆看到男子，明顯吃了一驚，忙不迭地迎上來，看左右無人，忙陪了笑臉小聲道：「爺，您老可回來了。」

又瞧見後面的男孩，不覺愣了下。「這位是？」

男子卻沒有搭理那老闆，傲然坐在正中的位子上問道：「客人呢？可接著了？」

老闆臉色變了下，很快又恢復正常，忙回道：「小的正要派人去報給爺呢。方才呀，湊巧鮑爺也出來辦事，就吩咐跟您來的兩位爺先把方家老爺子給送過去了。小的也把爺的車準備好了，爺您看——」

男子臉色忽然就變得難看至極，手裡的茶杯狠狠往桌上一放，茶杯喀嚓一聲就變成了碎片，被濺了一臉熱水的車馬行老闆神情頓時變得比哭還難看。

「保爺……」

忽然想到什麼，保爺臉色一變。「阿青呢？」

鮑林那小子派人把自己誘走，不是為了對付阿青吧？要真是那樣，可就糟了！

「阿青？」車馬行老闆明顯有些糊塗，又旋即明白過來。「您說跟著您的那位爺啊，喔，在呢、在呢，我方才還見著呢。」

忙快步出去，很快便引了一個人進來。

是一個頭戴斗笠的白衣男子，雖看不清容貌，那身子卻太瘦了些，以致那白袍好像掛在身上一般。

保爺明顯鬆了口氣。算鮑林那傢伙識時務，沒敢動阿青，不然自己可就真死定了。

別看太子現在動了怒，怕是依舊對阿青還有些愛戀，不然，不會讓自己帶到這裡來暫避風頭。

「過來，」保爺衝男孩招招手，指著始終低頭不語的阿青道：「記著，以後你就負責伺候青公子。」

男孩愣了一下，忙乖巧地上前見禮。

阿青不知道是睡著了還是沒聽見，一點反應也沒有。

保爺就有些發急，有些憋氣地瞪了男孩一眼。「不能讓青公子要你的話，你那幫兄弟……」

男孩眼淚啪嗒一聲就流下來了，跪倒在那青公子面前，怯生生地道：「公子留下阿開吧，阿開什麼都會做，真的。」

男孩的眼睛濕漉漉的，宛若一頭受傷的小鹿，縱使是鐵石心腸，面對著這樣一雙眼睛怕也狠不下心吧？

阿青微微擺了下頭，喉嚨裡似是逸出一聲嘆息。

男孩沒明白過來怎麼回事，那保爺神情終於放鬆了些。

若不是這祖宗每天尋死鬧活地要個小廝，自己也不至於差點被鮑林算計，要是這個還不如他的意，自己可真要鬧心死了。

「好了，走吧，走吧！」保爺終於鬆了口氣，很快站起身，又衝著男孩道：「你，快些把青公子的包裹揹過來。」

男孩順著保爺指的地方瞧去，看是一個大包裹，鼓鼓囊囊的，也不知都裝了些什麼，男孩忙去揹，卻被壓得一個趔趄。

那青公子和保爺則已經朝一輛套好的車子而去。

他忙咬牙揹起包裹跟了上去，只是包裹畢竟太沈了，男孩小小的身子被壓得左右搖擺，宛若一頭小浣熊，保爺回頭正好瞧見，登時笑得前仰後合。

那青公子卻仍低著頭，看都沒往男孩身上看一眼。

第十二章

男孩正是喬裝後的霽雲。

離開翼城後，霽雲就模仿爹爹的筆跡寫了一封信，讓阿呆帶著，送到益陽的蘇家二爺蘇仲霖。

爹曾經說過，蘇仲霖是蘇家庶子，得爹爹幫助良多，是可信賴的人；而自己的那筆字絕對能以假亂真，蘇仲霖見是爹爹的親筆書信，肯定會派人給楚昭送去。

自己則晝夜兼程趕到金礦所在地佢裡。

但霽雲也沒想到，事情竟會這麼巧。

當初逃離方府時，她身上也就只有好不容易存下的十多兩銀子，又擔心阿呆生活能力太差，唯恐他路上會餓出什麼好歹，就分給了他一半。

沒想到分開後才發現，給阿呆的銀子又被那小子神不知鬼不覺地放了回來，甚至還額外多出了一錠金元寶。

只是畢竟人小力單，竟是足足走了一個多月之久，等到了佢裡時，早就是衣衫破舊骨瘦如柴，不用打扮就十足是小叫花子了。

也因此，很快就和李虎，也就是那個稍大些的男孩，他們這群混到在一起。

只是來佢裡好多天了，縱使她多方探查，卻沒找到一點有關金礦的消息。

直到她發現那間車馬行。

這佢裡小鎮再往裡走，就是崇山峻嶺，車也好，馬也罷，應該都是不大實用的，那家車馬行生意卻是興隆得緊，而且自己也溜進去瞧過，裡面的馬匹個個膘肥體壯，竟然匹匹都是少見的良駒。

昨日，李虎更湊巧聽見那車馬行老闆開口閉口閹狗地罵個不停，又說什麼拿著雞毛當令箭，拿了主子的權杖，還是閹狗罷了，倒把自己當主子了！又提到鮑爺什麼的……

李虎不懂什麼是閹狗，又奇怪這世上還有豹子爺爺嗎？回來就當笑話講給霽雲聽，霽雲當時就大喜過望。

李虎不明白，自己可是清楚，那所謂的閹狗不就是太監嗎？

果然，今日車馬行就來了些陌生人。她悄悄觀察了下，為首的那白面無鬚男子，說話聲音又尖又細，明顯就是個太監。

毫無疑問，這世上能使喚得上太監的人，必然是皇家人。

微一思索，便叫來李虎安排了一番。

原想著能有機會結識太子的人就好，卻沒想到竟得以跟著去金礦。

還以為要服侍的人是那什麼保爺，後來她也知道了，這保爺竟然就是太子東宮的大太監王保，而她要服侍的卻是那神秘的青公子。

而且這保爺的態度也有些奇怪，說他怕青公子吧，神情裡卻又有些鄙夷，好像還有些說不出來的輕薄……

車馬走了個把時辰，終於停了下來。

霽雲先跳下車，然後乖乖繞到另一邊去扶青公子。

青公子倒也沒有拿喬，伸手搭上霽雲的肩，衣袖下露出一截皓腕，竟是如玉石般瓷白的顏色；分明是男人的手掌，卻十指纖細，掌形修長。

不知該生成什麼模樣，才配得上這樣一雙手？

王保瞟了一眼神情微有些呆滯的霽雲。這還是青公子的手，若是再瞧見那張臉，還有那令人銷魂無比的私處……

嘴角緩緩泛起一絲自己可能都沒有察覺的笑意，那雙眼睛更是慢慢下滑，最終定在青公子的身後某處，神情愈來愈詭異。

霽雲忽然覺得肩上猛地一痛，這才回過神來，忙攙住青公子。「公子，咱們去哪兒？」

這一攙之下，心裡更是驚疑不定。這青公子不但看著瘦弱不堪，便是這一扶，才發現人更是瘦伶仃，簡直就剩一把骨頭了！

趕車的告了一聲罪，便掉轉車子，順著原路返回去了。

霽雲不由疑惑，前面分明是一處絕壁，竟是看不到一個人影。這荒涼的地界，哪裡有什麼金礦啊？

王保也不理霽雲，隨手從兜裡摸出個炮仗點燃。那炮仗嗖的一聲就飛了起來，在半空中才炸開，又逐漸幻化出五、六種顏色。

霽雲還在愣怔著，絕壁的中間突然軋軋響了起來，然後，一個籮筐從上面吊了下來。

王保抬腳進了鐵籮筐，又衝霽雲招招手。

籮筐挺大的，一次坐三、四個人都沒問題。

霽雲剛扶著青公子上去，王保好像想到什麼，從包裹裡摸出個軟墊放在自己身邊。

「過來坐吧，不然，你那裡……」

青公子的身體忽然劇烈搖晃了下，那王保似是意識到自己失言了，也就訕訕地閉了嘴。

青公子終是沒坐過去，只直挺挺地站在鐵筐裡，那孤單的背影彷彿一隻受了重傷，哀傷而又絕望的野鶴……

鐵筐升到半空時，崖壁間一陣狂風掠過，青公子頭上的斗笠忽地一下就飛了出去。因為青公子站著，自然也不敢坐下的霽雲雙眸一下睜大。

早想過青公子應該很美，卻沒想到竟然美成這般模樣。

眼前不期然閃過阿呆的影子，這青公子比起阿呆來，怕是也分毫不差。

只是阿呆的眉眼更鋒利，那俊美之外，不經意間流露出一種說不出的張揚肆意。青公子卻更純粹，好像墮入塵世中的仙人，瘦弱的身軀儘管被嚴絲合縫地包在那白袍之下，卻仍處處浸透著一種禁慾的美感。明明是拒人於千里之外的冷漠，眉梢眼角卻偏又有一抹麗色，再加上那形銷骨立、弱不勝衣的模樣，真是讓人忍不住就想呵寵他。

霽雲正自神思恍惚，一個有些冷酷的聲音忽然從崖壁裡面傳出。「權杖。」

霽雲一驚，這才發現，鐵筐已經停了下來。

王保哼了一聲，摸出權杖遞了過去，石壁上啟開一條縫，有人接過去看了下又遞回來，語氣明顯恭敬了許多。

「保爺，您稍等，小的這就給您開門。」

又是一陣軋軋鈍響，石壁上方忽然洞開一扇可容一個成年人弓著身子通過的洞口。

仍舊是王保在前，霽雲扶著青公子跟在後面。

只是走沒幾步，青公子已經是氣喘吁吁，前面的王保似是察覺到，忙放慢了腳步。

三人走走停停，一直走了大半個時辰，終於出了山洞。

外面豁然開朗，卻是一個「之」字形的峽谷，峽谷地勢開闊，向陽的坡上建了十多間獨立的房子。那些房子雖簡陋，卻是錯落有致，自有一種樸拙的美感，看得出還是費了些心思的。

而這些房子的斜對面略往下些，則是純用黑色大石頭砌成的低矮房間，儘管現在陽光很好，那裡仍顯得陰森森的。

遠遠的，似是有沈悶的敲擊聲傳來，只是身在峽谷之中，那聲音卻好似來自四面八方，一時無法判斷出準確的方位。

霽雲的心微微一沈，又有些慶幸。

這裡果然有金礦，只是現下還無法確知準確的位置。

正思量間，斜裡，兩個武夫打扮的人已經迎了上來，笑嘻嘻道：「小的見過保爺，鮑爺正說您再不回來就讓奴才去接您呢。客人已經到了，就在鮑爺房間裡，鮑爺讓小的帶您過去。」

偷覷了一眼青公子，略呆了一下，又忙收回視線，好像那是什麼可怕的物事。那眼神裡有驚豔，有貪婪，更多的卻是鄙棄和畏懼。

王保站住腳，冷笑一聲。「你們這樣的奴才咱家可用不起。至於那客人，就讓你們鮑爺自己接待好了。咱家累了，要回去歇息。」

不就是太子府一個小妾的爹嗎？還真以為是什麼大人物了！

兩個武夫嚇了一跳，頓時就苦了臉。不敢得罪鮑爺，沒想到這邊的保爺卻惱了，早知道這兩位爺彼此不和，可也沒想到竟是連面上都不顧了！

只是這兩位都是太子爺面前的紅人，他們是誰都不敢得罪啊！

兩人尚未開口，後面傳來一陣嘎嘎的笑聲。「哎喲，是保爺回來了啊？怎麼，這兩小子惹了保爺生氣？」

緊接著，一個黑瘦男子就迎面過來，看到他鼻子下那顆瘤，霽雲馬上意識到，這人怕就是那個鮑林了。

「難不成，鮑大人以為是誰回來了？」王保意有所指地揶揄道。

鮑林臉色便有些不耐。這老東西每天陰陽怪氣的，著實惹人厭！

王保看在眼裡，更加堅信了自己的猜測。這鮑林果然心懷不善，看來自己還是要再小心些。

霽雲忽然覺得有些不對勁，正疑惑，一個白色的影子忽然在眼前一晃，她下意識就跟了過去，卻又旋即頓住。

終於明白哪裡不對勁了。

明明方才王保表現的，好像這青公子應該是挺重要的一個人，怎麼進了谷中後，所有人都是看一眼後馬上就轉開眼，然後變成了「我沒有看見你」這種假得不能再假的神情。

即便是鮑林，也是眼睛在青公子身上停了下後便旋即移開。倒是鮑林身後跟著的一個身材富態的中年人，看到王保忙上前見禮。

「保爺還認得老方嗎？那時在上京，多蒙保爺照顧。」

正低著頭跟在青公子身側的霽雲猛地打了個激靈。

怎麼可能，這聲音自己上輩子可是聽了二十多年，不是方宏又是哪個？

方宏也看到了青公子，呆了一呆，眼裡迅疾閃過一抹驚豔，旋即意識到自己的失態，忙不自在地打了個哈哈，拱手道：「這位是青公子吧？京裡有特意給您捎的東西，要不要現在給您送來？還是讓這小哥跟著在下去取？」

鮑林也注意到了青公子身旁的霽雲，看那小男孩躲躲閃閃的，一副受驚的兔子模樣，倒是一張臉……

他冷哼一聲。果然物以類聚人以群分，微微皺了下眉便轉向王保，刻意提高了音量道：「這小崽子哪兒來的？有沒有什麼不妥？可別礙了主子的差事。」

這小騷貨鬧就讓他鬧唄，沒想到王保這混蛋還真就給他找了個小廝來，真把自己當成是個人物了，若不是……哼！

王保冷冷瞥了鮑林一眼，明顯有些皮笑肉不笑。「鮑大人真是有心了，難為你還記得主子的差事。以後別搞那些有的沒的，要是耽誤了主子的差事，咱們這兩條賤命可是砍一百次都不夠。至於青公子想要什麼，鮑大人真以為你有資格管？」

鮑林被噎得一滯，晦暗不明地瞧了瞧渾似絲毫沒聽見自己說什麼的青公子。說嚴重一點，是根本沒把自己放在眼裡吧？

先是那老閹狗，然後是這個靠屁眼吃飯的騷貨，真他媽的憋氣！早晚有一天，爺要讓你們跪下舔爺的腳趾頭！

遠處一陣呼啦呼啦的刺耳聲音忽然響起，在這空曠的峽谷中顯得有些瘮人。

兩隊戴著沈重腳鐐、神情麻木的男人，低垂著頭默默往前走。

他們的兩邊，是兩隊黑衣黑甲黑巾蒙面的武士，每人手裡一柄利劍，閃著森冷的寒光。

而同一時刻，那些石頭房子轟然打開，兩隊同樣神情麻木的男子被趕了出來，兩旁依然是同樣裝扮的武士壓陣。

兩支隊伍交錯而過，卻竟然連抬起眼皮的動作都沒有，那情形，彷彿就是些死人正如常在地獄中行走。

霽雲忽然打了個寒噤，忙攏緊袍子，身體不自覺靠向同樣虛弱不堪的青公子。

「走吧，老方。這段時日的收穫，還要煩勞你給主子運過去。」一陣哈哈聲打破了方才的沈寂，鮑林和王保之間已經絲毫看不出方才的猜忌和抵觸，三人轉身朝著向陽坡正中一間大房子而去。

幾人經過兩人身邊時，王保頓了下，吩咐霽雲道：「去廚房幫公子把晚餐端過去。」然後便加快腳步，超過了兩人。

霽雲恭敬地應了聲「是」，心裡卻不住冷笑。

怪不得上一輩子這時候，方家突然捷報頻傳，無論各路生意都是獲利豐厚無比，經常大張旗鼓地給上京太子府中的方雅心送各種精美禮物。其實，不過是幫太子把這見不得人的金子變成正路來的罷了。

肩膀上忽然又是一沈，霽雲抬頭，卻是青公子。不過這幾步路，竟已是大汗淋漓、氣喘如牛，若不是有她撐著，彷彿隨時都會倒下來的模樣。

霽雲忙小心撐住。青公子雖瘦弱，可好歹也是成年人了，霽雲還是被壓得一歪，肩膀一斜之下，卻意外發現前面某塊青石後，一個鬼魅般的人影一閃，又很快消失不見，心裡不由警鈴大作。

自己果然太大意了，若不是方才青公子體力不支靠了過來，自己怕是就會露出破綻來！

很快就到了青公子的房間。

外面看著也是灰撲撲不起眼的樣子，只是推開房間，霽雲卻一下張大了嘴巴。

碧紗廚、紅羅帳、大紅鴛鴦枕、團花錦被……怕是大家小姐的閨房也不過如此。

一進房間，青公子就推開霽雲，自己蹣跚著走到床前，竟是鞋子都沒脫就俯身床上，那刺目的一團火紅中，一身白衣的青公子顯得如此蕭索而脆弱。

「公子。」霽雲愣了一下，忙蹲下身子想去幫青公子脫鞋。

「別碰我。」青公子卻好像身後長了眼睛，冷聲道。

霽雲嚇了一跳，一屁股蹲坐在地上。

「打盆水來。」青公子又道。

霽雲忙應了聲，匆忙去外面汲了盆水。因水井較遠，一來一去頗是費了些時候，再進去時，青公子已經好了些，正斜斜倚在一個金絲抱枕上，嘴唇卻有些發青，便是蒼白的臉上也布滿了豆大的汗珠。

霽雲唬了一跳。怎麼這一會兒的工夫，青公子好像更虛弱了？

她忙絞了條毛巾跑過去，吃力地踮起腳，一點點幫青公子拭汗。

感受到霽雲手指上的涼意，青公子似是舒適了些，臉不自覺地偎了過去，喘得也沒那麼厲害了。

霽雲鬆了口氣，伸手想幫青公子躺得更舒適些，眼睛卻落在青公子臀下一點漸漸氤氳開來的紅色……

「你幹什麼！」一聲厲喝突然從門口傳來，霽雲嚇得手一抖，本是攥著的毛巾一下掉落地上。

一臉陰鷙的王保，正托了個盤子站在門口。

看到霽雲不過是幫青公子擦汗，王保的臉色終於緩和了些，衝霽雲擺擺手。

「出去吧！」

第十三章

房間裡，王保又驚又怒的聲音忽然傳來，裡面的青公子卻仍是默然無聲。

「這是怎麼回事？」

寂靜了片刻，王保再次開口，聲音明顯柔和了許多，可不知為何，聽在人耳裡反而更加可怖。

「阿青，你真是不乖呀。弄成這個樣子，你是故意的吧？主子是我們的天，別說主子在我們身體裡放些東西，就是主子要把我們剁碎了餵狗，那也是賞咱們這些奴才的臉。你瞧瞧你方才，都做了些什麼。」

聲音越來越低，臉上的笑卻是越來越可怕。

「阿開，到房間裡來。」

「不。」青公子身子猛地劇烈掙扎了一下，宛若一條瀕死的魚，眼角處沁出淚來，嘶聲道：「不要……」

「不要？」王保喃喃道，神情竟是興奮無比。「為什麼不要呢……」

未經允許離開，霽雲便一直守在門外，聽王保喚自己，忙應了聲，卻在推開門的一瞬間驚在了那裡。

青公子白色的袍子被高高推了上去，褻褲也被粗暴地扯開，兩條白皙卻線條優美的腿被王保用力掰開，呈大字形趴在床上……

「過來。」

看霽雲瑟縮在門口，竟是沒辦法邁動一步，王保抬頭厲聲道，再低下頭時，神情又換上了詭異的溫柔。

「阿青，你說，你長得怎麼就這麼美呢……你瞧，就這麼個小崽子也會瞧著你，就呆了呢……」

「青、青公子。」霽雲終於挪到了床前，聲音都是抖的。

哪知剛站定，王保狠狠一巴掌就搧了過來，霽雲猝不及防之下，一下跌坐在地，鮮紅的血順著嘴角汩汩流下。

王保忽然開心地哈哈大笑起來。

這些下賤的人們，他們看不起自己，自己又何嘗看得起他們？

這片遠離上京的閉塞土地上，自己就是這個領域的王，不管多出色的人兒，都得在自己面前俯首！

「阿開，去，把那只紅色錦盒拿過來。」

王保尖細的聲音宛若吐著芯子的毒蛇，令霽雲不由猛一哆嗦，頭頂上又是一痛，卻是被王保揪住頭髮狠狠一拽，霽雲的頭被迫抬了起來。

霽雲被迫踉踉蹌蹌地起身，順著王保手指的方向把那個盒子取過來，抖抖索索地交給王保。

「打開。」王保聲音更加詭異。

霽雲聽話地打開盒子，神情立時倉皇無比。

鋪著厚厚綢緞的盒子裡，正躺著一具仿真人大小、製作精美的玉勢。

王保伸出手，小心地捧出玉勢，那癡迷的神情，宛若膜拜什麼神祇。

王保細細摩挲了會兒，抬腿就坐到了青公子背上，手中的玉勢更是朝著青公子兩股之間而去。

玉勢沒入的那一刻，被壓著的青公子脊背猛地挺直，又重重趴在床上。

王保笑得益發和煦。

「阿青，怎麼到現在你依然不乖？上次若非你不懂事，故意去衝撞太子妃，太子怎麼捨得讓人把你前面那命根子給去了？現在你還鬧，是後面也不想要了嗎？很痛吧？乖，痛就叫出來，等會兒呀，會更痛……」

霽雲睜大了雙眼，卻又旋即閉上。

終於明白為何青公子走起路來那般艱難，原來身體裡竟被放入了這麼骯髒的東西嗎？

前世霽雲也偶爾聽人說過，這東西都是調教小倌，而且是那種極品小倌用的。

聽過是一回事，而親眼見到卻又是另一回事，何況還是青公子這般有天人之姿的風雅人物。

「記著，這次只是讓阿開一個人看，下次要是還不乖，來看的，就不只是這個小崽子了！」

王保丟下死人一般趴在床上的青公子，大笑著揚長而去。

那咚的一下撞門響聲，令大腦一片空白的霽雲終於清醒過來，慌慌張張地爬起身，兩腿卻早已跪得痠麻，身子再次軟倒，頭一下撞上了那架檀木床。

霽雲也不敢揉，扯了被子過來，蓋住了仍裸著下身、一動不動趴在床上的青公子。

她又打了盆淨水過來，一點一點拉開青公子的手。

果然，掌心處早已是血肉模糊的一片，即便那兩片弧度美好的唇，也是一片血色淋漓。

霽雲沾了水，小心地想把上面的血污擦拭掉，可毛巾剛一碰到傷口，就被用力推開。

青公子嘴裡喃喃說了句什麼，又縮回床褥裡。

霽雲愣了下，忙又俯身過去。哪知剛靠近，青公子再次艱難地擺頭側開，而這一次，霽雲終於聽清了他喃喃了些什麼。

「別碰我，髒……」

殷紅的血再次從那被咬得鮮血淋漓的嘴唇滴落，可青公子好像根本感覺不到，兀自死死用力咬著下唇，好像恨不得把自己整個吞吃到肚腹中去……

霽雲怔愣良久，緩緩伸出手，再次輕輕握住青公子纖細而冰涼的手指，輕輕道：「你不髒，髒的是他們……」

青公子的身子猛地抖了一下，半晌，怔怔地抬眼瞧了一下那努力坐直身體、想讓自己靠得更舒服些的孩子，神情有些困惑。這個孩子，真懂自己在說些什麼？

他苦笑一下，溫和低語道：「傻孩子，你不懂。我的髒污是在裡面，」他用手指了指心臟處。「從這裡開始，這身體，全都爛了……」

即便滿臉的血痕，青公子依然難掩絕代風華。

「我懂。」霽雲再次拉開青公子的手掌，固執地拿著毛巾，一點點擦拭著上面的血跡，附在青公子耳邊，近乎耳語道：「我都懂。」

是啊，自己怎麼會不懂呢？

上一世，本是世家嫡女的自己卻被狼子野心的方家利用得徹徹底底，然後更是狠狠地踩在爛泥裡！

多少次街頭流浪，無數村夫村婦蜂擁而至，不但不願施捨一點殘羹冷炙，反而投擲大量的骯髒東西。多少次，爹爹弓著蒼老的身軀，竭盡全力想要護在自己身前。多少次，爹爹絕望地懇求那些人：「我家雲兒不髒，她不是你們說的那樣，別打她，她是個好孩子，我家雲兒不髒，她真的不髒……」

「你不髒，一點都不髒，髒的是他們，他們，該死……」

那些肆意踐踏人心的人，才是這世上最骯髒的東西！

青公子眼睛奇異地亮了一下，終於彷彿失去全身的力氣般癱在霽雲的懷抱中，慢慢閉上了眼睛。

下一刻，房間裡的燈燭忽然熄滅，有人驚恐地「哎呀」一聲，然後便是重物墜地的聲音傳來。

「這一夜，你就跪在那裡吧！」青公子喘著粗氣的斥罵聲傳來，整個房間很快再無聲息。

當那低低的、似是極為壓抑的哭泣聲終於從房間裡傳出，一道黑影倏地一閃，極快地往另一個房間而去。

房間內，如豆的燈影下，剛沐浴過的王保正悠閒品著香茗，瞥了一眼角落裡黑漆漆的一團暗影，嘴角露出一絲滿意的笑。

「我知道了，明天不用管他們了，你跟著方宏。」

青公子一直在床上躺了五天才能夠下床。

五天來，並沒有一個人來過青公子的房間，而霽雲的活兒也簡單得很，除了每天按時去領三碗白粥兼個三個饅頭外，再無其他事可做。

白粥是青公子的，饅頭自然是霽雲的。

每次霽雲啃饅頭時，心裡都是又酸又澀。那麼大個男人，每天不過打發三碗白粥，便是鐵打的筋骨也受不了吧？

怪不得青公子會這麼瘦弱。

兩人都很少開口，只是青公子每當看到霽雲鼓著腮幫子，恨恨啃著饅頭的樣子，嘴角總會微不可見地彎起一個小小的弧度……

「走吧。」青公子放下碗，站起身來，卻發現霽雲的嘴角處沾了一粒饅頭屑，又停住腳，指了指霽雲的嘴角。「擦一下。」

「我嗎？」霽雲愣了下，旋即明白過來，出其不意地一把抓住青公子的手在自己嘴角蹭了一下，然後眨眨眼道：「現在呢？」

青公子深深看了霽雲一眼，抬起衣袖在自己的手方才碰觸的地方又擦了幾下，有些含糊地道：「以後記得，別碰那些髒東西，會讓自己也變髒的。」

低低的，宛若耳語，不知是說給霽雲，還是說給自己聽。

兩人走出房間時，正碰見王保、鮑林、方宏三個人。

青公子連眼都沒抬，逕自默然從三人面前走過。

鮑林的情緒有些煩躁，哼了聲，有些厭煩地轉過頭來。再得主子鍾愛又如何，不過是個玩物罷了！也就是那老閹狗，才想著靠一個賣屁股的男人來固寵！

王保神情也有些陰晴不定，眼睛在青公子二人身上停了下，又旋即挪開。

倒是方宏，依舊恭恭敬敬上前一步，衝著青公子一拱手道：「公子安好。方宏明日便要離開，公子看今日何時有空，讓方宏轉交上京捎來的禮物。」

青公子站住腳，看著即將墜落的金烏，嘴角露出一絲奇異的笑意，喃喃道：「晚間吧，戌時，不誤了你上路的時間便是。」

只是青公子話出口後，旁邊卻久久沒有聲音，卻是三人沒想到青公子竟然會笑，且也從未見過這麼美到日月失色的笑容，一時全都呆住了。

「別讓那些奴才跟著我，今日，我想自己待一天。」青公子也不管他們，自顧自地吩咐道。

鮑林不自覺欸了聲，一語出口才驚覺，不由頓足暗罵。「該死，果然是禍水，竟能惑人神志！」

王保倒是無可無不可。不讓人跟就不跟算了，這一大一小和兩個廢人也無什麼區別，諒他們也逃不出自己的手掌心。

霽雲捧了碧綠的洞簫，低著頭跟在青公子後面，身後隱隱傳來鮑林有些煩躁的聲音。

「……不過兩個小白臉罷了，就那般厲害？那祈梁國不是號稱雄兵十萬嗎，難道全都是酒囊飯袋，竟連兩個小白臉都收拾不了？」

霽雲垂下頭，眼裡暗含了一絲笑意。

定是爹爹他們打了勝仗的消息已經傳到上京，太子一派頓時慌了手腳，而急著讓方宏把這批金子運過去，便是為了打點其他朝中重臣，目的就是為了讓爹爹他們陷入孤立無援的境地。

只是這次，他們的陰謀注定是不能得逞了。

青公子的簫聲在山中嗚嗚咽咽地響起，那些上了鐐銬的淘金者正好經過，許是簫聲太過淒涼了，有人眼中止不住落下淚來……

直到滿天星斗，霽雲才攙著青公子緩緩向小屋走去，只是路太黑了，經過那一排排黑魆魆的石房子時，霽雲一腳踩空，一下跌倒，連累得青公子也摔了一跤，兩個人都成了灰頭土臉的。

等方宏如約趕到時，便被霽雲攔住，只說公子正在沐浴，讓方宏在門外足足等了一個時辰之久。

方宏雖然心裡著急，可女兒來信囑咐，說自己一定要乘機拉攏這青公子。畢竟離開了這麼久，仍能令太子殿下念念不忘的，也就一個青公子罷了。若真能把這人拉過來，以後在太子府中，女兒也就得了一大助力。

好不容易等到青公子沐浴完畢，霽雲轉身進房間通報，方宏理了理衣襟，剛要進去拜訪，不料石房子處忽然一陣吵鬧，然後就有兵器撞擊的聲音傳來。

方宏頓時一驚，王保和鮑林也聽到聲響，慌慌張張衝出房間。

一聲尖利的呼喊聲傳來。「快來人啊，這兒發現了一條地道，有人要逃跑！」

很快又有人趕來，說是在石房子下面發現了一條不知通往何方的地道。

三人臉色都是一白。私開金礦等同謀逆，即便太子是國之儲君，要是真有人逃出去，傳出一星半點兒風聲，後果同樣不堪設想！

三人相視一眼，拔足就往喧譁處跑了過去。

好在有驚無險，小半個時辰後，事情終於查明。那些囚犯竟果真在地下挖了條通道，通道足有三、四里遠，入口就在最中央那間石房子裡，等谷中衛士追過去時，最後一名囚犯已經跑到了通道的盡頭。

只是從地道裡鑽出來時，眾人才發現，地道的出口仍是在谷中，不由均是暗暗慶幸。

鮑林當場親自舉刀殺了帶頭的人。饒是如此，三人仍都出了一身的冷汗，忙指揮著兵士挨個兒搜查，直到最後確信除了這間石頭房子，再沒有其他房間有地道，才算安下心來。

而此時，已經是子夜時分，正是三人議定護送黃金出發的時間。

方宏瞧了瞧青公子的房間，早已漆黑一片，不由嘆了口氣。真是太不巧了，看來，只有等下回了。

一箱箱的金子被運回地面，底下早有車馬行的人在等著，趕緊抬上車。很快，由四、五十個高手護衛的這支隊伍便消失在茫茫夜色中。

天明時分，方宏的隊伍果然按照計劃到達了溧陽鎮。

一夜急行，早已是人困馬乏，便是那些高手也都面露倦色。

方宏指揮著眾人把箱子搬進一個空著的房間，命令一部分人防守，其他人則先去休息，一個時辰後換崗。

安排完後，便回房間倒頭睡下。

哪知好不容易睡著，外面又傳來一陣吵嚷聲，卻是又有幾十個人前來投宿。

客棧老闆不由大喜。

今兒個果然是黃道吉日，竟然一下來了這麼多客人。

方宏被吵嚷聲驚醒，忙披衣下床，到外面一看，心裡不由一跳。

來人雖然個個風塵僕僕，便是著裝也沒有什麼特別的標誌，看不出什麼來頭，卻是個個氣度非凡，竟是人人胯下一匹寶馬良駒，腰間都斜挎寶劍，特別是中間簇擁的那位十五、六歲的少年，更是不可小覷，雖然一頂大大的斗笠完全遮住了容貌，坐騎竟是一匹罕見的汗血寶馬！

方宏長年四處奔波，眼睛最是精刁，知道八成是哪個世家公子，不然怎麼可能有這般排場？若以自己一貫謹慎的性子，早已小心翼翼地避開來，唯恐惹禍上身。

可這會兒，卻把平日的小心完全拋諸腦後。

一則身後可是滿滿一車金子，二則任他是哪個世家，都不可能大過自己背後的太子。

方宏當即沈下臉來，傲然瞧了下對面諸人，冷笑著對掌櫃吩咐道：「打發他們走，這店，爺今兒包下了。」

那些本已疲憊不堪的侍衛也聞聲圍了過來，兩方竟隱隱形成對峙之勢。

沒想到對方竟敢如此目中無人，少年一方均現出怒色來。

只是少年沒發話，整個隊伍裡依然是鴉雀無聲。

死一樣的沈寂在兩方人馬中蔓延，氣氛越發緊張。

方宏只覺涼意一陣陣從腳底竄起，暗暗估算著真打起來的話，自己有幾成勝算。

旁邊的掌櫃早嚇得魂兒都飛了，本還以為來了大財神，誰料想卻是兩隊殺神，這要是真在自己客棧裡打起來，別說賺錢了，自己這客棧不被毀個乾淨就阿彌陀佛了！

「算了。」少年終於出聲，清冽的聲音令所有人都是一凜。「咱們再換別家。」

說著就掉轉馬頭，便要往外而去。

方宏鬆了一口氣，回頭命令自己人也都回去，卻看見一個衣衫凌亂的孩子，正掩面從自己右邊往外跑，以為是店家的孩子，便也沒在意，邁步往裡走時，卻又猛地回頭。

這孩子的背影，自己怎麼好像見過？

不及細思，便厲聲道：「站住！」

本已要離開客棧的少年等人倏地勒住馬頭，其中有性情暴躁些的，紛紛把手按在腰間，只要少年一聲令下，怕是馬上就會撲過來。

方宏卻顧不得會惹惱了少年，兀自指著孩子厲聲道：「快，把那個小孩抓了來！那是我家逃奴，偷了重寶私逃，快捉住他，必要時殺無赦！」

終於想通這孩子是哪個了，不正是青公子面前伺候的那個阿開嗎？這小子怎麼跑出來了？

第十四章

少年眉頭一蹙。

逃奴？藉口吧？光天化日之下竟敢令手下殺人，這人是什麼來頭，真是好大的膽子！

男孩也不說話，兀自向前奔跑，可畢竟人小力單，怎麼可能跑得過那些久經殺陣的侍衛？

眼看著一柄閃著寒光的寶劍朝著男孩的後心就要扎過去。

那掌櫃嚇得眼睛一閉，險些沒昏過去。

自己怎麼這麼倒楣！好歹勸得那兩夥人沒打起來，現在倒好，卻攤上了人命大事！

少年旁邊的侍衛望了一眼自家主子，卻被眼色止住。

少年透過斗笠若有所思地盯著那把閃著寒光的寶劍。

自己剛到這裡，便遇上這麼一齣，莫不是有心人刻意安排？

看少年的人馬站在原地一動不動，方宏的嘴角露出一絲得色。給太子辦事果然痛快，竟是無論做什麼全都不必顧忌。

只是一念未盡，一抹白色的人影翩若驚鴻，忽然從天而降。

「敢傷我家雲兒，真是找死！」

卻是一名錦袍少年忽然出現在眾人眼前，來人身法奇快，且姿勢美妙，一把抱住男孩後身子一旋，手中寶劍宛若毒蛇，瞬間刺入離得最近的侍衛的心臟，竟是一擊斃命。他得手之後馬上暴退，身上竟然一滴血也未濺上。

男孩正是霽雲，聽到聲音不由大驚，怔怔抬頭，瞧著於生死一線間救了自己的阿呆，忽然伸手抱住阿呆的腰。

方才那一刻，她真的以為自己必死無疑了，若是連爹爹一面都未見到就死在這裡，真是死不瞑目！還有困在那裡的青公子……

再沒想到，阿呆竟然這麼及時地出現。

沒料到霽雲反應如此大，阿呆明顯有些受寵若驚，甚至玉面頰上還有些微紅暈，竟一手拖著長劍，一手垂在身後僵在了那裡，半晌才抱住懷裡小小的身軀，笨拙地道：「別怕啊，阿呆在呢，我聽妳的話，在這裡等很久了……沒事了……」

第一次見到這種血淋淋的殺人場面，方宏一陣昏眩。本來以為只要斗笠少年不多管閒事，要抓住這小孩子是十拿九穩的事，卻沒想到半路上殺出了個程咬金，煮熟的鴨子竟然要從自己眼皮底下飛了，忙後退一步，指了兩人道：「這小奴才竟還有同黨，快把他們一起抓起來，絕不許放他們跑了！」

那些侍衛也清醒過來，知道要是放這兩人走了，別說自己會有殺身之禍，即是家人怕也難逃一死，臉色一變，從四面就圍了上來，牢牢地把兩人圍在中間。

阿呆終於回過神來。實在是相處這麼久了，難得霽雲有如此乖的時候，他心情頓時大好。「算了，好久沒打架了。對了，雲兒，妳最喜歡什麼形狀的？」

「形狀？」霽雲愣了一下，還沒明白怎麼回事，阿呆已經一揚手，把霽雲朝著斗笠少年就扔了過去。

「沒事，我多擺幾個形狀，雲兒選最喜歡的就好。楚昭，我家雲兒就拜託你了！」說著，一腳踢在面前人的手腕上，手中寶劍往後一劃，身後之人頓時被攔腰砍成兩段。飛出去的霽雲卻是一震。

楚昭？這世上自己知道的楚昭只有一個，那就是當今皇上最寵愛的小皇子！難道竟是這斗笠少年？

未及細思，斗笠少年旁邊的侍衛已經飛身而起，正好接住霽雲小小的身子。

「你們主子是楚昭？當今五皇子楚昭？」霽雲仍然不敢相信。

那侍衛臉上神色變幻，好像戰場上有什麼極吸引人的東西，竟是理都未理霽雲。

霽雲一咬牙，忽然一探手就揪住了少年頭上的斗笠。

少年猝不及防之下，竟被霽雲偷襲成功，一張劍眉星目的青澀容顏頓時出現在她面前，可不正是仍然年少的楚昭！

那侍衛沒想到霽雲竟然如此大膽，頓時驚怒非常，卻聽懷裡的孩子衝著自己主子冷聲道：「楚昭，這些人全是幫太子押送金子的人，讓你的人去幫阿呆。還有，今天這客棧裡的人，一個也不許落了！」

楚昭也正好回過頭來，看清霽雲的容顏，心裡頓時一驚。

這男孩子的模樣，怎麼同太傅那般相像？

那侍衛沒想到這孩子如此大膽，竟敢用這種命令語氣對主子說話，而且小孩子的話怎麼能夠取信？剛想喝止，哪知楚昭臉色大變，毫不遲疑地命令道：「你們去，先控制住客棧各出口，不許放任何人進出！」

雖然這孩子所說，並不見得確切可信，可萬一是真的……

那四、五十人本就對方宏的自大張狂窩了一肚子氣，聽楚昭此言，立即撲了上去，一時竟如狼似虎般。

方宏再沒想到，本是袖手旁觀的斗笠少年一眾人竟突然衝了過來，頓時慌了手腳，邊狼狽不堪地往後退，邊手忙腳亂從懷裡摸出一個權杖，嚎叫道：「我手裡有太子權杖！我們都是替太子辦事的，你們快退後，不然全按謀逆論處！」

楚昭聞聲，揚目遠看，發現方宏手中果然是太子府的權杖。

「你們竟然真是太子府的人？」

「是！」方宏鬆了一口氣，最怕對方是什麼賊寇，既然識得這權杖，那必然是身在官場，自己也就不必害怕了。想了想又道：「這位公子，不知者無罪，若是你們能幫我們捉了這兩個刁奴，鄙人回上京之後，必然在太子面前幫你們美言，則封妻蔭子、加官進爵指日可待！」

「哈哈哈！」楚昭忽然仰天長笑。

方宏被笑得一愣，心想這少年許是過於興奮，當下也乾巴巴地陪笑了幾聲。

霽雲眼中卻是冷意一閃。

果然自作孽不可活，這世上楚昭最恨的人便是太子和他身後的皇后，當初的雲貴妃之命可就是被這母子倆給斷送的。

那邊，楚昭已經一揚馬鞭，指著方宏等人道：「這些人均是朝廷重犯，現在還敢打著太子的招牌胡作非為，所有人聽令，能活捉則活捉，不能活捉的就當場格殺！」

「啊？」聽到楚昭的話，方宏差點沒暈過去。

這少年是不是腦子有問題啊？一般人聽到太子的人到了不是應該嚇得魂飛魄散、跪地求饒嗎？怎麼這人卻依打了雞血般衝了過來？

本已受傷的阿呆也有些奇怪。楚昭那小子，自己也知道，最是冷情的一個人，這世上除了他那父皇和世家公子容文翰，怕是沒什麼能打動他的，怎麼會出手幫自己？

不過也好，有人幫忙自然更好。劍花一挽，又是一陣血雨紛飛。

正要詢問霽雲的楚昭正好看見這一幕，不由抽了抽嘴角。那已經清醒過來的掌櫃則是兩眼一翻，又昏了過去，便是楚昭旁邊的護衛也突然捂著嘴巴嘔吐起來。

霽雲聞聲望過去，頓時傻了眼。終於明白為什麼所有人神情都如此詭異了，阿呆剛剛一劍之下，那方才還完整的一個人頓時四分五裂，而且以頭為圓心，斷掉的四肢整齊地排列在周圍。

阿呆也注意到霽雲的眼神，興奮地一揚寶劍，道：「雲兒，這朵花漂亮嗎？妳不喜歡的話，旁邊還有。」

霽雲的視線順著阿呆手指的方向看過去，下方還有擺成花盆狀的屍體，甚至還點綴了幾片綠葉……

霽雲再也忍不住，彎腰吐了起來。

阿呆撓了撓頭，不知自己到底哪裡出了錯。

那些人看著阿呆的眼神如同瞧著什麼可怖的事物。終於，一個侍衛突然大叫一聲，竟是丟下寶劍，掉頭就跑。

自有楚昭的人上前補了一劍。

可不論是楚昭的人，還是方宏的人，竟是只要阿呆一靠近，就都慌忙往旁邊避讓。漸漸，他的周圍形成了一圈空地。

阿呆拖著長劍在人群裡走了好幾個來回，別說人了，竟是一隻螞蟻也沒碰到。

阿呆又晃蕩了兩圈，看自己實在無事可做，只得倒拽著長劍朝霽雲而來。

本是一直守候在旁邊的兩個侍衛看著他到來，臉上神情戒懼無比，恍若一副看瘋子的模樣。

阿呆衝著楚昭一拱手。「阿昭，謝了。」

楚昭微微一笑。「阿遜言重了，你知道，我不是為了你。」

楚昭的話說得無情，阿呆卻也不在意，徑直往霽雲身邊而去。

霽雲瞧著越走越近的阿呆，臉色不自覺越來越蒼白，便是身子也止不住有些抖。

阿呆站住腳，神情頓時變得陰鬱，諷刺地瞧了霽雲一眼。

「妳怕我？還是覺得，我這個樣子很讓人噁心？」

那一閃即逝的自厭令霽雲一滯。

阿呆方才的神情，和青公子好像……

看霽雲久久不說話，阿呆手裡的寶劍無力地掉落地面，整個人甚至顯得神思恍惚。

「真可笑，我竟然以為妳是不同的……」

喃喃著轉過身來，竟是拔足就要離開，手卻忽然被人握住。

「呆子，你要去哪裡？」

阿呆愣愣回頭，卻見霽雲不知什麼時候已經跳下馬，正緊握著自己沾滿鮮血的手。

「妳不怕我？」

卻被霽雲狠狠拍了一下。

「又胡說。受了這麼多傷，還敢胡說八道！還不快過來讓我看看！」

若說之前讓阿呆幫著給蘇仲霖送信是出於無奈，生死與共之後，她對阿呆的感覺卻又不同。

除了上一世的爹爹，他還是第一個為了自己的安全而置生死於不顧的。

自己前世糊塗，這一生卻明白，人間最缺的就是真情。

阿呆怔怔地瞧著小大人般責備自己的霽雲，眼裡越來越亮。雲兒果然和別人不一樣呢！

他忽然蹲下身，和霽雲平視，神情熱切地比劃道：「他們竟然想要殺妳，以後看誰敢！還有啊雲兒，前幾天，我見到有人送花……」說到最後，卻是有些忸怩。

好像那個村夫送了花後，那個遠遠沒有雲兒好看的村姑就親了村夫一口，不知道看到自己送的「花」，雲兒會不會和在方府那夜時一樣，再親自己一口……

只是這句話一說完，便是楚昭臉上的笑也掛不住了。

這麼多屍體擺成的花兒……

以後，在場所有人看到各種花兒時，八成都會作惡夢吧？

霽雲忽然想到什麼，又繃了一張臉。「以後殺人便專心殺，不許胡思亂想。若不是你弄那些東西，怎麼會受這麼多傷？」

卻是止不住地想要嘆息。這麼單純的阿呆，所有的心思全在臉上寫得明明白白。

阿呆是想告訴自己，他之所以殺那些人，是因為那些人想殺她。而他之所以選擇這麼殘忍的方式，只是為了警示所有人，敢動她的絕對死無全屍。

至於送花什麼的，就自動跳過吧……

此情此景，使得所有人都對原先根本沒放在眼裡的小男孩，簡直佩服得五體投地。

那少年原先瞧著俊美若神，哪想到卻是殺人狂魔，正常人本應避之唯恐不及，這小傢伙到底是哪裡來的怪胎，又到底修練了多強大的心志啊，不但坦然接受，還和他討論怎麼殺人的問題……

唯有楚昭臉上掠過一絲欣賞之色。

大千世界，芸芸眾生，可真正能毫無顧忌地憐之愛之惜之的人又有幾個？若有人願意為自己這般捨生忘死，即便他是千夫所指，自己也必當護他周全。

敢愛敢恨、敢作敢當，這才是男兒真本色。

沒想到多年未見，當年上京人人喊打、聲名狼藉的謝彌遜竟長成了這般模樣。

又沈思著打量霽雲，也不知這小傢伙是什麼人，竟能收服謝彌遜這般憊賴人物，而且，這容貌還和太傅如此相似……

正思索間，忽聽一個發抖的聲音道：「公子饒命，方宏方才所講全都是事實，我等真是奉了太子的命令，有要事在身。」

此時戰鬥已經進入了尾聲，方宏也被人給推著跪倒在眾人面前。

「那是自然。」霽雲插嘴道，瞧著方宏的眼神諷刺無比。「你還是太子新娶的小妾方雅心的父親，怎麼會沒有奉了太子的命令？怎麼樣，方宏，你這便宜老丈人當得可真是威風啊！」

方宏臉色頓時大變。

他可不認為自己是什麼名人，即便女兒嫁了太子，也不過是個小妾罷了，不可能走到哪裡都會被人認出來。

這小童難道竟是自己熟悉之人？不然怎麼會對自己的事情如此熟悉？

他呆呆瞧著霽雲，一種古怪的熟悉感再次掠上心頭。

明明沒見過這小孩幾次，可為什麼每一次都有種似曾相識的感覺呢？

「你……認得我？」方宏顫聲道。「你是誰？你到底是誰？」

「我自然認得你。」容霽雲慢慢道。

加上這輩子，我們已經認識兩世了！

「用力想一下，興許你能想到我是誰。」

說完，忽然抬手捂住了右半邊臉，嘴角也露出一絲古怪的笑意，然後扶了阿呆的手，轉身就走。

方宏愣了一下，突然見鬼般喃喃道：「容霽雲？難道，妳是容霽雲！」

說到最後，完全是肯定的語氣。

方才那一語……去掉那塊可怖的胎記，容霽雲不就應該是這般樣子？

可恨自己竟然被蒙蔽了這麼久，當初還愚蠢地以為這丫頭真的死了，只是既然連那塊胎記都是假的，豈不是說對方早有心欺瞞？怕是容家早知道了這容霽雲的下落，並聯手做了個套讓自己鑽！

看那斗笠少年的模樣，他們必然是一夥的，而容霽雲是容家的小姐，能讓容家效忠，又不把太子放在眼裡的——

恍惚間忽然憶起，方才那救了容霽雲的惡魔把人拋出去時，是不是叫了一聲「楚昭」？

方宏徹底癱在地上。眼前這少年怕就是太子最嫉恨的楚昭吧？

「你是……五皇子楚昭？」

卻被旁邊的侍衛狠狠摁倒。「大膽！主子的名諱也是你這樣低賤之輩可以喚的?!」

方宏的頭重重磕在地上，整個人如墜冰窟，忽然發瘋般掙開旁邊的侍衛，衝著旁邊一個拴馬的石墩就狠狠撞了過去。

落在這些人的手裡，自己一定會死得更慘，而且還會連累太子和家人。如今，看在自己一片忠心的分上，太子好歹會幫自己照拂方家吧？

霽雲回頭，正瞧見方宏撞得頭破血流的樣子，站了片刻，默默轉過身，攙了阿呆往房間而去。

楚昭也是一愣。沒想到這方宏一介商人，竟是個悍不畏死的！

侍衛上前查看，試了試鼻息，已然氣息斷絕。

雖然已經信了霽雲的話，可當楚昭在謝彌遜的帶領下打開那間房門，把那些箱子一個個打開時，還是都驚住了。

足足幾十個箱子，竟然全都裝滿了黃金！

「阿遜，真是太謝謝了！」即使是向來喜怒不形於色的楚昭也有些失態。「對了，你和雲兒是怎麼知道這一切的？」

阿呆警惕地瞧了楚昭一眼，很是不滿地道：「那是我的雲兒，你怎麼也開口閉口雲兒的？」

「你……」楚昭無語。這都什麼時候了，還計較這些！而且這孩子和太傅太過相像的容貌，讓楚昭不由得懷疑，會不會是太傅尋找多年未果的女兒容霽雲？

楚昭在宮中也自有一大群兄弟姊妹，不過卻是個個如狼似虎，手足之間，整天除了無盡的陷害就是爾虞我詐玩心眼，日銷月鑠之下，哪還有半點手足情分？即便是對著自己那位父皇，和其他兄弟相比，父子間多了些許溫情，可那人畢竟是高高在上的九五之尊，君臣之禮更凌駕於父子親情。

說楚昭不愛父皇是假的，可那份愛裡，更多的是敬和畏吧！

能單純引起楚昭孺慕之情的，也就是自小悉心教導並處處維護的太傅容文翰，甚至私心裡，楚昭早把容文翰看成自己的父親一般。

現在想到方才那小孩可能是太傅的女兒，楚昭忽然就覺得有一種很奇怪的、溫暖的感覺。

這小孩若真是容霽雲的話，自己從今之後就多了個妹妹吧？好像挺招人疼的呢！

看楚昭神情變幻，謝彌遜更加警惕，忽然想到什麼，補充道：「你只管叫他阿開。」

「阿開？」楚昭有些糊塗。

「對呀，雲兒的名字。」阿呆誠懇地點了點頭，一本正經道：「雲開，這是雲兒的全名。最後，我們家阿開是男孩子，你可不許打他的主意！」

阿呆小時候可是經常和這小子混在一起，看他方才的樣子，明顯是對雲兒上了心，自己可得防著點。

第十五章

雲開？男孩子？楚昭皺眉。難道是自己想錯了？可那男孩和太傅如此相像，又該如何解釋？

罷了，先別想這些有的沒的，目前當務之急是問清楚金礦到底在哪裡，找到自己那好大哥的罪證。

正要張口詢問，謝彌遜已經把手裡的一件東西遞了過去。「這是金礦的地形圖，雲兒的意思是你籌劃一下，稍事休息後馬上就趕過去，不然遲則生變。」

心裡卻是有些氣悶，也不知那青公子是何許人也，雲兒竟一直惦念著，說是讓自己留下養傷，她和楚昭一塊兒去金礦。

只是自己可不會答應，那個青公子，自己倒要見識是什麼樣的人！

雲兒的意思？楚昭有些深思地接過地圖。

不應該是謝彌遜的意見嗎？難道兩人之間有主導地位的其實是雲兒，而不是自己以為的謝彌遜？

「怎麼樣？」看楚昭回來，霽雲忙站了起來。

從昨晚到現在，雖不過短短一天一夜，霽雲卻覺得度日如年。

那王保等人可沒有一個是好東西，特別是見識了王保的手段，霽雲真是擔心，若自己回去得晚了，他會用什麼手段……

「放心。」離開時，青公子倒是一派風輕雲淡，眉眼更是鮮活無比。「咱們倆這幾日便常常待在屋裡不出去，若王保問起，我只告訴他你不過崴了腳，需要臥床休息；至不濟，被他發現了，我的生死可也由不得他作主，不過把我送回上京領罪罷了！你只管快去快回，勿要以我為念，我一定會等你回來。」

可為什麼，自己總有一種不祥的預感呢？

「不行！」霽雲霍然起身。「讓楚昭給我些人馬，我現在就得走！」

「好。」門外響起楚昭的聲音，竟是絲毫沒有責怪霽雲的冒犯。「我的人已經到了，咱們走吧。」

霽雲一步跨出大門，不由一驚。不過短短個把時辰，一支足有千人的隊伍已經在客棧門口整裝待發。

霽雲深深看了楚昭一眼。這人行動力竟如此之強，果然不愧是未來的皇帝。

而只憑和爹爹筆跡一模一樣的一封信，這人便全然沒有顧慮、不遠千里疾奔而來，也可見楚昭心裡，必然對爹爹極為看重。

只是自己那麼好的爹爹，憑什麼卻被這人霸占了許久……

這樣一想，霽雲心裡便有些不忿，恨恨瞪了楚昭一眼。楚昭正好瞧過來，對著霽雲那雙像極了容文翰的眼睛微微一笑，被抓了個正著的霽雲頓時有些狼狽，忙移開眼來。

心裡卻恨恨想著，上一世是自己蠢，才會傻傻把自己那麼好的爹爹讓給了這傢伙，這一世，自己怎麼也不會讓那種情形重演。

大家各回各家，各找各爹，自己一哭二鬧三上吊也得把爹爹留下！

楚昭倒是挺體貼，特意讓人準備了一輛輕便的馬車給霽雲。

霽雲本想讓阿呆也上車來坐的，哪知一貫言聽計從的阿呆這會兒卻是堅決不允，而且一反吊兒郎當的樣子，脊背筆直地昂然端立馬上，那模樣怎麼瞧都像是和誰在別苗頭似的。

「阿呆。」霽雲不覺皺眉。這傢伙呆勁又犯了嗎？這般不聽話。

楚昭正好騎馬而來，聽到霽雲的話，神情微微一動，含笑對霽雲道：「阿呆？雲兒都是這般稱呼阿遜嗎？」

阿遜？霽雲疑惑，是阿呆的名字嗎？

楚昭似是看破了霽雲的心思，點了點頭。「是。阿遜，謝彌遜啊，雲兒不曉得嗎？」說出「謝彌遜」三個字時，楚昭不知是有意還是無意，聲音特別加重了些。

本是傲然立於馬上的謝彌遜臉色立即一白。

謝彌遜？霽雲果然愣了一下，這個名字好像有些耳熟，應該是上輩子聽過？只是現在，卻無論如何想不出個所以然來，霽雲心思又都在趕緊去救青公子一事上，想不起來就索性丟開，衝謝彌遜招了招手。

謝彌遜果然乖乖地催馬而來，臉色卻是灰敗而緊張。

霽雲皺了皺眉，責怪道：「阿遜，你背上有傷，脊背挺那麼直做什麼？瞧你臉色這麼難看，定是騎在馬上不大舒服吧？還有胳膊，傷口雖是不深，可也總要小心些，不然一旦碰著的時候，也有得你受的。這車裡面還有空位，你也別強撐著，趕緊到車上來。」

謝彌遜眼中的緊張和陰翳逐漸散去，到最後，全然化為溫柔和喜悅。

「雲兒，我喜歡妳喚我阿遜，還有，我沒事，真的。妳要救青公子，我都記得呢，妳安心在車裡睡一會兒，等妳睜開眼時，我就把青公子給妳送到面前來。」

楚昭深深看了兩人一眼，很快收回眼光，猛地一勒馬頭，舉起劍，做了個「出發」的動作，隊伍當即迅捷地朝前疾奔而去。

隊伍已經走得很快了，霽雲卻仍是嫌慢，不時探出頭來瞧一下走到哪裡了。

只是每次探出頭時，謝彌遜和楚昭好像都有所覺。謝彌遜總是暖暖笑一下，便即打馬而去，楚昭則是淡淡點頭，只是眼裡的溫度，卻是上一世的自己從不曾見過的。

霽雲不覺煩惱。阿遜也就算了，這個楚昭是怎麼回事啊？自己明明和他根本不熟好吧？太過困擾之下，最後索性不再掀簾子朝外張望。

謝彌遜便有些憋氣，瞧著非要和自己並轡而行的楚昭，真心覺得這人惹人厭得緊。

自己就喜歡霽雲緊張自己的樣子，那樣，曾經空落落的胸腔裡便覺得填得滿滿的，就覺得自己的存在，也並不是那麼令人生厭。

現在倒好，這傢伙非和自己走在一起，以至於雲兒這麼久了都沒再看自己一眼！

若他感覺沒錯的話，這傢伙表面笑得春風蕩漾，可內裡就是看自己不順眼，故意和自己過不去的樣子……

相比起外面心思各異的謝彌遜和楚昭，車裡的霽雲倒更顯得沈穩。離佢裡越來越近，霽雲的心也懸得越來越高。

事情雖然比自己和青公子預想的還順利，可一日不見到青公子平安，霽雲的心就沒辦法放下來。

雖然心裡也明白，能在王保和鮑林鐵桶一般嚴密的防備之下，和那些囚犯取得聯繫，並能把計劃安排得這般周密，青公子也定然是胸中自有韜略之人，若他想的話，事情必然不至於過分糟糕。

可她就是擔心青公子不想。

是啊，有這般容貌又有這般心智，之前的青公子該是何等的心高氣傲？現在這般落魄不堪……

正沈思間，山谷中忽然傳來一陣轟然巨響。

霽雲一下站了起來，連頭撞上堅硬的車廂木板都不知道。

青公子！

「阿青，賤人！你果然活膩了！」王保神情狠戾，瞧著硝煙散去後癱在血泊中的青公子，神情扭曲。

他的身後是同樣神情陰鷙的鮑林，看著青公子的眼神，恨不得把人給活撕了一般。

太大意了，竟然被這小賤人乖覺的模樣給矇騙！原來開鑿山洞時，主子特意花重金購買了江湖殺器霹靂彈，沒想到卻被這賤人藏起了幾枚。

還在今日把自己等人誆了過來，若不是自己心存疑慮，那現今躺在血泊中的就成了自己！

青公子的手動了一下，王保上前一步，狠狠踩了下去。

隨著王保的用力碾壓，青公子的手腕發出令人毛骨悚然的喀嚓聲。

「說，那小王八蛋去哪兒了？」

現在已經完全想明白，昨天那一連串的事，其實不過就是為了幫那小崽子逃出去吧？

「那小崽子到底是誰的人？他去了哪裡？你老實說的話，還可以給你個全屍！」

青公子嘴裡不斷吐出血沫來，即使是滿身血污，仍無法遮掩那絕代風華。一旁的鮑林越看越恨，忽然拔出匕首，朝著青公子的臉上狠狠劃下去。

「賤人，別以為你有這張臉，太子就會寬宥你的罪過！你不過是太子的一個玩物罷了，太子身邊多的是你這樣下賤的東西！今日你竟敢壞了太子的大事，爺先替太子劃爛你這張害人的狐媚臉！」

鮮血順著青公子翻起的皮肉不斷往下流，逐漸和身體下的鮮血交會一片，鮑林卻覺得說不出的快意。

自己早想毀了這個妖物，長了這麼一張讓人神魂顛倒的妖孽模樣，卻偏生是太子的禁臠，看得到吃不到……不對，很多時候甚至連看都不敢多看！

多少次自己見到這妖孽慾火難耐，偏這賤人還做出一副玉潔冰清的模樣，竟是正眼都不瞧自己一下！現在這妖物落到了自己手裡，自己又怎能讓他好過！

「阿青！」王保冷眼瞧著這一切，咬牙道：「識時務的就快說出那小崽子的下落，你死了不要緊，不要忘了，玉娘可還在太子府！」

「玉娘？」青公子本已渙散的眼睛倏地睜大，扭曲的手腕不住抖動著。「你們把玉娘……怎麼了？」

「怎麼了？」鮑林獰笑著，狠狠揉捏著青公子臉上翻起的嫩肉。「自然很快會被賣進最低賤的窯子，任那些莽夫、販夫走卒盡情品嘗。對了，玉娘到時可比你幸福，你只被主子一個人壓罷了，玉娘可是夜夜做新娘啊！也不知玉娘那小身板可受得住？」

「不、不會的！」青公子拚命掙扎著，絕望地不住晃動。「玉娘的爹也是朝廷命官，你們不敢那樣對她……」

「我呸！」鮑林朝著青公子的臉狠狠吐了口唾沫。「朝廷命官？一個五品小吏，在太子眼中，他屁都不是！你若是真想你的玉娘可以活得平淡一些，就快點說出那小崽子的下落！」

「阿開……」青公子眼神越來越黯淡，卻還有最後一絲亮光。「阿開答應我……」

「阿開，那個小崽子嗎？」王保冷笑一聲。「阿青，你這是天真呢，還是愚蠢呢？你竟然認為那個小兔崽子可以幫你從太子身邊救出玉娘？不過一個村童罷了，再機靈又如何，竟然想和太子鬥，還真是活膩了！你以為，他可以逃得過太子的天羅地網？放心，即便你不說，我們也能很快把那小崽子給抓回來，然後大卸八塊！若是你早些說了，說不定玉娘……」

「你說，要把誰大卸八塊？」一個陰森的聲音忽然在耳邊響起。

王保猝不及防，被驚得差點跌倒，頓時火冒三丈，回身厲聲道：「混帳！主子說話也有你──」

後半截句子卻突然嚥回了喉嚨裡。

同樣背著身子的鮑林也覺得有些不對勁，不耐煩地轉過頭，卻是同樣失去了言語的能力。

竟是一個姿容俊美堪比青公子、卻比青公子多了分張揚肆意的錦衣少年，而他的右手邊，還攬著一個八歲的孩子，不是阿開又是哪個？

兩人的神情頓時陰沈了下來，同時意識到有些不妙。

這錦衣少年竟然沒有驚動任何人，悄無聲息地來到兩人身後，就算是此時谷中剛發生變故，防守有些疏忽，可能避過重重防守潛入卻沒有被任何人發覺，這身手也委實太過可怕了吧？

而最讓人不可思議的是，對方竟不過是個年方十五、六歲的少年罷了！

還有那個阿開，怕是根本不是他們以為的無知村童，而是還有其他顯赫身分，不然憑他小小年紀，怎麼可能差遣得動這般厲害人物？

正自疑惑，謝彌遜卻已經動了，手中長劍宛若毒蛇般朝著兩人招呼而來。

其他同樣呆掉的侍衛這才反應過來，呼啦啦圍上來，護在兩人身前。

方才被擋住、躺在血泊中的青公子赫然出現在眾人面前。

王保臉一沈。「把那賤人拖過來。」

卻不防謝彌遜身形更快，幾個起伏，已來至青公子身前。

還未站穩身形，霽雲已經從阿呆懷中跳了下來，半跪在青公子身側，輕輕托起那張血肉模糊的臉。

「公子……」

這真是青公子嗎？明明昨日自己離開時，青公子還是那樣風采卓然。

霽雲霍地抬起頭來，眼中的冰寒令王保等人心裡也是一凜。

「是誰下的手？」

「小崽子！」鮑林鄙夷地瞧了一眼明顯有些怯意的王保，心中暗忖，果然被切了那話兒的人就是沒種，竟被一個小孩子給嚇住！當下陰惻惻一笑。「好大的脾氣啊！爺正尋思著去什麼地方找你呢，你竟然自己送上門來了！」

忽然揚手指著兩人道：「大家素來不是最愛阿青那賤人的模樣嗎？今日送上門來的這一大一小也不差吧？你們誰能把他們擒住，阿青那塊爛肉就算了，爺作主，這兩美人兒就歸大家夥兒享用了！」

此言一出，那些侍衛當場就有人喉嚨發乾，小腹一緊。

為防走漏消息，金礦自來紀律森嚴，這些壯大漢子從來到這裡，幾個月都沒嘗過「葷腥」了，早就憋得受不了了！從前青公子是能看不能吃，現在這個美少年畢竟更年輕些，看那腰身怕是比青公子還要柔韌……
當下就有人拔出刀，縱身撲了上來。
「哈哈哈！」鮑林放聲大笑，指著霽雲道：「小王八羔子，待會兒爺第一個先嘗嘗你的滋味，你在爺的身下多叫喚幾聲，爺就告訴你誰傷了那賤人——啊！」
兩聲慘叫同時響起，卻是第一個撲上去的侍衛，不過一個照面就被攔腰砍成兩截，而同一時刻，阿遜竟對砍向後背的一劍避都不避，又一劍扎死一個侍衛後，甩手擲出一根銀針，那銀針恍若長了眼般，竟是越過層層人群，正正扎入鮑林的口中。
鮑林慘叫一聲便去捂嘴，那邊，阿遜手猛一用力，那銀針之上竟還有一根細如髮絲的銀線，鮑林碩大的身軀竟被那根銀線帶著飛向空中。
「啊！」鮑林的叫聲實在太過悽慘，那些侍衛腳下不由同時一滯。
終於，一聲令人毛骨悚然的斷裂聲後，鮑林壯實的身子咚地砸在地上，卻是吭都沒吭一聲就昏了過去，而那根銀線也飛了回來，針尖上還帶著半截血糊糊的舌頭。
而背部鮮血淋漓的少年卻忽然仰天哈哈大笑。
王保身子一晃，好險沒嚇暈過去，邊拚命往後縮，邊聲嘶力竭地指著二人道——
「混蛋，還愣著做甚呢！還不快去把賊人拿下！」
「王公公別來無恙？」又一聲輕笑聲傳來，王保回頭，只見一名斗笠少年，正施施然朝自己而來。「怪不得這許多時日不見公公，原來躲在這裡享清福呢！」
「你、你是誰？你怎麼認得我？」王保神情越發驚疑，臉色更是一片慘白。

這人聲音怎麼如此熟悉？完了，難道這人來自上京？

「你覺得我會是誰呢？」斗笠少年抬手，慢慢解開下頜的兩根絲條，斗笠飄飄忽忽落到地上，楚昭凌厲的眉眼映入王保的眼簾。

「五、五皇子？」王保已經完全傻了，腿一軟就跌坐在地上，下身處更是一熱，卻是一股濁流順著褲腿滴滴答答而下。

能想得到那小崽子身後一定有人，卻再沒想到他背後竟是楚昭。

那可是太子的死敵！

私開金礦這般大事，別說讓太子保住他們，便是自身也成了過河的泥菩薩。

他們給太子捅了這麼大一個樓子，即使這會兒能苟延殘喘，消息傳到上京，太子也絕不會饒過他們的！

明明此事機密至極，即便宮裡，連皇后娘娘都瞞了的，五皇子怎麼會探得消息，還這麼快就趕了來？

阿青那個賤人倒是乖覺，竟然攀上了楚昭這棵大樹，怪不得方才有恃無恐！

而自己，以內監的身分卻行此堪比謀逆的大事，大約脫不了被凌遲或五馬分屍……

這樣想著，王保頓時癱在地上，再也起不來了……

第十六章

楚昭的眼睛已經從王保身上挪開。

事情的結局不言而喻，他的心思此時完全不在王保身上，而是那伏在血泊中的小小身影。

「青公子……」霽雲跪伏在青公子身側，任那鮮血浸濕了衣袍，雙手和小臉上也全是青公子殷紅的血，她卻一無所覺，眼裡只有倒在血泊中雙眼緊閉的青公子。「我回來了，雲兒回來了，你放心，我家阿呆是神醫呢，他救過我，也一定可以把你救回來……一定可以的，青公子，你睜睜眼，你睜睜眼看看雲兒呀！」

說到最後，已是哽咽難言。

謝彌遜已飛身而至，不待霽雲開口，便俯身去探青公子的脈，卻呆了一下。

這人受傷太重，奇經八脈生息已然全部斷絕，便是神仙也回天乏術了。

但仍從懷裡掏出包銀針，極快刺進青公子身上三十六處大穴。

「傻孩子。」青公子的眼睛終於緩緩張開，在阿呆身上注目片刻，便定定落在霽雲身上，嘴角是暖暖的笑意。「哭什麼，我現在……很好啊……對了，別叫我公子，叫我大哥就好。」

自己有些自私了，明明看阿開的樣子，定是出身大家才對，又豈是自己這般低賤骯髒的人可以高攀的？可真是喜歡這孩子呢……而且，自己也實在孤單怕了，好歹離開的時候，還有一個親人送自己一程吧……

霽雲眼淚落得更急，頻頻點頭。「在雲兒心裡，公子早就和大哥一般了！雲兒沒有兄弟姊妹，所以大哥一定要好好活著，將來別人欺負雲兒時，大哥還要幫雲兒打回去的，對不對？」

青公子眼睛更亮了一些，似是對霽雲描述的生活充滿了嚮往，竟然輕笑一聲。

「阿開、雲兒，大哥也想……護你一生，不過這輩子是不成了，來生吧，來生……大哥一定護你一世。這一世，大哥太累了……」

從雌伏於惡人身下的那一刻，自己就無時無刻不在渴望著這樣徹底解脫的時候。

現在，終於可以走了。

他眼前忽然出現另一個溫婉少女的影子。那是玉娘呢，阿開來了，自己也終於可以放下一切了無牽掛地走了……

那是幾年前的往事了……

翩翩如玉的少年郎進京趕考的路上偶遇官家小姐李玉娘，少年丰神如玉，少女溫婉美麗，雖不過半月行程，兩人早已情竇暗生。

原指望待自己一舉高中便即上門求娶，怎料甫進京城便驚聞李父竟為了升官發財，要將女兒送予太子為妾！

小情侶連夜出逃，原以為只要逃出上京便可以從此海闊天空，卻哪裡想到竟雙雙被捉，然後一起押送太子府上。

從見到太子那一刻起，才知道原來這人世間竟然真的有地獄……

「想讓玉娘活下去，就乖乖地伺候好孤。」

那人不是一國儲君嗎？卻原來是衣冠禽獸！

「賤人！你這骯髒的東西，爬上太子的床不算，竟還敢算計太子妃？」眼睜睜瞧著自己男人的根本被一刀剪去，卻沒有人願意相信自己之所以出現在太子妃的寢宮，只是因為那蛇蠍女人告訴自己，她可以幫助他們逃出去……

青公子的眼神慢慢渙散，似是追憶，又似是暢想，似是悲傷，又似是喜悅。

「玉娘，救……玉娘，忘了我……對不起，哥……青川，我回來了。」

青公子長長地嘆息一聲，竟是再無聲息，唯有那雙眼睛，仍是大張著望向天空，似是在無聲控訴著什麼，又好像在追憶著什麼……

霽雲身子一晃，楚昭和阿遜同時上前一步，一邊一個扶住了霽雲。

霽雲抬起頭，艱難地看向楚昭。「五皇子，玉娘……」

沒想到霽雲忽然如此鄭重地稱呼自己，楚昭明顯怔了一下，半晌，重重點頭，溫聲道：「雲兒放心，我定會救出玉娘。」

霽雲推開兩人，跪在地上，一點點、小心地擦拭著青公子臉上的血污。

「五皇子說會救出玉娘，就一定可以救出玉娘，雲兒會親自把你送回家人身邊，大哥，你放心走吧……」

伸出小手，慢慢合上了青公子的眼睛……

「雲兒……」青公子的屍體已火化，霽雲卻一直抱著那個青瓷骨灰罈子不言不語，阿遜只覺心不由得一揪一揪的。

半晌，霽雲終於低低道：「你去跟楚昭說，我們要走。」

瞧楚昭的樣子，明顯是對自己的身分有了懷疑，可自己這會兒卻不能隨他一起離開。一則因為楚昭的身分，自己在他身邊，做什麼事都有人會盯著，想要幫爹爹，倒不如隱在暗處更妥當。

二則自己答應了大哥，要送他回家……

「雲兒要和你離開？」乍然聽謝彌遜這般說，楚昭眉頭一蹙。

「你別操那麼多心了。」

謝彌遜確實漂亮，不過微一挑眉，旁邊伺候的丫鬟臉頓時一紅，便是捧在手裡的茶碗都差點打翻。

「快回上京去吧，那人急著把這麼多金子運回京城，目的肯定和你有關吧？而你之後在朝中的地位，是會更穩固還是就此一敗塗地，全在和祈梁國這一仗上。這馬上就入秋了，糧草方面……」

楚昭眼中神情一震。

一直以為謝彌遜就是個荒唐的浪蕩公子罷了，沒想到眼光竟能放得這麼遠！只可惜他的身後……

他緩緩放下杯子，試探著道：「果然士別三日當刮目相看，沒想到阿遜現在文才武略俱是如此高妙，果然不愧為謝家芝蘭玉樹！」

謝家的主事者一向最是看好自己的太子大哥，從來不把自己放在眼裡，若謝彌遜能投靠自己……

「阿昭，你何必如此試探我？」謝彌遜冷冷的一眼瞧了過來。「那謝家與我有什麼相干？阿遜也還是從前的阿遜，你們儘管鬥來鬥去，誰勝誰敗，和我無一點干係。我謝彌遜做事自來都是隨心所欲，說這些予你聽，並不就是站在你這一方。」

只不過，不想雲兒傷心罷了。

楚昭沈默半晌，再抬起頭來，又換上了平時溫文爾雅的笑容。

「阿遜不必著惱，是昭唐突了。」

他拍了拍手，馬上有侍衛捧了個鐔子上來，掀開上面的錦帕，赫然是滿滿一鐔子的金子。

謝彌遜並未伸手去接，依舊冷眼瞧著楚昭。

「阿遜切勿多心。」楚昭正色道。「你當這金子是獎賞也罷、是謝禮也好，卻是一定要收下。阿遜既然不喜歡遮遮掩掩，那昭也就坦誠相待。從前確是昭錯看了阿遜，昭在此向你道歉。」

說著，竟然起身，對著謝彌遜深深一揖。

謝彌遜愣了一下，良久，苦笑著搖搖頭。「我就說不喜歡你們這一套，你們一個個的花花腸子都太多了，這樣的日子太累。」

聽謝彌遜此言，楚昭微微一怔，卻又釋然。

子非魚，安知魚之樂？每個人都有每個人的選擇，只要走的路是自己選好的，並珍惜擁有的，自然便可以無怨無悔。

從母妃死在宮中的那一刻開始，楚昭就已經了悟，對自己而言，要想活著，並活得痛快，那就只能朝著那最高的位置前進；也只有登上那至尊之位，自己才不會再次嘗到痛失母妃那般的椎心之痛，才能護住自己想要護著的人！

即便這中間如何艱難險阻，荊棘叢生，拉扯得自己如何血痕累累，只要不死，自己都不會放棄。

「好。」楚昭灑然一笑。「既然你如此說，那昭也明白告訴你，這金子是要給雲兒的。昭可以把雲兒暫時託付於你，但絕不允許雲兒過苦日子。」

雖然雲兒始終不肯說什麼，可現在已經十有八九能夠確定，雲兒應該就是太傅的女兒。不然以謝彌遜這麼冷情的心腸，根本不可能為了自己如此不計生死，而以謝彌遜對雲兒的看重，也絕不會允許她一人置身險地，那就只有一個解釋——

所有這些都是雲兒自己的主意。

再從謝彌遜方才所言，分明對前方戰事很是關注……

這兩天，派去打探消息的人也回稟說，翼城方家確實收留過一個叫容霽雲的女孩子，而且方家不知為何，卻對這事瞞得很緊，甚至前一段時間還發賣了府中的大批奴僕……

只是與現在的雲兒有出入的是，方府中的容霽雲據說長相奇醜、下肢殘疾，右邊臉頰上還有一塊巴掌大小的可怖胎記……

只是楚昭記得清清楚楚，自己小時候也見過霽雲，小臉上卻是乾乾淨淨，哪有什麼胎記？

即便被帶走的這幾年，可能會長出來什麼東西也未可知，楚昭卻仍舊願意相信自己的直覺。

眼前這個雲兒，十有八九就是真正的容霽雲。

以太傅那樣的龍章鳳姿，怎麼可能會有什麼醜陋殘疾的孩兒？雲兒現在這個模樣就剛剛好。

這也能解釋，為什麼這孩子會知道金礦之事，又為何這般維護自己。

而自己搗了太子的金礦，此行回上京，必是危機重重，便是以後，和太子之間也自有一番惡鬥。太子現在勢大，受挫之後必然無所不用其極，這般看來，雲兒不在自己身邊倒是更安全些。

更何況這謝彌遜……

楚昭眼神微有些飄。雖然還是有些看不順眼吧，卻不能否認此人武功確是高強，又對雲兒言聽計從的樣子……

「囉哩囉嗦那麼多做什麼？」謝彌遜已經恢復了吊兒郎當的樣子，沒有筋骨似的斜靠在椅子上，無所謂地道：「不就是些金子嗎？我自然會收下，我倒是想要你再多給些，就怕你不捨得。」

「多給些？」楚昭一愣。

「這麼點，我怕不夠分。」阿呆扶額嘆息。「你不是允了雲兒，放那些被抓了的壯丁回去嗎？雲兒怕是會把這些東西全都分出去。」

看來自己以後要好好掙錢，自己可不喜歡雲兒想往外送東西時，卻要找別人要！

「是我疏忽了。」楚昭點頭，正色道：「這罈金子是送給雲兒的，你只收起來便是。至於善後事宜，我會著人去辦。」

看謝彌遜心滿意足地起身，楚昭眯了眯眼。

這人並不是不愛動心眼，是端看他認為值不值得動心眼罷了。

「阿遜暫等片刻。」楚昭忙出聲勸止。「還有兩個人也要有勞阿遜一併帶上。」

話音一落，便有兩名青衣男子無聲無息地出現。兩人看著雖是容貌平平，行動間卻隱有逼人的殺氣，兩人一跨進室內，整個屋子好像要凍住一般。

楚昭擺擺手，兩人迅疾退到角落中。明明兩人均是身材高大，可一旦斂去殺氣竟是再沒有一點存在感。

謝彌遜臉上也不由露出欣賞之意。

「這兩個人你帶走。」楚昭語氣不容商量。「保護雲兒安全。」

只是暫時把雲兒託付給謝彌遜，這不過是權宜之計，自己可是從來都不放心將自己看重的人或物完全交到別人手上。

即便暫時不得已，那也必須在自己掌控之下。

保護雲兒安全？謝彌遜眼裡有些嘲笑的意味，怕是為了防備自己吧？

「可以。」謝彌遜明白，以楚昭的性格，既說要給雲兒兩個人，必然不會再帶走，自己多費口舌也是無益，倒不如爽爽快快答應下來。

至於以後會怎樣，端看自己心情了。

看謝彌遜爽快應下，楚昭的欣賞又多了些。謝彌遜果然是個聰明人，這世上把這麼個聰明人看成呆子的，也就雲兒一個了吧？

偏生謝彌遜好像也很喜歡被當作呆子呢。當然，依舊僅限於雲兒一個罷了。

楚昭離開時，霽雲的房間仍然緊閉著。

任楚昭在外面站了良久，霽雲才終於打開門來。

「五皇子。」

楚昭明顯一愣。沒想到青公子的死，對霽雲打擊如此之大，不過短短幾日，霽雲卻明顯瘦了一圈，一張小臉也更顯蒼白。

果然和太傅一樣，是個至情至性之人呢！

「叫我昭大哥。」楚昭偏身下馬，解下身上的披風要替霽雲披上，斜裡卻忽然伸出一隻手。

「不勞五皇子。」

卻是謝彌遜，眼疾手快地把一件半新不舊的衫子披在霽雲身上。

楚昭苦笑一聲，對霽雲溫言道：「雲兒，我要走了。妳放心，前方戰事定然無礙，有我在，絕不教任何人算計了太傅。以太傅之謀略，大軍不日必可凱旋而歸，雲兒安心等著就是。另外……」

他回身衝後面招了招手，一個一身素白的男孩子低著頭走了過來。

霽雲似有所覺，驀然抬起頭來，是那個當初剛到佢裡時一起討飯，且對自己多有照顧的李虎。

她忽然意識到什麼，忙又回頭去瞧楚昭。難道……

楚昭點了點頭。「這孩子的爹叫李和，就在我們到達前的那個晚上被奸人所殺。」

霽雲本是混沌的眼睛瞬間清明。到達前的那個晚上，不就是自己逃離的那晚嗎？當晚配合青公子犧牲了自己的人，竟是李虎的爹爹嗎？

李虎也抬起頭來，亮亮的眼睛裡全是驕傲的淚。

「阿開，叔叔們說，我爹是英雄呢，要不是我爹，他們都會死在那裡……我不想讓他們死，可我也不想讓爹死……」

霽雲再也忍不住，踮起腳來，努力地想要抱一下李虎。

「我知道，我都知道。」

爹爹，只要提到這個詞，就覺得胸口滿滿的，怎麼能忍受有朝一日，他會……

「以後阿虎就和我在一起好不好？我有爹爹，等我爹爹回來了，一定會像阿虎的爹一般疼阿虎。」

阿虎忽然抽泣出聲。

「可我還是想要自己的爹爹……」

謝彌遜再也忍不住，上前一步，把兩個小小的身子都摟在懷裡……

第十七章

三年後。

大名鎮城郊，一處紅牆碧瓦的闊大院落。

牆外是春光明媚，草長鶯飛，牆內亦是奼紫嫣紅，碧柳低垂。花園正中一片浩渺的池塘，裡面荷葉恰如銅錢大小，卻已是絲絲生碧，隨波蕩漾，使得臨水而建的一座小亭更顯風雅。

小亭正中，一個十歲出頭的男孩正手扶宣紙，凝神靜思，靜默的背影竟是如勁竹般兀立。

良久，男孩終於拈起右手邊狼毫，飽蘸濃墨。

「雲兒，我回來了。」

一個低沈卻悅耳的男子聲音忽然在耳邊響起。

男孩一驚，一大滴墨水啪的一聲滴落宣紙之上。

男孩嘆了口氣，臉上揚起一個無奈的微笑，慢吞吞道：「我知道了。」身子一扭，便如一條魚般滑出了來人的懷抱，一張清而不媚的美麗小臉便映入來人的眼簾。

來人似是驚豔了一下，半晌輕輕道：「雲兒越來越好看了。」聲音竟是有些悶悶的。

也只有看到這麼乾淨明媚的雲兒，自己心裡才終於舒服些。

「打住。」男孩頓時有些警惕，哼了一聲，隨手一指水面上的男子倒影回敬道：「說什麼別人好看，你才是好看到禍國殃民的那一個吧？」

別人不知道，自己最清楚，這人最討厭有人誇他生得好，甚至房間裡連鏡子都不許有，可來而不往非禮也，既然這人每次都要捉弄自己，自己當然也要好好回敬他一番。

這兩人不是別人，正是霽雲和謝彌遜。

當初兩人和楚昭匆匆作別，霽雲拿了主意，來到了這大名鎮居住。

上輩子經常聽爹爹跟自己講這大名鎮，據爹爹說，他年少時體弱，曾長時間在大名鎮的別院中休養，這裡風光旖旎，將來有機會了，一定會帶霽雲來此遊玩。

這一世，霽雲一直記在心間，想著既然爹爹暫時回不來，自己就先替爹爹回來看看。來了後，發現這兒果然風景秀麗、物皆可喜，兩人便都愛上了這裡，索性買田造房。

不得不說，阿遜果然是個人才，自己因為沾了上一世的光，知曉一些先機，可如何統籌謀劃，靠的卻是阿遜。短短三年時間，當初楚昭贈給霽雲的那鐔子黃金，就在阿遜的手中無數倍增長，然後又被自己拿來買了糧草輜重等作戰必須，著人運往前線大營……

這麼多錢財來了又去，阿遜卻從來都是雲淡風輕。

這一切讓霽雲對阿遜的出身更加疑惑。

自己歷經兩世，看淡一切也就罷了，怎麼阿遜也如此平靜？

再加上阿遜和楚昭極為熟稔的樣子，難不成阿遜真的是謝家人？

大楚共有三大世家，容家、謝家、安家。

三家俱已是數百年的世家大族，根基自是極為繁茂，便是皇室也不得不容讓幾分。

而三家來看，容家最是清貴，家族中人才輩出，先後出過三代名相；謝家最是榮寵，本朝有三代皇后均出身於謝家女，當今太后也是出自謝家。

至於安家，則是多將才，早年更是滿門公侯，在朝中武將的影響力無人能出其右。只是三國征戰期間，安家人便多所折損，十多年前，安家現任家主安雲烈的唯一兒子安錚之也在護佑今上圍獵西山時，為保護今上力戰黑熊而亡，因此目前安家最是低調，卻也最得聖心。

而以謝彌遜的容貌看來，實在是和傳聞中滿門風雅的謝家極為相符。也不知這人是怎麼生的，竟是年歲愈長愈俊美，那日遊湖，恰遇本地花魁的畫舫經過，兩岸遊人爭相探看，霽雲卻只瞄了一下便閉上眼睛。

那花魁也算是個美人兒，可比起自家阿遜來，連提鞋都不配的。

只是不知為何，阿遜對自己的長相卻似不喜。甚至好幾次，自己還瞧見他站在正午的大日頭下曝曬，可即便如此，肌膚仍是白皙如玉，每次看他懊喪的神情，自己都覺樂得很。

如今聽霽雲說他生得「禍國殃民」，謝彌遜臉色果然沈了沈，垂著頭退回涼亭，坐在霽雲方才坐的那張湘妃凳上，頭斜靠著柱子，神情是說不出的蒼涼之外，還有一股拒人於千里之外的冷漠。

霽雲以為阿遜又作怪，也不理他，只管繞到石桌另一面坐了，自顧自地倒了杯香茗捧在手裡。

斜眼間，忽然瞧見謝彌遜摸了把匕首在手中，雪亮的刀刃正對著自己的臉頰，不由嚇了一跳，一步跳過去，握住謝彌遜的手腕嚷道：「呆子，你做什麼？」

謝彌遜猝不及防，手腕被握了個正著，竟也不掙扎，眼神中卻說不出是諷刺還是痛恨。

「這一身臭皮囊，也就這張臉最是可厭得緊！」

霽雲愣了一下，不覺皺了眉頭。這世上哪有人這般說自己長相的？難道方才這人不是嚇自己，而是真的想毀了那張臉？難不成發生了什麼自己不知道的事？

她推著謝彌遜坐在椅子上，又拿了杯熱茶塞到謝彌遜手裡，往四處瞧了瞧。「阿虎呢？」

謝彌遜拿起霽雲的手遮住自己眼睛，卻一句話不肯說。

「喂，你們幾位怎麼這般無禮？我不是說了我家少爺不想見你們──」好像是為了印證霽雲的猜測，外面忽然響起一陣喧譁。

霽雲立時明白，阿遜今日的反常怕是和這群不速之客有關。她神情一冷。還真是囂張啊，竟敢打到自己門上了！

下一刻，一群衣著不俗的人就衝進了院子，為首的是一男一女，看兩人年齡，大約十七、八歲的樣子，和阿遜的年齡相仿。待看清兩人的長相，霽雲明顯一呆，下意識回頭去瞧阿遜。

這兩人比起阿遜的俊美自然還差上一截，眉目之間卻和阿遜有幾分相似……

霽雲緩緩擺了擺手，示意聞聲而來的侍衛退下去。

看這兩人模樣，難道是阿遜的家人？

一群人呼啦啦衝進涼亭，為首的一男一女更是大剌剌坐在主位上，斜眼睥睨著阿遜，一副又是厭惡又是鄙視的樣子。

阿遜卻始終抓著霽雲的手，竟是連眼睛都沒睜開，更別說搭理那兩個人了。

兩人臉色頓時沈了下來，瞥了一眼垂手侍立的管事。

那管事心領神會，上前一步，陰陽怪氣道：「喲，奴才方才遠遠瞧著，還以為眼花了呢，沒承想還真是表少爺！表少爺人大了些，怎麼還是從前的性子？便是家裡的奴才也這般沒眼色，還不快過來給我家少爺、小姐磕頭？」

沒眼色的奴才？霽雲一時有些沒反應過來，看眾人都瞧向自己，這才明白竟然說的就是自己。

阿遜霍地睜開眼來，臉上神情一片森然。

自己只是對他們厭惡至極，不想看到這些面孔罷了，竟敢在自己地頭上對雲兒吆喝的，難不成真以為自己怕了他們不成？

他起身一腳就踹了過來，那管事只來得及哎喲一聲便滾進了水塘中。

「謝彌遜！」那少爺、小姐模樣的兩人再也坐不住，一下站了起來，瞧著阿遜又驚又怒。「你竟敢對我的人動手？」

「謝蘅、謝玉，別說這不是上京謝府，便是在那個骯髒地方，我照樣一腳把這狗奴才踹下去，你們又能奈我何？」謝彌遜的眼睛如劍一般刺過來，兩人心裡頓時一涼。

怎麼忘了，這謝彌遜自來就是有娘生沒爹養的無賴罷了！

謝蘅重重喘了口粗氣，心裡又恨又怒。

謝彌遜說得沒錯，不管是從前還是現在，自己都拿他沒有一點法子。

這個雜種，為什麼還沒有死？

當初因為他，謝府掀起了多大的風波，闔府清譽險些毀於一旦！

謝彌遜的母親不是別人，正是父親最小也最疼愛的妹妹、美名滿京都的才女謝悠然。本來，當年謝悠然可是準太子妃的熱門人選之一，而說之一，不過客氣罷了，依謝府的地位，再加上太后娘娘的安排，謝悠然定然能坐上太子妃的位置。

哪料到議親前夕，謝悠然忽然失蹤，謝府幾乎翻遍了整個上京，竟找不到她一點蹤跡。後來，爹終於在一個小鎮找到了姑姑，只是此時的謝悠然，已經是一個有著八個月身孕的孕婦！再後來，姑姑難產而亡，爹就把襁褓中的謝彌遜帶回了家。

本來爹爹是對這個孩子極其厭惡，要不然也不會從抱回來交給娘親後，三年裡看都沒去看過他一眼。只是這謝彌遜倒也命大，竟然活了下來，而且三歲的時候，忽然從自己居住的房子裡跑了出來，又因緣巧合地碰到了爹。

直到現在，謝蘅都無法理解自己爹的心思。

若說以前是恨不得世上沒有謝彌遜這個人，那之後，卻簡直就是把這小子給捧上了天，不但謝彌遜的一切待遇比自己和哥哥這嫡出兒子還要好，甚至還放出話，要把妹妹謝玉嫁給這雜種為妻！

好不容易九年前這小子突然失蹤，所有人終於鬆了一口氣，慶幸這小子不見的好。

轉眼間，九年過去了，便是執拗如爹爹也淡了再去尋他的心思。還以為那謝彌遜早成一堆朽骨了呢，卻沒想到他竟然還活著！

謝蘅冷笑一聲，身子緩緩後倚。

「阿遜你自然是威風，可我倒想知道，若不是依仗我們謝府，依仗爹爹的寵愛，你的威風還能有多少？你眼裡看著劉棟是仗著謝府勢力的一條狗罷了，殊不知，本少爺眼裡，你又有什麼兩樣？離了我們謝家，你就狗屁不是！可我們謝家給你多少，也可以拿回多少，別以為冠上個謝字，你就真是我謝家人了！」

謝彌遜冷冷瞧著一副趾高氣揚的謝蘅，神情忽然有些古怪，施施然坐下。「是嗎？謝蘅，我本來還猶豫著要不要回謝家呢，既然你如此說，那我明日就讓人準備車馬，回去一趟算了。既然要做謝府的狗，那也要做得名副其實不是？謝蘅，不然咱們現在就打個賭，看我把你的話說給你爹聽後，是我真淪落成謝府的狗，還是你被揍成狗都不如？」

「你！」謝蘅一下站了起來。本是想激了謝彌遜再也不回謝府的，哪知道卻適得其反，頓時就有些氣急敗壞，根本沒注意到阿遜提到自己爹爹時，不是說「舅舅」，而是「你爹」。

他被旁邊的謝玉給拉住。

謝玉不愧是謝家人，生得婀娜多姿、穠纖合度，眼眸流轉間，別有一番世家女子的高貴。

「表哥，玉兒有禮了。」

謝彌遜瞟了謝玉一眼，冷淡地嗯了一聲。

謝玉看著謝彌遜一張風流倜儻的臉，心裡暗恨，從小就討厭這個表哥，每次兩人一起出去，別人看到他，就再沒人關注自己。而且最可惡的是，明明是個父不詳的雜種罷了，骨子裡卻生生比自己這世家貴女還要傲氣！

要讓自己嫁給他，那還不如死了算了！

再抬頭，謝玉已經收斂了眼中的厭惡，換上一副溫婉的模樣。

「剛才哥哥說話多有得罪，還請表哥見諒。玉兒知道，表哥從小便有大志向，表哥這樣的人，又豈是我們謝府能留得住的？只是爹爹有時難免糊塗，更有這世間俗人，專愛挑人家短處，表哥一日在謝家，便難免有人在背後指指點點。妹妹心裡倒是覺得，表哥也算是半個謝家人，表哥這樣的，謝家便是養一輩子又如何？不過多費些銀子罷了。」

不低不高的聲音，卻是句句帶刺。

謝彌遜的手慢慢收攏，漸漸攥成拳頭。

從小到大，自己耳邊便灌滿了這樣或明或暗的嘲諷和謾罵，內容無一不是指責自己賴在謝家，不過是垂涎謝家權勢財富罷了。九年了，所有的一切仍沒有分毫改變，這謝府少爺小姐的眼中，自己依然不過是一個下賤無比、依附他們還包藏禍心的賊人罷了。

「阿遜。」一直靜靜聽著的霽雲忽然開口，又拉過謝彌遜的手，把那攥到發白的手指一根根扳開。「所謂清者自清，這世間自以為是的人太多了，你都要生氣的話，那還活不活了？」

「你說誰自以為是？」在謝彌遜面前吃了癟的謝蘅，腦門上青筋都迸出來了。真是反了，連個小廝都敢跟自己這謝府少爺叫板！

霽雲瞥了一眼氣急敗壞的謝蘅。「謝少爺果然還不算太愚蠢，終於知道自己如何自以為是了。」

「你——」除了謝彌遜，謝蘅還是第一次碰見有人敢不把自己放在眼裡，剛要出言呵斥，卻被霽雲打斷。

「兩位高貴的少爺、小姐既然非要賴在我們家不走，我這裡倒有一個故事講給你們聽。說是有一隻烏鴉，得到了一塊腐爛的老鼠肉，烏鴉很高興，把腐肉當寶貝一般啣著。這時，空中有一隻美麗的鳳凰從天上飛過，烏鴉害怕鳳凰搶牠的腐肉，便發出聲音來恐嚇鳳凰。鳳凰見了，嘲笑烏鴉：『我非高枝不棲，非美食不食，非甘泉不飲，區區一塊腐肉，怎麼會去跟你烏鴉爭！』」

說完用力握了一下謝彌遜的手，瞧著謝蘅和謝玉道：「我家阿遜就是天上的鳳凰，而你們，不過是那無知而鄙陋的烏鴉罷了。現在，抱緊你們的腐肉，走吧！」

謝彌遜的眼睛瞬間亮了起來，一眨不眨地盯著霽雲。

李虎瞧著霽雲更是佩服得五體投地。明明阿開還那麼小，怎麼就懂得這麼多啊？瞧把那兩個什麼少爺小姐給說得臉紅得和猴子屁股一般，真是太解氣了！

謝蘅和謝玉終於再也坐不住了，同時站了起來。

謝玉俏臉通紅，再顧不得淑女的風度，一跺腳，衝著謝彌遜道：「表哥，這小子的意思是不是也是你的意思？」

謝彌遜抬頭。「那是自然。」

謝蘅怒聲道「既然如此，謝彌遜，你最好牢記你今日的話，不要再對我們謝府有什麼非分之想。還有玉兒，也不是你這般身分的人能配得上的！你只要記著，我們謝府的一草一木都和你沒有任何關係！」

小亭外，突然一陣塵土飛揚，卻是本在旁邊候著的李虎不知從哪裡摸了把大掃帚奔過來，嘴裡還不住嚷嚷著：「臭烏鴉，快走，快走！你們的腐肉，我家少爺才不稀罕呢！還賴在我們這裡，想要找打是不！」

一向自詡門第高貴的謝蘅和謝玉，人生中第一次不但沒被人放在眼裡，還被狼狽不堪地掃地出門。

涼亭裡，謝彌遜忽然長臂一伸，牢牢把霽雲抱在懷裡，任憑霽雲如何掙扎，卻是怎麼也不肯放手。

在謝府人的眼中，自己不過是一隻躺在爛污中的臭蟲罷了，怎麼踐踏都不過分，便是自己也明白，一旦身上沒了謝府的光環，自己不過是個永遠見不得光、永遠被人們鄙視的私生子罷了。

唯有雲兒，真是傻啊，竟然說自己是天上的鳳凰，自己這樣一身污濁的人，又怎麼配……

第十八章

安東是有名的魚米之鄉，也是大楚的「糧倉」，大楚每年的糧食，幾乎有一半都是來自於安東。

除此之外，安東的絲織品在大楚也是有名，名動天下的織錦坊就是在安東。

也因此，安東自來就有「小上京」之稱，端的是南來北往、商賈雲集。

自然，霽雲此次趕往安東，除了生意上的事情，還有一件更重要的事，那就是送青公子回家。

三年了，每每想起青公子，霽雲都會黯然神傷。

謝彌遜看在眼裡急在心中，可青公子當日留下的東西實在太少，本來兩人寄望於李氏玉娘，哪知楚昭走後沒幾日便派人快馬加鞭趕來，只是那人送來的卻不是關於青公子的消息，而是一罈骨灰。

原來那李氏玉娘竟是個烈性女子，在得知青公子死訊後，自盡而亡。

霽雲把兩人骨灰合在一起，又大哭了一場，也派出更多人查訪，只是除了青公子臨終時所說的「青川」外，再無其他線索。

三年來，霽雲已經去了不下四個「青川」，可尋訪結果，都和青公子無干係。一個月前，偶遇一個來自安東的商人，言談間說到安東也有一個青川，風景很是秀麗，霽雲聽後不由心動，當即決定到安東去一趟。

正自閉目沈思，馬車外忽然響起了一陣噼哩啪啦的響聲，霽雲愣了一下，忙探頭往外看，卻是忽然下起雨來，也不知下到幾時，外面的謝彌遜和李虎的衣服已經濕透了，緊緊貼在身上。

霽雲愣了一下，忙招呼兩人。「快上來。」

看霽雲探頭，謝彌遜掉轉馬頭就跑了過來，低頭任霽雲幫他擦去一臉的雨水，神情焦灼道：「雲兒安心坐在車上就是，我和阿虎沒事。這荒郊野外的，我們要快些趕路。我記得前面不遠應該有一家客棧，咱們趕得緊些，天黑前應該能趕到。就是下了雨，路上會顛簸些，雲兒妳坐穩了。」

霽雲朝遠處望了望，一片白茫茫的，什麼也看不到，知道謝彌遜說得有理，只得點點頭，囑咐幾人小心，這才回到車裡。

好在又趕了半個時辰，終於到了一個小鎮，距離官道不遠的地方，依稀能看到一間客棧。

謝彌遜長吁了一口氣，忙打馬上前，李虎和夏二牛也忙跟了上去。

沒想到來到近前，竟是被擋在了客棧外。

和他們一樣被擋在門外的還有一輛青布馬車。

「已然客滿了嗎？」謝彌遜不由很是詫異，明明瞧著客棧冷清，不像住滿了的樣子。

「對不住了，客官。」掌櫃的一臉抱歉的樣子。「客棧裡倒是沒有多少人，只是被人包下了。」

這又是風又是雨的，小鎮上又只有自己一家客棧，掌櫃的也不忍心把人拒之門外，只是對方身上還有郡府的腰牌，自古民不和官鬥，郡守府的人，自己又怎麼惹得起？只得答應下來。

「掌櫃的再去問一下，也不是要難為你，委實是我家老主人的老毛病犯了，得趕緊找地方安置。」青布馬車的車夫一臉焦急。

「是啊。」幾個人中，夏二牛算是個老江湖了，看掌櫃的還在猶豫，忙抹了一把臉上的雨水走上前，陪著笑臉道：「大伯，煩勞您再去幫我們通融一下，都是出門在外的，誰都不容易，客棧那麼多房間，空著也是空著不是？您悄悄把我們安排進去，神不知鬼不覺的，誰還能怪罪了您去？」

「掌櫃的，不然，就讓他們都到我住的院子來吧。」一個聲音也突然插進來道。

幾人抬頭瞧去，卻是一個和謝彌遜年齡相仿的年輕公子，一身青布儒衫，寥落的秋雨中，那人打了一把素淨的雨傘站在空空的院子裡，竟是說不出的清悠高遠。

「也罷。」掌櫃的也覺得這些人的情形著實可憫，而且鎮子委實太小，雨這麼下著，看來一時半會兒的也停不了，這要硬著心腸把人攆走的話，也狠不下心來，便點了點頭道：「就麻煩幾位客官和傅公子擠擠吧。你們手腳輕些，別弄出什麼動靜來，安安生生地住這一夜吧。」

幾人忙向掌櫃的道了謝，又謝過那位傅公子，各自趕了車馬悄沒聲息地往後面偏院而去。

哪知剛走了幾步，正房的門忽然推開，一個胖乎乎的中年男子一搖一擺地走出房間，嘴裡還吆喝著：「掌櫃的，快送薑湯來，我家少爺好像受了寒。」

突然瞧見院子裡除了掌櫃之外還有幾個人，頓時勃然大怒。「不是跟你說不許再放人進來了嗎？還不快把他們都趕了出去！」

胖子一露面，李虎就不自覺扭頭看了一眼手裡也牽了馬轡繩的謝彌遜，一副放下心來的樣子。

掌櫃的卻是嚇了一跳，忙不住點頭哈腰，苦哈哈道：「官人見諒，這幾位客人都是傅公子的朋友，他們本就約好了的，就到傅公子院裡擠一擠。官人您大人有大量，就讓他們湊合一宿吧，小人擔保，絕不會驚擾到公子和小姐。」

傅公子也上前一步，衝著胖子一拱手，剛要替幾個人說項，胖子卻忽然抬腳，朝著傅公子就踹了過去。

「什麼狗屁傅公子，不就是一個窮秀才嗎？剛才是我們少爺可憐你，才開恩沒攆你出去，你倒好，還蹬鼻子上臉了！」

傅公子猝不及防，被踹了個正著，身子猛地一趔趄，眼看著就要摔倒在泥水裡，幸虧阿遜飛身上前一把扶住。

「混帳東西，你再說一遍！」

正自說得唾沫橫飛的胖子一驚，剛想斥罵，對方卻一下抬起頭來。

劉棟登時張口結舌地站在了那裡。

自己怎麼這麼倒楣，隨便走出來叫一下掌櫃的，都能碰見這個活祖宗！

還沒想好怎麼應對，阿遜也同樣一腳踹了過來。

劉棟只來得及叫了一聲「少爺」，肥胖的身子便再次飛起，砸在外面的池塘裡，頓時激起好大一片水花。

「什麼人在外面？」聽院子裡的動靜不對，一個不耐煩的聲音在房間裡響起，門簾挑起，房間裡的幾個人倏地回過頭來。

還真是冤家路窄，竟是前不久剛剛謀面的謝蘅一行人。謝蘅坐在上首，下首還有兩個年輕男子相陪。

本是斜倚在車廂上的霽雲忽然坐直身子。怎麼是他？

卻是方修林正坐在謝蘅右下首。

謝蘅也一眼看到謝彌遜等人，神情頓時就有些僵硬。

坐在左下首的緋衣男子看到這群不速之客，臉色頓時極為不悅，沈聲道：「哪裡來的狂徒，還不快——」

卻被謝蘅攔住，咬牙道：「算了，隨他們去吧，不就是幾個房間。」

嘴上這樣說，心裡卻嘔得要死。

這個雜種怎麼就陰魂不散了，在這裡都能碰到！

不單是方修林，是另外兩人心裡也都有些詫異。這謝蘅雖無功名在身，卻是謝家嫡子，一路上的威風堪比王侯，這樣好說話的樣子還是頭一遭見到。

倒是那緋衣公子眼睛在謝彌遜身上停了下，眼中閃過一抹興味。

「走吧。」謝彌遜冷笑一聲，睨了謝蘅一眼，謝蘅心裡一驚，不自在地轉過眼來。

哪知剛轉過身來，天空忽然一亮，緊接著，一道炸雷在頭頂響起，拉著霽雲車子的馬猛地一驚，嗚叫了一聲，猛地抬腳，霽雲猝不及防，一下從車裡跌了出來。

謝彌遜臉色一變，飛身上前，一把接住她抱在懷裡。

那馬拉著翻了的馬車，又朝旁邊的青布馬車衝了過去。駕車的二牛也反應了過來，從後面一把拽住車子，卻被拉得栽倒在地，急切間忙大喊：「小心！」

哪想到那狂奔的馬車忽然停止不動，然後拉車的馬兒咚地栽倒地上。

二牛的嘴巴一下張大，看著那施施然鬆開馬韁繩的青布馬車的車夫。

自己竟然看走眼了，沒想到對方看來很瘦小，竟是個練家子。

霽雲的眼中卻有些深思。二牛沒有瞧見，自己卻看得清清楚楚，真正讓驚馬倒下的怕並不是馬車夫，而是車裡伸出的一雙蒼老的手。而且更奇怪的是，明明霽雲的馬也是謝彌遜千挑萬選的駿馬，卻還是一下被雷驚得失了魂，青布馬車的兩匹馬卻微微抬了下蹄子，很快站在原地不動。

抬眼看了下阿遜，正碰上阿遜安撫的眼神。顯然，阿遜也注意到了。

「咳咳咳！」馬車裡忽然傳出一陣悶咳聲。

那車夫大驚，再不敢停留，忙一揚馬鞭，趕著車子就往傅公子住的偏院而去。

進了偏院，青布馬車上的人終於被車夫扶下了車，卻是一位清俊的老者。老人瞧著已是白髮蒼蒼，雖然面容憔悴，腰板仍挺得筆直，看得出年輕時定然也是俊逸瀟灑的人物。

老者先向傅公子及霽雲等人道謝，才扶著車夫的肩往自己房間而去。

目送老人進房間，霽雲總覺得那筆直的背影好生熟悉。

「看什麼？」謝彌遜有些不解。

霽雲一驚，揪著謝彌遜的衣襟站穩身子，忽然明白為何自己會覺得那背影有些熟悉。

可不就像謝彌遜平常的樣子，不論什麼樣的狀況，骨子裡的傲氣都是滿滿的，總是挺直了脊背，絲毫不願被人小瞧了去。

「阿遜，我覺得你老了的話，從後面看應該也是這個樣子吧？」

「所以才看這麼久？」

雨下得更大了，窄窄的屋簷下，謝彌遜把嬌小的霽雲結結實實護在懷裡，自己的後背早已濕透，卻絲毫感覺不到涼意，只覺若是有朝一日自己真的老去，能有雲兒這樣始終在背後瞧著，便是死也瞑目了。

「哈啾！」霽雲忽然打了個噴嚏，謝彌遜一下回過神來，忙推了霽雲進房間，又親自去廚房弄了薑湯端給霽雲。

霽雲從上一世起便最不愛喝這種東西，卻知道謝彌遜別的事從不會違了自己，可只要是和自己身體有關的，從來都是固執得很。

她眼睛轉了轉，對謝彌遜道：「剛才多虧了那位老伯，阿遜，你不如給那老伯也送一碗吧。」

謝彌遜遲疑了一下，盯著霽雲的眼睛道：「好，雲兒也趕緊趁熱喝。」

霽雲一迭連聲地答應了，等謝彌遜離開，反身就把薑湯倒了。

哪知剛把碗放好，謝彌遜就回來了。霽雲頓時有些心虛，忙推了仍是一身濕淋淋的謝彌遜道：「阿遜，快去換衣服，這麼一身濕的，容易傷風。」

謝彌遜卻是不動，瞧著霽雲道：「薑湯呢？」

昏黃的燈光下，謝彌遜的衣衫因濕透了，完全貼在身上，蜂腰猿背，長腿寬肩的身材淋漓盡致地展現出來，配上那俊美無儔的臉龐，霽雲忽然就覺得有些不自在，一時低了頭不敢再瞧，吶吶道：「喝、喝了。」臉上同時飛起兩朵紅暈。

「抬頭。」謝彌遜低低的聲音忽然在耳邊響起，霽雲嚇了一跳，猛地仰頭，謝彌遜正好湊過來，霽雲溫熱的唇和謝彌遜冰涼的唇碰到了一處。

「……我再給妳熬薑湯。」

先出聲的是謝彌遜，身子如閃電一般退了出去，哪知緊接著撲通一聲悶響便從外面傳來，然後二牛的聲音隨之響起。

「大少爺，您不要緊吧？」

謝彌遜也不知哼了聲什麼，很快又沒了動靜，倒是二牛站在原地愣了片刻，很是不解地嘟囔道：「真是撞邪了，大少爺那麼厲害的人，怎麼會摔得這般慘？」

霽雲又是羞澀又是不安，正自惶惑，外面忽然響起了一陣急促的敲門聲。霽雲臉更紅了，心想這個謝彌遜搞什麼呀，要進來便進來，搞這麼大動靜！

剛要出言喝斥，一個焦灼的聲音忽然在外面響起。

「敢問小公子，令兄可在？我家老主人突然昏過去了。」

不是阿遜？霽雲愣了一下，慌忙拉開門，卻是方才那青布馬車的車夫。

想到方才若不是自己馬車突然受驚，那車上老人應該也不至於病到這般境地，霽雲忙拿了阿遜給自己打的一套金針，跟著車夫就去了老人的房間。

進去後才發現，老人臉色蒼白，雙眸緊閉，嘴角還有一縷血跡。

霽雲伸手探上老人的手腕，脈動竟是微弱得很，心裡不由一沈，忙取出懷中金針。哪知還未動作，手腕卻被握住。霽雲回頭，這才發現是阿遜站在身後。

「我來，妳快去喝薑湯。」

明明方才還鎮靜得很，可一瞧見阿遜，霽雲腦袋就有些不聽使喚，下意識應了聲便慌忙後退。

「不許倒掉。」

剛出房間，阿遜的聲音又一次響起。

霽雲只得乖乖應聲，回到房間端起薑湯才發現，這次的薑湯好像沒一點衝味了，倒是有些香香甜甜的味道。霽雲端起來，小心地喝了一口。果然和自己聞到的一樣，滿好喝的，心裡頓時一暖。怪不得這次熬得久，原來是加了其他東西。

喝完了便覺得頭有些沈沈的，眼睛也有些睜不開，趴在床上就睡著了。

約莫過了半個多時辰，門忽然輕輕一響，一道黑影閃身進來，看到一條腿在床上，一條腿還耷拉在地上的霽雲，嘴角露出一絲苦笑。

就知道這丫頭會是這樣。他忙上前托起霽雲的腿送回床上。

霽雲模糊中似有所覺，喃喃道：「阿遜？」

身子很自然地偎了過來。

謝彌遜忙往後退。自己還沒換衣服，身上仍濕漉漉的。晃動間，一滴水珠正好砸在霽雲臉上。謝彌遜一驚，忙抽了一條乾淨的帕子去拭，卻被霽雲一把奪過來，頭不停地點著，手上卻利索地抱住謝彌遜的頭，用力擦了起來，嘴裡還唸唸有詞。「頭髮濕成這般也不知道先擦一下，明兒傷風可怎麼得了……」

謝彌遜一笑，剛要說無事，哪知霽雲的手慢慢垂了下來，翻了個身，竟又睡著了。

謝彌遜一時有些呆了，半晌才撿起地上的帕子，牢牢攥在手裡。

呆坐了半晌，忽然低低道：「雲兒妳說，明明是兩個陌生人，怎麼就生有一般無二的胎記呢？」

手便放在自己胸口處……

第十九章

不過初秋時節，邊塞卻已是荒草淒淒。

帳外，寒風淒切，帶著尖利的哨音掠過頭頂。

一彎殘月下，一個一身素衣挺拔如勁竹的中年男子正負手而立，仰望蒼穹，不知在想些什麼。

身後忽然傳來一陣腳步聲，男子回頭，一雙混合著三分憂鬱、兩分滄桑卻偏冷靜睿智的黑眸，令疾步趕來的黑甲將軍腳下一滯，心裡不由暗嘆。

怪不得世人對此人如此推崇。

初識容文翰，是在上京錦繡繁華中，明明身處最污濁的喧囂之地，這人卻傲然立於人群中，生生多了分高華之氣，身姿翩翩若天上謫仙，便是自己這一介武夫，也不由頓起結交之意。

而這一場戰爭，更讓自己重新認識了全新的容文翰。無論是金戈鐵馬，還是大漠煙塵，抑或萬里廝殺，即便萬軍陣中，這人從來都是指揮若定、氣吞山河，灑脫豪放之外更多了分血染沙場的殺伐之氣，如一柄寶劍精心打磨後，煥發燦爛光華，令人不敢逼視。

真真是真男兒、好漢子！

「大帥，方才斥候送來昭王書信，說是今年糧草仰仗萱草商號之力，已然備足，不日便將運抵營中。」

高岳的聲音裡是滿滿的喜悅。目前形勢，大楚已是穩占上風，據斥候稟報，祈梁國連年戰爭之下，糧食已呈力竭之勢，國內百姓怨聲載道，再加上戰局不利，要求朝廷言和的提議日益高漲。眼看著這一場戰爭終於快要結束了，自己和大帥也算是幸不辱命。

「當真？」容文翰也是大喜。

早料到與祈梁一戰必然艱險，卻未曾料想竟然艱難至斯。開戰至今，已有三載，不只祈梁，便是大楚也早已不堪重負，這幾年再是風調雨順，卻擋不住銀子流水似的花出去，到如今這個光景，早已是帑藏空虛、入不敷出。

僥天之幸，兩年前，竟然有一個名為萱草的商號橫空出世，聽阿昭所言，這兩年來，將近四成糧草竟是全靠這萱草商號籌措。

「也不知什麼樣的奇人，竟有如此本領？」高岳也在一邊嘆息道，言語間又是欽佩又是敬仰，充滿了嚮往之意。「此次大戰若僥倖取勝，則萱草商號建功猶在你我之上。他日若能留著這條命重回上京，必親自登門拜望，不然不足以表達相謝之意。」

容文翰點頭。「文翰當與兄同往。」半晌又忽然道：「不知高兄家族裡可有雄才大略的孩兒？」

高岳愣了一下，旋即明白過來，邊搖頭邊嘆息。「大帥又跟我開玩笑了。我們一家子都是使刀弄棒的武夫罷了，怎麼會有這樣的奇人？對了，大帥怎麼想著這萱草商號是我家人所經營？」

容文翰微微蹙眉。「不是嗎？實在是有些奇怪啊！那大商號名為萱草，兄不聞『誰言寸草心，報得三春暉』，萱草可不正是孩兒思親之意啊！」

這世上哪家商號不是為了逐利而來？而這萱草商號可能不但無法從軍糧上謀利，說不定還會填補進去不少。更重要的是，昭兒那孩子自己最是瞭解不過，處理起事務小心謹慎至極，絕不會輕易相信任何人。若不是得了他認可的人，怎麼可能交付籌措軍糧這等大事？

而這滿朝上下，目前昭兒最容易相信的首推自己容家，然後就是高家了……

「這樣啊……」高岳極力回想了片刻，還是沮喪地搖了搖頭。「要是我家那些皮猴子，嘿，除非菩薩睡著了！對了，你既這樣說，說不定是你們容家的孩兒呢？」

高岳越說越覺得自己的推斷有道理。容家世代能人輩出，說不定這萱草商號真是他家的呢！忽然又覺得不對，啊呀，自己怎麼忘了，容兄弟就一個女孩兒罷了，那個女孩兒好像也不知到哪裡去了……

容文翰無言地嘆了口氣，神情無比蕭索。

自己的孩兒就一個罷了，可雲兒現在又在哪裡？爹從不求妳如何雄才大略，唯願我兒一世安康……

「爹！」霽雲的手死死揪著被角，聲音無比惶急而眷戀。

「雲兒，雲兒？是不是作惡夢了，醒醒。」一個憂心的聲音在耳邊響起。

「爹爹。」霽雲倏地從床上坐起，抹了一下臉上，竟是一手的淚。

一旁的謝彌遜不覺皺眉。

這段時間，雲兒已經太多次哭叫著爹爹從睡夢中醒來。

「阿遜？」霽雲迷糊地看著對面蹙了眉頭的謝彌遜，忽然意識到什麼，忙趿著鞋子下床，推開窗戶往外瞧去。

果然已是天光大亮，甚至傅公子已經揹了個書箱朝院外而去。

哪知剛走出去，迎面正碰上謝蘅一行。

幾人被一眾僕人簇擁著，大踏步往各自車馬而去，幾點污泥和著雨水濺在傅公子本就有些陳舊的儒衫之上，不只謝蘅為首的幾位貴公子，便是那些家丁也都是一副趾高氣揚，看都不願看傅公子的樣子。

尋常人遇到此種情形，怕是要麼唯唯諾諾，要麼憤怒異常，偏那傅公子俊秀的臉上沒有絲毫波瀾，那過於沈穩的氣度，反襯得那前呼後擁的一行人有些猥瑣。

霽雲心裡暗暗叫好，臉上也露出些許欣賞的神情。

自古人皆屈從於富貴，而以謝蘅等人如此排場，這傅公子卻仍是不卑不亢，氣度磊落，實在不是一般人所能及。更難得的是這般年輕便有如此心胸，古人說宰相肚裡能撐船，今日看這傅公子，好像也差不到哪裡去。

和傅公子告別後，霽雲又坐上馬車，和阿遜一塊兒往青川縣而去。

但連日尋訪下來，竟是沒有任何線索。

明明以青公子之風姿，絕不可能是籍籍無聞之輩啊！

可是以萱草商號目前的實力，在這小小的縣城想找出一個人來，這人便絕對無跡可遁……

到最後，霽雲也明白，看來此次青川之行，自己是注定失望而歸。

「雲兒的馬兒已經到了呢，想不想現在去瞧瞧？」明白霽雲心情不好，謝彌遜很焦心，雖是想盡辦法哄霽雲，卻不見她露出個笑臉。

霽雲也不想阿遜太過擔心，便勉強擠出個笑臉道：「阿遜說怎樣就怎樣吧。」手卻不自覺地撫上兩個青瓷小甕。

大哥，是雲兒不好，都已經三年了，雲兒卻仍無法讓你入土為安。

她迷迷糊糊地睡了一覺，再睜開眼來，恍然發現已經到了一個極其繁華的所在。

這是安東郡？

正自出神，耳邊忽然傳來一聲喝斥。「喂，快站住！對，說的就是你，那個牽小白馬的！」

小白馬？霽雲一愣，忙掀開帷幔往外瞧。

正是阿遜牽了一匹漂亮無比的小白馬往自己車子而來。饒是她早就想到既然是阿遜為自己精心準備的，必然是上品，卻也沒想到會是這麼一匹萬金難買的玉雪獅子驄！

這馬乃是西岐國寶，不但跑起來如風馳電掣，更兼性子溫順且忠心至極。

阿遜隔著車窗，終於瞧見霽雲臉上的盈盈笑意，臉上也立時綻開一朵大大的笑顏，惹得旁邊行人紛紛駐足，只覺從沒見過這麼漂亮的馬，也從未瞧見這麼好看的男子。

哪想到偏有人大殺風景。「妹子，這小白馬歸妳，這個牽馬的美人兒就算我的了！」一個猥褻的笑聲忽然響起。

此言一出，霽雲先是愕然，然後便笑倒在了馬車上。

早就說阿遜是禍水吧，現在竟然連當街強搶民女的戲碼都上演了！

阿遜哼了聲，似笑非笑地瞥了霽雲一眼。霽雲忙止了笑，端端正正坐好，做出一副誠心懺悔的樣子。

「我錯了，阿遜，你別氣啊！你罵我吧，不然你就打我，我再也不敢了。」

「好了。」阿遜無奈道，忽然伸手揪了下霽雲的頭髮。這丫頭是吃定了自己不捨得。

「呀，你真打呀！」霽雲假作吃痛，捂了頭髮委屈道，淚光閃閃的眼眸裡卻是狡黠的笑意。

看到霽雲這麼全然信賴，完全沒有一點陰翳的眸子，阿遜不覺心神一蕩。

那騎在高頭大馬上的一男一女，見此情景，神情頓時有些呆滯。

這美人兒和車裡的小子是不是腦子有問題啊？

平常但凡被自己兄妹看上，那些人無不嚇得魂飛魄散、屁滾尿流，或磕頭求饒，或拚命逃竄，怎麼這兩人倒還當街打情罵俏起來了？

「喂。」紅衣女子先不耐煩了，揚起手中金絲軟鞭指著謝彌遜道：「臭小子，想要討打是不？還不快把馬兒給本小姐牽過來！」

同樣一身大紅衣袍、打扮風騷的男子卻忙制止。「明珠可不要嚇壞了我的小美人兒！」

說著就翻身下了馬，噔噔噔跑到謝彌遜的馬前，左看右看，真是越瞧越稀罕。

「美人兒你是怎麼生的，竟是比倚翠樓裡的鳳仙兒還要好看得多。呸呸呸！鳳仙兒怎麼能和美人比，你才是真正的金鳳凰，她也就是個烏鴉罷了！」

霽雲臉色頓時一寒。

阿遜確是不折不扣的美人兒，可自己如何調笑都不為過，這人如此這般，卻是欠揍。

前面趕車的二牛也意識到不對，看霽雲臉色越來越難看，一回頭，才瞧見那男子的手已經往謝彌遜臉上摸去，忙跳下馬車，一下擋在兩人中間，邊作揖邊不住陪著笑臉道：「這位公子爺，您認錯人了吧？我家少爺是男兒身，不是什麼美人兒。」

男子的手已經摸了上去，忽然覺得手感不對，忙定睛瞧去，卻是自己一雙手正放在二牛壯實的胸膛上，好險沒氣暈過去，渾然不知自己方才已經在生死線上走了一圈。

二牛也頓時起了一身雞皮疙瘩，揮手就打開了男子的胳膊。

男子猝不及防，被推得一個趔趄，頓時跌坐在地，半晌才反應過來，指著二牛道：「混帳，你知道我是誰嗎？竟敢推我?!」

「魏明亮，你就不能有點出息！早就跟你說了，這幫刁民不打就不老實！你和他們那麼多廢話做什麼？」紅衣女子一勒馬頭，一臉的不耐煩。

「喂，明珠！」魏明亮一個打滾就從地上爬了起來，一把抓住女子的鞭子。「從前那些個妳怎麼折騰都成，這個美人兒，哥哥可是稀罕得緊，妳可不許動他一根寒毛。」

「瞧你那點出息。」魏明珠翻了個白眼，不再搭理魏明亮，徑直一揮手。「這白馬我買了。」又一指謝彌遜。「我們家馬廄裡還缺個馬夫，就你了。」

說完捏了塊銀子往霽雲的車裡擲去。

「馬夫？」魏明亮忙反對，頭搖得和撥浪鼓似的。「我可捨不得，還是到我床——」

話還沒說完，卻被魏明珠狠狠瞪了一眼，嚇得忙住了嘴，半天才想明白，頓時就眉開眼笑。還是自己妹妹厲害，一下就搞定了兩件事；只要到了府裡，是在馬廄伺候還是到自己床上伺候，還不是自己說了算？話說，搞不好在馬廄裡也是別有一番滋味呢……

正自樂得不行，眼前白光一閃，那塊銀子不知怎的又飛了回來，而且彷彿長了眼睛般，撞在魏明珠的坐騎上。那馬吃痛不住，猛一抬腳，一下把魏明珠掀了下來，虧得魏明珠馬上功夫了得，才沒摔趴在地上。

魏明珠愣了片刻，旋即惱羞成怒，揚起馬鞭對著車裡的霽雲就抽了過去。

「賤人，敢暗算我！」

哪知馬鞭卻被人扣住，魏明珠抬頭，竟是方才那牽著白馬的俊美公子，正冷冷瞧著自己，那一雙眼睛方才還如春水蕩漾，這會兒卻恍若泛著冰一般，瞧著冷酷無比，魏明珠手一抖，鞭子就鬆了手。

這男子，這會兒瞧著怎麼這般可怕……

等意識到對方做了什麼，立時大怒，正要破口大罵，旁邊一間大宅子的門忽然打開，一個青衣男子被狠狠推倒在地。

「傅青川，讓你滾沒聽到嗎？再敢來我們雲府中糾纏，別怪我們不客氣！就憑你，配得上我家小姐？我呸，還真是癩蝦蟆想吃天鵝肉！滾、滾！再敢登我們雲府的大門，看不打折你的狗腿！」

一揮手，一個髮髻凌亂的男子就被人推下了臺階，狠狠撞在地上，額頭處頓時鮮血直流。

魏明亮愣了一下，一眨不眨地盯著髮髻蓬亂、背後還頂著幾個鞋印，狼狽無比地趴在地上的男子，見了鬼般道：「傅青川，真的是你？」

幾年前一同在學館中讀書時，這傅青川可是傲氣得緊，竟然也有被人亂棍打出來的一天？

而且記得沒錯的話，傅青川不是他們雲家姑爺嗎？怎麼反倒被轟出來了？

馬車裡的霽雲倏地坐直身子。傅青川，這男子叫傅青川？

她伸手一把攥住謝彌遜的手腕。「阿遜。」

她立時想到一個可能。會不會大哥說的青川不是地名，而是人名？

謝彌遜也立即明白了霽雲的意思，忽然往對面的得月樓瞟了一眼，對面剛剛斜了一條縫的窗簾，唰地就拉了起來。

一隊巡街的衙差正好走過來，魏明珠臉色一喜，揚聲道：「齊勇，快過來把這群賊人拿下！」

領頭的慓悍男子愣了一下，待看清魏明珠兄妹倆，頓時又是點頭又是哈腰。

「是哪個不長眼的敢惹公子和小姐生氣？小的這就去教訓他們！」

「哼！」謝彌遜冷哼了一聲，伸手就按上腰間寶劍。

一直隱身暗處的兩個侍衛也上前一步，擋在霽雲車前。

看這夥人的樣子，竟是敢公開和官府作對？

「哪裡來的賊人？這是要反了不成！」齊勇一揮手，那些衙差就包抄了過來。

話音未落，一個人卻匆匆從得月樓下來，衝著齊勇等人厲聲道：「夠了，還不快退下！」

魏明珠、魏明亮一起抬頭，卻是自家大哥魏明成，正臉色陰沈地瞧著他們。

第二十章

「大哥。」魏明珠登時大喜，大哥平時可是最寵自己，忙一把抱住魏明成的胳膊，恨聲道：「這些人欺負我，大哥要為我做主！」

「我說夠了，妳沒聽到嗎？」魏明成厲聲道。

魏明珠沒想到大哥這麼不給面子，頓時委屈得不得了，還想再說，卻聽對面俊美男子冷聲道：「管好你的弟妹，否則，你就等著給他們收屍吧。」

本是在近旁看熱鬧的人腿一軟，差點嚇趴。竟敢威脅郡守府的大公子，這好看的小公子不要命了？

哪想到魏明成臉一寒，突然轉過身來，狠狠踹了魏明亮一腳，回身又把魏明珠扔上了馬，瞪了一眼欲哭無淚的魏明亮。

「爹爹平常都是怎麼教導你們的，這麼大了，還這般胡鬧！還不快回去，莫非是想要討打嗎？」

這下不只魏明亮，魏明珠也被嚇住了。

自己大哥是什麼人啊，最是眼高於頂的一個！而且這安東郡，已經在爹爹手裡經營了十年之久，說是自家的後花園一點也不為過，怎麼今日竟是如此畏怯的樣子？

那只有一個可能，眼前這人是自己這郡守小姐和整座郡守府都惹不起的！

魏明珠並不蠢，想通了這一點，再心有不甘也不敢表現出來，狠狠一鞭抽在馬屁股上便絕塵而去。

魏明亮卻是不捨至極，可再愚蠢也知道事情不對勁，眼淚汪汪地瞧著謝彌遜，還想上前再說幾句，魏明成氣得又一腳踹了過去。魏明亮的眼淚一下被踹了出來，再不敢多留，只得一步三回頭地上了馬，戀戀不捨地離開了。

魏明成衝著依舊呆呆候在一旁的齊勇揮了揮手，也不理謝彌遜等人，頭也不回地又往得月樓而去。

得月樓上，方修林收回一直盯著窗外的眼神，有些不解道：「令表兄真是如此膽大妄為之人？」

本來三人不過準備看一場笑話罷了，卻沒想到同時上演了兩場。

傅青川被打本就在意料之中，沒想到那比謝蘅還猖狂的男子也來了安東。

明顯看出謝蘅對謝彌遜很是不喜，卻又有些無奈的樣子。魏明成和方修林本都存了巴結謝蘅的意思，便任由魏家兄妹胡攪蠻纏，可謝彌遜往上瞟了一眼後，手旋即放在寶劍上，謝蘅頓時打了個寒顫。

就是這個眼神！

當初，自己親眼見到年僅十歲的謝彌遜，裸著上身拿了把匕首接連捅倒了身邊伺候的兩個小廝，一身是血地衝了出去，那惡魔般的神情，自己這一輩子都不會忘記。

謝蘅絕不懷疑，若魏明成不去阻止，謝彌遜這個天不怕地不怕的雜種，恐怕會當真殺了魏家兄妹。

有時候，謝彌遜真就是一個瘋子，什麼王法律例根本沒放在眼裡。

而這也是謝蘅會畏懼謝彌遜的根本原因。他根本就是個不惜命的莽夫罷了，自己可不願拿金貴的命，和那麼一個雜種玉石俱焚。

而作為謝家的門人，魏如海能做到安東這麼個大郡的長官，本身也是極有能力，爹爹言談中對此人也算賞識，若自己眼睜睜瞧著謝彌遜手刃了魏家兄妹，謝彌遜會怎麼樣不好說，自己卻絕對得不了好。

「膽大妄為？」謝蘅只覺一陣憋氣。「該是窮凶極惡才對！」

看魏明成歸座，謝蘅便又接上方才的話頭。「修林，太子既然屬意我和你一道來此，看來和雲家結親的心意已定。對了，聽說那雲錦芳雖是庶女，卻最是美貌無雙，比起你家那無鹽娘子何止美了千百倍！」

方修林也是懂規矩的人，忙稱謝。「有勞謝公子了，修林萬分惶恐。」

魏明成端了一杯酒一飲而盡，心緒也隨之好了些，有些心不在焉道：「那雲錦芳再美貌，也是庶女罷了，修林兄的樣貌、家世，便是娶了他們家嫡女也足夠。」

這話明顯有奉承方修林的意思。

魏明成如何不明白，雲家在整個江南也是數一數二的，不但有開遍天下日進斗金的織錦坊，更是安東一等一的大戶。外人不知道，盤踞安東數年之久的魏明成卻明白，安東有五分之一的稻糧為雲家所出，論起豪富，在安東絕對是首屈一指，甚至在整個大楚也是數得著的。

而方修林最厲害的背景，也不過有個在太子面前得寵的姊姊罷了，卻不明白雲家怎麼想的，竟甘願把美貌的雲錦芳給這小子不說，更不可思議的是還只是做妾？

謝蘅也不覺瞧了眼方修林。這點也是他一直百思不得其解的地方。

太子要拉攏雲家，而雲家也甘願受拉攏，已是顯而易見。對太子而言，雲家的財力無疑是不小的助力，特別是雲家囤集的大批糧食，更有太多謀劃的餘地。

對雲家而言，雖不得已，卻再沒有其他路好走。

怪只怪雲家人自己有眼無珠，錯待了雲蓮心，不但眼睜睜瞧著當家主母害死了雲蓮心之母，還對雲蓮心百般虐待，竟沒有一個人替她出過一次頭。

只是人算不如天算，所有人都認為絕不會有出頭之日的雲蓮心，竟會得皇上垂憐，得以入宮為妃，後來更是寵冠後宮。

得到這個消息，雲家頓時就慌了神。主母更是昏瞶，竟然害怕之下，聽了皇后的分派，在害死雲蓮心一事上出力不少。

本以為靠上了太子，至此就可以高枕無憂了，哪想到一直沒放在眼裡的楚昭卻又成為皇子中的一匹黑馬，和太子竟形成分庭抗禮之勢。

只要容文翰和高岳凱旋而歸，楚昭一方成功的籌碼必然隨之增加。

可即便如此，謝家也不認為太子就會輸給楚昭。畢竟皇后娘家勢大，又經營了這麼多年，楚昭一個連外家都無法借力的弱勢皇子，怎麼可能踢掉太子殿下，登上那至高之位？

可耐不住雲家怕啊！若說這之前，雲家牽連到雲蓮心之死時還是處處小心，不願和太子一派牽扯太深，事到如今，還是沈不住氣了。這次看著是要破釜沈舟，要明確向世人表明自己的態度了。

這雲錦芳雖是庶女，卻是雲蓮心同父異母的哥哥唯一的女兒，也就是說，雲錦芳可是楚昭的親表妹。

把楚昭的表妹嫁人，還是嫁給太子的小舅子為妾，無疑既是狠狠打楚昭的臉，更是向楚昭宣戰，意味著雲家和楚昭的徹底決裂。

這中間好處自不必說，只是自己委實不解，為何這天大的便宜會落在方修林的頭上？聽大哥言語間，好像和方修林的娘子有關係，不過大哥也是一知半解的模樣。不是說方修林家的娘子是一個不良於行的無鹽女嗎？難道還有什麼是自己不知道的？

安東城外。

霽雲親自端了碗水，用手帕沾著，一點點擦去傅青川頭上的血跡。

當傅青川俊秀的眉眼漸漸清晰，霽雲越來越篤定，這人怕真是大哥的血親。容貌上不如大哥明秀奪人，眉眼間卻是有幾分相似，特別是那種淡然自持，更是如出一轍。

「唔。」傅青川呻吟了一聲，終於緩緩睜開眼來。

面前模糊的容顏漸漸清晰，竟然是客棧裡邂逅的那對兄弟，他忙強撐著身子坐起來。「多謝，嘶……」

卻不小心碰到了傷口，不覺吸了口氣。

霽雲忙去拿藥膏，卻被謝彌遜攔住，自己摳了一坨，面無表情地遞到傅青川面前。「自己塗。」

藥膏色澤晶瑩、氣味芳香，明顯是上好的藥物。傅青川忙道謝後接過來，自己在額角塗抹。

剛抹勻，霽雲已經打了盆水過來，示意傅青川清洗一下。

阿遜的臉色愈加不好看。

總覺得霽雲待這個傅青川太不一樣，看霽雲這般殷勤伺候，心裡真是不舒服。

霽雲卻是完全沒注意到阿遜的表情，還沈浸在震驚之中。

這人就傅青川，雖不敢確定這人是不是和大哥有關係，卻已能確定這人和自己是大大有關係。

準確一點地說，傅青川在上一世是爹座下第一得意門生，還是爹曾經屬意為自己挑選的如意郎君。

「青川為人極重情意，人品清俊，絕不至辱沒了我家雲兒。別人看他家世不顯，爹卻覺著我家雲兒若是嫁過去，必不會被人欺負了去。」

所以老爹，您到底是有多愛閨女啊，竟是把天下娘親的心思都摸透，便是選相公也要選自家女兒鎮得住的。

只是自己記得沒錯的話，據爹爹說，傅青川是大楚第一個連中三元的狀元，以至於狀元跨馬遊街時，上京幾乎是萬人空巷，爭睹新科狀元公的真顏，一時多少少女失落了一顆芳心在狀元公的身上。

而自己，當時不過一個身敗名裂的被休女子，又怎麼配得上那樣俊雅的狀元郎？

那定是爹爹未尋到自己時，無數次替自己設想的幸福生活……

傅青川勉力扶著樹站起身，向霽雲、謝彌遜一拱手。「多謝二位相救，青川敢問二位恩公高姓大名？」

「謝彌遜。」謝彌遜應了聲，手握了握霽雲的肩。「我弟弟阿開。」

「原來是兩位謝公子。」傅青川再次道謝，雖然明知道是親兄弟的話，怎麼會互相以名字相稱，卻也不揭破。「不知兩位公子要到哪裡去，可有需青川效勞之處？」

霽雲忙伸出手，偷偷扯了下謝彌遜的衣襟。

「傅公子既如此說，我們確有一事想請教公子。」阿遜毫不客氣地道。

「請教一說，青川實不敢當。公子但有所問，青川定知無不言。」雖是形容狼狽不堪，傅青川卻依然溫文有禮。

「是這樣的，」這次開口的是霽雲。緊張之下，她不自覺握緊了謝彌遜的手。「我們是來尋親的。」

「尋親？在安東嗎？」傅青川有些疑惑。

「不知道。」霽雲神情黯然。「是我義結金蘭的大哥……」

當下細細描述了青公子的容貌。「大哥從來沒跟我說過他的名字，便是離去時，也只說了『哥』、『青川』這幾個字。我和阿遜找了三年，卻沒有一點線索……」

正訴說間，手即一下被死死抓住，霽雲愕然，抬起頭來，卻是傅青川。

只是此時的傅青川，哪有方才淡然自持的模樣，一雙清俊的眼眸恐慌而無措，即便方才被雲家人粗暴地打罵時，都沒見他如此大失分寸。

「你來瞧，你口中的大哥……是不是這個人？還有，你說離去、離去……又是何意？」短短的一句話，卻幾乎耗盡了傅青川全身的力氣，若不是有背後的大樹支撐，怕是早就站不住了。

霽雲愕然，雙眼正對上傅青川手中薄薄的一頁宣紙。紙上，是青公子栩栩如生的容顏，她再也控制不住，眼淚唰地就落下來了。

「你果真是……大哥的家人嗎？」

「你真的見過我二哥？他現在……在哪裡？」傅青川眼睛血紅，望著霽雲的眼神充滿了懼意。

一定是自己多想了，那麼好的二哥怎麼會有事？竟是忽略霽雲口中的「離去」二字。

霽雲眼神不自覺溜向馬車，難過之餘卻又有些猶豫。傅青川現在的模樣，又怎麼禁得起……

傅青川愣了一下，一把推開霽雲，踉蹌著往那輛停著的馬車而去。到了近前，一把掀開車帷幔，他一眼看到兩個盛著骨灰的小甕，身子猛地一晃，抖著手指著小甕道：「這是……誰的？」

沒想到傅青川反應如此大，霽雲頓時有些無措，吶吶著不知說什麼好。

「說。」傅青川神情淒厲至極。

「告訴他吧。」便是從不關心他人生死的阿遜也有些不忍。

霽雲愣了片刻，忽然推開傅青川，自己爬上車，捧了骨灰下來，雙手捧著舉到傅青川面前，望天祝禱。

「大哥，雲兒終於找到你家青川了，現在，雲兒把你交給傅公子可好？見到傅公子，你一定很開心的，對不對？」

朝夕相處些許時日，卻從未見大哥有過展顏歡笑的樣子，倒是臨終前，提到青川說到回家時，大哥笑得那麼開心……

傅青川宛若傻了般，想要往後退，腳卻彷彿自有意志般釘在地上一動不動。良久，他終於張開雙臂抱住了小甕，然後理也不理霽雲等人，竟是如風一般轉身就走，嘴裡不住喃喃道：「二哥，咱們回家，青川帶你回家……」

哪知剛走了幾步，卻噗地吐出一口血來，仰面朝天栽了下去，那雙手卻依然牢牢把裝滿骨灰的小甕護在胸前。

「阿遜，你快來瞧瞧傅公子這是怎麼了？」霽雲被嚇了一跳，忙俯下身來察看。

阿遜疾步過來，探了一下傅青川的脈搏，衝霽雲點點頭。「身體無礙，只是猝聞大變，傷心過度罷了。」

他取出自己隨身攜帶的銀針，刺入傅青川胸口，不過片刻，傅青川悠悠轉醒。

看到神情焦灼的霽雲，傅青川臉色又是一白，霽雲嚇了一跳，忙拿了金針準備好，唯恐傅青川再昏過去。

哪知傅青川不過身子晃了晃，抱緊青瓷小甕，並沒有再倒下。

看霽雲淚珠盈眶、一臉擔心的樣子，傅青川慘然一笑。「對不住，讓小公子你擔心了。」

「哪有。」霽雲吸了吸鼻子不住搖頭，又把水壺遞到傅青川唇邊，狠狠抹了把眼淚，長吸一口氣道：「能夠回家，回到深愛的家人身邊，大哥心裡一定很開心……我不哭，傅公子也不好難過了，不然，大哥地下有知，肯定也會不開心的……」

嘴裡雖是這般說，卻怎麼也控制不住眼裡的酸澀，心頭更是好像被什麼人給狠狠扯了下。當初親眼看到大哥死在自己懷裡時的心痛，再次席捲而來。

傅青川怔了片刻，終於伸出一隻手攬住霽雲的肩膀，啞聲道：「我二哥既然肯認你做兄弟，心裡定然是喜歡極了你，別叫我傅公子，叫我三哥吧。這些年苦了你了，想要哭就哭吧，以後，我就是你哥哥。」

口裡說著，兩滴淚珠重重落了下來，正砸在霽雲的小臉上。

霽雲本就是強撐著，聽傅青川這麼說，終於忍不住伏在傅青川懷裡放聲大哭起來。

「三、三哥，我也、也好想二哥……」

傅青川眼淚也是越落越急。

從今以後，自己再不是從前被大哥二哥寵著、無憂無慮的傅家老么了，自己是懷裡這個小人兒的哥哥，是兩個年幼姪兒的小叔，是傅家的頂梁柱。

大哥沒了，二哥也走了，以後傅家就只能靠自己一個人了，現在放任自己哭一次，然後，自己再不會，也不能流淚了……

第二十一章

謝彌遜看霽雲哭得上氣不接下氣、縮成一團的模樣，只覺心疼無比，忍了會兒，終是上前一步，握住霽雲的肩往自己懷裡一帶，輕輕地拍著霽雲的背，邊衝著傅青川道：「不知傅公子家在哪裡？咱們還是快些趕回去吧。」

傅青川黯然點頭，踉蹌著起身，一旁的二牛忙扶住他。

傅青川垂了頭，怔怔瞧著懷裡冰冷的小甕，良久終於道：「二哥，咱們回家吧，青川帶你回家。」

說著一手抱了小甕，一手牽了霽雲，徑直往馬車而去。

謝彌遜愣了片刻，忙跟了上去。

好在馬車夠寬大，便是三人一起坐上去也仍是寬敞得很。

瞧著緊隨而來的謝彌遜，傅青川怔了下，有些歉然地對謝彌遜道：「方才是青川魯莽了。我只是想問問開兒，我二哥是怎麼死的？」

開兒？霽雲怔了怔，輕輕搖了搖頭。「雲兒不敢欺瞞三哥，我的本名並不叫阿開，我叫霽雲，姓容，三哥叫我雲兒就好。」

「霽雲？」傅青川一愣，神情有些驚疑不定。「妳是女孩兒家？」

霽雲點頭，神情悲涼。「當初本想告訴二哥的，二哥卻走得太急，雲兒還沒來得及開口。」

傅青川瞧著霽雲，悲喜交集。

「原來青川不是多了個弟弟，而是多了個妹妹嗎？要是二哥地下有知，不知該有多歡喜！記得二哥當年一直念叨著，想要娘再添個妹妹來，沒想到終被他尋到了妳，還是這麼個重情重義的。」

便是現在，雲兒也不過十一歲吧，那當年二哥身死時，雲兒豈不是更加年幼？卻抱著二哥的骨灰天南地北找了這麼久……

「好雲兒，苦了妳了。大哥家裡也有兩個皮猴子，若是大嫂知曉又多了個妹子，說不定多歡喜呢！」

說到最後，聲音越來越沙啞。

「嗯。」霽雲哽咽著點頭。「二哥一直待我很好，便是當初離去時，我也是守在身邊的。二哥他……走時，還算……安心。」

看傅青川眨也不眨地盯著自己，霽雲只得硬著頭皮再次強調道：「真的……很安心。」最後幾個字，霽雲不知道用了多大的勇氣才說出口來。對受盡折磨和屈辱的大哥而言，死亡才是最好的解脫吧？

可自己又如何忍心把二哥當時的情形給說出口？那樣的話，說不定傅青川會被擊垮……

更重要的是，現在太子一派勢力仍然如日中天，若傅青川知道真實的情況，貿然去找太子報仇，後果怕會不堪設想。

「很安心？」傅青川一下怔了，忽然瞧向另一個青瓷小甕，慢慢仰頭，把再次湧出的淚水給逼了回去，然後才艱難地問道：「這裡呢？又是誰的骨灰？」

「這是二嫂的。」霽雲輕輕道。玉娘，一個重情重義的奇女子呢。「二哥走後不久，二嫂過度傷心之下，也……」

「是、是嗎？」傅青川抬頭瞧著窗外，半晌沒有作聲，終於背過身去，重重咳了一下。

霽雲仍是滿心酸楚，並未發現有什麼不對，謝彌遜卻清楚地瞧見傅青川指縫間有暗紅色的液體滲出。

大哥，二哥也去了，你是不是已經見到他了？兩位哥哥一向最疼阿川，這次怎麼這般狠心呢……傅家這麼重的擔子，就要撂給青川一個嗎……兩位哥哥放心，以前是青川愚頑，從今以後再不會了，青川一定會照顧好整個傅家，絕不會讓任何人欺負了我們去！

傅青川的家距安東郡並不遠，在一個叫順慶的鎮子上。

將近天黑時分，霽雲一行終於到了順慶。

傅青川指著鎮中一間朱門紅瓦的大宅子道：「就是這裡。雲兒和阿遜稍候，我去叫門。」

小心地把一路抱著的骨灰放好，傅青川跳下馬車，徑直往大宅而去。

傅青川剛敲了一下，門便從裡面打開，一個家丁模樣的人走出來，有些奇怪地上下打量著傅青川。「這位公子，是來找我們家老爺的嗎？」

「什麼你家老爺？」傅青川一愣。「你是誰，怎麼會在我家？」

這人如此陌生，竟不是家裡的老人？難不成是自己離開後又買的奴才？

只是大哥已然過世，家中只有嫂嫂和自己庶出哥哥青軒以及庶母罷了，自己不在家，理應是嫂嫂當家才對，怎麼這奴才卻說什麼老爺？

那家丁差點給氣壞了。「看著是個眉清目秀的，原來竟是個癡漢嗎？你自來我家敲門，怎麼反而倒打一耙，說什麼這是你家？」

「怎麼會！」傅青川差點站不住。「這明明是我家的，你到底是誰，管家才叔呢？」

霽雲和謝彌遜看情形不對，也忙下了車。

「三哥，發生什麼事了？」

霽雲轉過身衝家丁道：「這裡不是傅家老宅嗎？你是哪家人，怎麼會在這裡？」

那家丁本是滿面狐疑，聽霽雲這樣問才明白過來。

「公子早說啊，這裡原先是傅家的宅子，只是一年前，傅府老夫人作主，把宅子賣給我家老爺了，你說的傅家早搬走了。」

「老夫人？搬走了？搬哪裡去了？」傅青川忽然有種不祥的預感，急切之下，一把握住那家丁手腕。

府裡當家的應是自己嫂嫂啊，什麼時候多出來個老夫人？而且這宅子乃是爹爹親手所建，臨終時更是留下遺言，說是此宅留傳後代子孫，絕不可變賣，怎麼現在卻忽然轉易他人？

那家丁疼地啊了聲，用力推開傅青川，很是惱怒道：「喂，你這人怎麼回事？我們來時，傅家已經搬走了，誰知道搬哪兒去了！快走、快走，不然別怪我不客氣。」

說著，推推搡搡地就把幾個人推出了門。

許是這裡過於吵嚷，漸漸有些附近住戶聚攏，一個穿粗布衣衫的老者愣了片刻，忽然排開眾人跑了過來，一把握住傅青川的手，哭叫道：「三少爺，他們都說你死了，老奴以為這輩子再也見不著你了啊！」

傅青川一驚，這才看清眼前的老者。「才叔，是你？誰說我死了？我嫂子呢，還有兩個姪兒，他們都去了哪裡？又是哪個作主賣了我們傅家老宅子的？」

哪想到才叔愣了片刻，忽然更大聲地痛哭起來。「嗚……三少爺，你怎麼這個時候才回來啊！」

「就是。」

「可憐了慧娘，還有兩個小少爺……」

傅青川身子一顫，險些摔倒，臉色更是蒼白一片。「到底怎麼回事？嫂嫂她怎麼了？」

「唉，說來話長啊！」才叔抹了把淚，顫顫巍巍地攙著傅青川。「三少爺不嫌棄，就到老奴家坐一會兒，老奴這些話憋得太久了。」

幾個人跟著才叔去了旁邊不遠處破舊的宅子，看著家徒四壁的房屋，傅青川鼻子一酸。

才叔一直是傅府的管家，自來待自己比他的兒子都親厚，傅家也從不拿才叔當奴才看，到底發生了什麼事，才叔竟會落魄到這般境地？

哪知剛站定，才叔和他兒子阿旺就一起跪倒在地。「三少爺，您責罰奴才吧！奴才沒護好兩位小少爺和少夫人啊！」說完，放聲痛哭起來。

「才叔，你別哭，快告訴我到底發生了什麼？我嫂嫂他們去了哪裡？」傅青川臉色鐵青。

「是老奴不好，對不起老主子和三位少爺啊！」聽傅青川如此問，才叔再一次老淚縱橫。「誰想得到，那個女人如此蛇蠍心腸，要是我當初不勸老爺收留那個女人就好了……」

當初，自己和老爺外出行商，路遇一個跪在雪地中說要賣身葬父的女子，老爺自來慈悲，最是敬佩世間孝子孝女，便讓自己奉上一碗熱湯和十兩紋銀，囑那女子好好料理喪事，至於賣身就作罷了。哪想自己和老爺要離開時，那女子竟是哭哭啼啼地一直跟在身後，甚至雙腳都磨出了血泡，在雪地上留下長長一條血跡。

自己可憐她一個弱女子，就代為央求，不然就帶她回府中伺候夫人好了。老爺一時心軟，也應了下來。

誰知就是這個女人偷偷摸摸爬上了老爺的床不說，更把傅家害到了現在家破人亡的地步！

「那個女人？」傅青川一下打了個激靈。「才叔說的是庶母？」

才叔已是目眥盡裂。「什麼庶母！那就是個蛇蠍女子罷了，枉披了一張人皮！只可憐了少夫人和兩位小少爺呀……」

傅青川死死摳住門框，脊背挺得筆直。「我走了之後，傅家到底發生了什麼事？」

才叔終於平靜了些，抹了把淚道：「二少爺，您離家這兩年，家裡發生的事太多了。」

原來，傅家老爺、夫人過世後，傅家老大傅青奐就成了當家人。雖然父親曾經囑咐，說是待傅青軒長大成人後，便立刻命他帶著其娘親搬出傅家，可傅青奐自爹娘去世後，待兄弟更加親厚，一心念著再怎樣也是自家兄弟，不但沒有趕那母子二人離開，還為他們多方謀劃，力求在自己能力範圍內讓庶母二人過得舒心。

可惜，五年前，傅家二公子傅青羽離家進京趕考，哪知一去竟是再也沒有回來，跟去的家奴也沒了蹤影。

傅青奐兄弟三人自小感情就好得很，傅青羽沒了音訊，兄弟二人自是憂心如焚。傅青奐便把生意交給才叔打理，自己親自帶了人去京中尋找，可惜茫茫人海，上京那麼大個地方，想找個人，無疑是大海撈針。

傅青奐找了足足三個月之久，花光了身上帶的銀兩，卻是無果而歸。回來途中又受了風寒，再加上憂心弟弟，歸家後不久便臥床不起，不過兩個月竟過身了去，臨終時囑咐幼弟，無論如何一定要找回傅青羽，兄弟團聚。

傅青川給大哥守孝期滿後，便遵從兄囑，也踏上了漫漫尋親路。這一去，就是兩年之久……

「三少爺離開後，那葉氏初時倒還老實，可過沒多久，就開始到前院來，竟哄騙得少夫人把府中交給了她打理。老奴當初雖然以為有些不妥，可一來當時少夫人心意已決，二來，瞧著少夫人因為大少爺的故去而終日臥床不起，著實沒有心思打理府宅，只得作罷。

「哪料想，不過一個月後，葉氏又把狼子野心的傅青軒安排到了咱們商號裡！」才叔越說越恨。也是自己老糊塗了，竟會信了葉氏「好歹也是親兄弟」的鬼話！僅僅半年後，傅青軒就把商號裡的老人換了個乾淨，然後又以商號裡突然少了一筆銀子為名，誣賴自己污了銀子。

自己去找少夫人鳴冤，卻被葉氏派人攔著，別說少夫人了，竟是連府裡都不得進去。又過了一段時日，也不知那葉氏用了什麼手段，竟把傅家房屋地契田產都從少夫人那兒哄騙了去。

「半年前，葉氏把傅家老宅賣給了李家，然後就帶著少夫人和兩位小少爺回傅家橋了。」才叔的兒子阿旺接著道。

傅家橋是傅家的老家宗族聚居的地方，當初，傅家老爺曾發誓，此生絕不會再回傅家橋。

「可是回傅家橋的路途中……」說起那時發生的事，阿旺也不由紅了眼睛。「我們也是後來聽說的，說是路途上遇到劫匪，其他人倒是無礙，唯有兩位小少爺……」

咚地一響，卻是傅青川緊咬牙關，再次昏了過去。

幾個人忙七手八腳把傅青川抬到床上。

「果然是一個蛇蠍心腸的女人！」霽雲氣得直哆嗦。世上怎麼會有如此惡毒而又殘忍的女人？說什麼路遇劫匪，為何獨獨兩個孩子出了事？

「那我嫂嫂現在……」傅青川臉色灰敗無比。

霽雲忙上前握住傳青川的手。「三哥……」心裡卻是能明白傳青川的感受，一夕之間，親人盡皆凋零，但凡世人都無法承受，何況三哥又是如此一個重情重義之人。

握著霽雲的手，傳青川終於覺得有了些力氣，艱難地轉頭衝著才叔道：「才叔，你繼續說，我受得住。從那以後，就再沒有我那兩個小姪兒的消息了嗎？還有嫂嫂，她現在如何了？」

「兩個小少爺沒有任何消息。」才叔黯然道。「至於少夫人，」才叔已是老淚縱橫。「三少爺，您快去救救少夫人吧！」

原來慧娘先是夫君故去，又痛失愛子，巨大打擊之下，當即臥床不起。哪料葉氏竟使人放出話來，說是慧娘命太硬，不然怎麼會剋死傳家三兄弟不算，便是自己一雙兒子都死於非命？

這樣的掃把星，傳家是萬不敢留的，就直接把慧娘趕了出去。

才叔聽說後，本想去把慧娘接了來，但慧娘在諸番打擊之下，神志已是有些不清楚，竟是無論如何不肯跟著才叔回來，只在兩個小少爺失蹤的地方搭了個草庵，說是怕兩個小少爺回來找不著娘……

「我們這就去找嫂嫂。」傳青川掙扎著從床上爬起來。

雖然天色已晚，可霽雲還是同意了傳青川的意見。

那麼一個可憐的娘親，獨自一人住在那荒山野嶺……想想都覺得揪心！

第二十二章

才叔便讓阿旺帶路，一行人匆匆離開了順慶。

一路上，傅青川都是默不作聲，只是低垂著頭。霽雲從包裹裡拿了個餅子遞過去，傅青川默默接過，大口吃著，可吃得太急了，嗆得一下咳了起來。

霽雲忙一邊遞去一壺水，一邊拍著傅青川的背勸道：「三哥真不想吃的話，別勉強。」

傅青川搖了搖頭，彷彿自言自語道：「沒事。我得吃飯，不然，怎麼有力氣護著你們？」

說完，更大口地啃起了餅。

阿旺一旁看得直流淚。三少爺自來最得寵，什麼時候受過這樣的罪？

天色將亮時，眾人終於趕到了據說是慧娘所在的槐山。

走到半山腰處，便看見一處孤伶伶的茅草房，細聽，彷彿還有人在低聲哼唱著什麼。

幾人下了馬車，慢慢靠近茅屋，那哼唱聲漸漸清晰。

「小寶貝呀，做門墩喲，哭著鬧著要媳婦……哎喲，寶寶，快睡吧，等你們長大了，娘就幫你們娶媳婦好不好？寶寶不怕，娘在呢……」

難道是兩位小少爺回來了？眾人心裡都是一熱，傅青川更是三步併作兩步跑了過去，透過破舊的窗櫺往屋中瞧去，下一刻，卻是僵在了那裡。

哪有什麼孩子？不過是一個滿面污垢衣衫破爛的女人手裡抱著個布包，輕輕地搖來搖去……

那女人看著已是骨瘦如柴，恍如一副骷髏般，偏偏那雙眼睛卻溫柔至極，還有嘴角的笑容也是說不出的溫暖。

許是聽到了門外的聲音，瘋女人忙抬起頭來，把手指放在嘴上。「噓。」又低垂著頭，愛憐地瞧著手中的布包道：「寶寶睡著了。」

「嫂子。」傅青川再也忍不住，推開門就走了進去。

霽雲愣了下，也忙跟了上去。

慧娘卻依舊抱著布包，背對著眾人，輕輕晃來晃去。一坨一坨的髮髻上，一縷縷的白色是如此刺目。

傅青川雙膝一軟就跪倒在地。「嫂嫂，青川回來晚了，是青川對不起妳……」明明從前那些甜蜜的幸福好像還在眼前，為什麼一夕之間就全都變了，大哥沒了，二哥也沒了，嫂嫂瘋了，兩個小姪子也不見了……

阿旺站在旁邊，偌大個漢子卻是哭得涕泗橫流。

老爺一家每個都是心善的，特別是少夫人，最是憫老惜貧，從未做過什麼傷天害理的事情啊，為什麼會這樣悲慘呢？

「別、別哭。」

傅青川忽然感到臉上一涼，抬起頭來，淚眼矇矓中，卻是一臉污垢的慧娘正小心翼翼幫自己抹淚。「不哭啊，我有糖糖，我幫你找糖糖。」

傅青川一把握住慧娘的手，神情激動。「嫂子，妳、妳認得我了？」

沒想到卻被慧娘一下甩開。「寶寶、寶寶！」

又忽然回頭，跪在地上胡亂地翻撿起來。「糖糖呢，糖糖呢？小寶最愛吃糖了！寶寶，娘讓你吃糖好不好？娘讓你吃糖，娘讓你吃糖，寶寶你快回來好不好，寶寶？」

一聲聲叫得越來越淒厲，聽得人肝腸寸斷。

霽雲轉身衝出草屋，很快又抓了把糖回來，一把抱住慧娘的胳膊。

「嫂子，糖在這裡。」

慧娘怔了一下，沒有接，卻也停下了動作。

霽雲喘了口氣，一手抱住慧娘的胳膊，另一隻手顫顫地捏了塊晶瑩剔透的飴糖遞過去。「嫂子，糖很甜的，妳嚐嚐。」

慧娘身體猛地抖了一下，遲疑地轉過身子，沒有接糖，卻是定定瞧著霽雲，那雙眼睛更是出奇晶亮。

「嫂子。」霽雲把手裡的糖遞到慧娘嘴邊。「妳吃。」

慧娘愣愣地瞧著霽雲，張開嘴，把那顆糖含到了口裡，忽然一把緊緊抱住了霽雲，熱淚直流。

「阿珩，這些天你跑哪裡去了？娘想得你好苦……」

慧娘雖然瘦弱，力氣卻大得很，特別是身上因為長時間沒有梳洗過，全是刺鼻的臭味。

霽雲卻一動不動，渾然未覺地任慧娘摟著。

「阿珩是我的大姪兒。」傅青川艱難地道。阿珩今年九歲了，個頭正和霽雲一般。

「多跟她說話。」一旁的謝彌遜忽然衝霽雲道。

霽雲有些疑惑，卻仍點了點頭。「嫂子。」

「嫂子？」慧娘有些疑惑，低頭瞧著從自己懷裡探出的小腦袋，露出了一個比哭還難看的笑容。「阿珩你生娘的氣了是不是？都怪娘，沒有照顧好你，對了，阿玥呢？阿玥，阿玥！」

明明方才已經平靜下來了，可提到「阿玥」這個名字，慧娘的情緒又忽然焦躁了起來。

霽雲也感覺到不對勁，忙求救似的看向謝彌遜。「阿遜。」

謝彌遜嘆了口氣，對霽雲點點頭。「照她說的，喊她娘。」

「娘，我餓了。」霽雲忙對慧娘道。

「餓了？」慧娘愣了一下，果然又恢復了那溫柔嫻淑的模樣。「都是娘不好，讓阿珩餓肚子，娘去給阿珩做飯……」

「阿遜，我嫂子？」傅青川探詢地望向謝彌遜。

謝彌遜搖了搖頭。

「剛才倒是一個契機，可惜……心病還須心藥醫，要想令嫂夫人完全回復，還得您的兩個姪兒——」他忽然住了嘴，嘴角揚起一抹溫柔的笑意。

傅青川順著謝彌遜的眼神看去，卻是霽雲正努力張開小小的胳膊，一下一下拍著嫂子，嫂子狂躁的神情已經消失，伏在霽雲肩上，合上了雙眼。

天亮時，霽雲也幫慧娘洗得乾乾淨淨，雖是滿頭白髮、形容憔悴，卻仍能依稀看出來慧娘昔日的嬌美。

安靜下來的慧娘似是有些害羞，不敢和這許多人對視，只是一直拉著霽雲的手低著頭，跟在霽雲身後。

「娘，咱們回去吧。」霽雲扯了扯慧娘的胳膊道。

「好。」慧娘抿著嘴輕笑道，任霽雲把自己拉起來。經過傅青川身邊時，卻又停住腳，有些可憐地跟霽雲小聲說道：「阿珩，你再給娘一顆糖好不好？」

「好。」霽雲應了一聲，順從地拿出顆糖遞給慧娘。「娘吃。」

慧娘忙搖了搖頭，輕輕道：「不是娘要吃。」

說著，她快步走到傅青川面前，把那顆糖高高舉起。

「小公子，這顆糖給你吃。吃了，就莫再傷心了。」

說著，把糖塞到傅青川手裡，又回身牽著霽雲繼續往前走。

傅青川閉了閉眼睛，和謝彌遜一前一後地跟了上去，卻在看到牆角處時，齊齊停了下來。

那是一個硬邦邦卻白生生的饅頭躺在那裡。

中午時分，一行人終於到了傅家橋。

同樣是南方小城，傅家橋的景致卻是更顯秀麗，小橋流水、碧瓦紅牆，特別是小城東北角一處新建的院落，更是軒敞雅致，一看就是出自大家手筆。

傅青川凝目那處院落，神情卻是越來越僵硬。

看傅青川忽然勒住馬頭，其他人也跟著站定。

霽雲在車裡不知道發生了什麼，撩開窗簾往外瞧了下，旋即轉過頭來故作無事道：「三哥，嫂子餓了，咱們先找個地方落腳好不好？」

「好。」傅青川終於收回眼睛，再看向霽雲時，終於斂去了眸子裡的陰鬱和殺氣。

放下帷幔時，霽雲又瞧了一眼那處院落。

自己記得沒錯的話，這處宅子不正是順慶傅家老宅的模樣？

正好附近就有一家客棧，一行人便走了進去。

正是用飯時，客棧裡已是高朋滿座，待看到傅青川等人，大廳裡還是靜了一靜。這麼個小地方，竟然一次出現這麼多風流倜儻的人物，還真是少見。

但是第一位青衫公子，瞧著已是人中龍鳳，沒想到後面那白衣男子，更是俊美至極，便是那小小少年也是粉妝玉琢一般，還有那匹漂亮的小白馬。

有識貨的行腳商人不禁驚呼出聲。

「玉雪獅子驄，那是萬金難求的玉雪獅子驄！」

店掌櫃的也忙出來迎接，恭敬地把幾人迎到單獨的雅座，要離開時，卻被傅青川叫住。

「敢問掌櫃的，咱們城裡近來有沒有什麼新鮮事？」

「新鮮事？」掌櫃的愣了一下，心想這些人八成是外地來的，就好聽個古什麼的，當即陪了笑臉道：「咱這地方小，新鮮事倒也有，就是不知能不能入客官的耳。要說最新鮮的吧，就是原先搬到順慶的傅員外家又搬回族裡了。嘖嘖，人家可真是財大氣粗啊，建的那座宅子在咱們傅家橋這地，那是頭一份。不過也合該有這福緣，那對母子啊都是積德行善的，不但一回來就出資修了學館，又幫族裡置了幾十畝公田，便是府裡每逢初一、十五還都設粥棚，可真是大方啊，不但米全都是上等的，且扎根筷子都不倒，回來這大半年，已是咱們傅家橋第一大善人了，聽說好多討飯的還給他們供了牌位，祈禱老天保佑好人長命百歲。」

傅青川拿起茶碗，重重地在桌子上磕了一下。

掌櫃的嚇了一跳，忙看過來。

霽雲握了握傅青川攥得緊緊的拳頭，笑咪咪道：「對了，大叔，咱們這地方全都是姓傅的嗎？瞧著可真是興旺得緊。」

聽霽雲如此說，掌櫃的頓時極為自豪。「這位小公子一瞧就是個聰明的。咱們這兒全都是姓傅，不過說起興旺來，還得感謝咱們族長家的二少爺。」

「族長家的二少爺？」霽雲有些疑惑，看掌櫃如此驕傲的樣子，是什麼了不得的大人物嗎？

「是啊。」掌櫃的連連點頭，得意地道：「說起我們二少爺，幾位可能不知道，我再說一個商號，您一定聽過。」

看掌櫃的神情，好像霽雲要是說沒聽過，一定會遭到鄙視。

霽雲就很感興趣，笑著問道：「是嗎？是哪個商號？」

掌櫃的一挺肚子，一副與有榮焉的模樣。「萱草商號。」

萱草商號？霽雲一愣，下意識地看向謝彌遜。咱們萱草商號這麼有名了？

謝彌遜眯了眯眼睛，渾身都寫著「誇我吧，快來誇我吧」。

霽雲登時樂了，親自提過茶壺繞過眾人給謝彌遜斟了滿滿一杯。

「阿遜，敬你。」

倒是傅青川，卻是神情一震。

「萱草商號，傅家橋的興旺又關萱草商號何事？」

「這您就不知道了吧？」掌櫃的這會兒卻是很有耐心。「咱們傅家橋的莊稼種得最好，往年這糧食的買賣必得要經過雲家的首肯，雲家說是多少錢一擔，就是多少錢。嘿，你們不知道那雲家啊，他們自家的還好說，對別家就是剋扣得很，當初可把俺們傅家橋折騰得夠嗆。天幸族長家的二少是個厲害的，竟然進了萱草商號做大管事，這一來，不但糧食能賣大價錢，還有其他小玩意兒啊、茶葉啊，二少爺都收了，咱們傅家橋這兩年的日子才算好過了！」

那語氣，簡直族長二少就是神人一般。

霽雲不由搖頭，傅青川臉色卻更加沈重。

有萱草商號做後盾，自己和葉氏的官司怕是更難了斷！

掌櫃的離開後，雅間的氣氛便有些沈悶。

傅青川垂著頭，不知在想些什麼，阿遜則是不管在哪裡，眼睛都是圍著霽雲轉，弄得一邊的慧娘緊張不已，不時膽怯地瞟阿遜一眼，身子便更往霽雲身邊偎緊一些。

霽雲忙悄悄衝阿遜擺了擺手，回身就想安慰慧娘，一偏頭，卻是一怔。

對面的大街上，一頂小轎忽然在一間商號前停了下來，隨著小廝恭恭敬敬把轎簾掀開，一個身著青袍的男子矮身跨出小轎。

霽雲心裡一緊，手不自覺用力。

男子已經完全站在大街上，鴉黑的烏髮被一只玉環扣著，腰間除一塊玉珮外並無其他裝飾，明明簡單至極的裝飾，卻襯得男子的身姿俊秀卓逸。

男子微微側過臉來，低聲吩咐了在旁邊伺候的隨從一句。因是側著身子，並不能完全看見男子的容顏，只能隱約瞧見男子輕輕揚起如遠山般風流婉轉的眉梢，及眼角一點秋水般旖旎的流光……

可也正因為看不大清，反而能清晰感受到男子周身一種驚心動魄的美。

「二哥？」霽雲從座位上站起來，忽然有些恍惚，心神激盪之下，朝著街心的小轎就衝了過去，在男子踏上臺階前，一把死死揪住男子的後衣下襬。「二哥！」

男子慢慢回頭，霽雲卻如同被人兜頭澆了一盆冷水。

男子的側面瞧著是和二哥極像，可正面看來，雖同是世所難尋的美男子，卻並無多少相像之處，特別是那雙眼睛，更是死氣沈沈，宛若一潭死水，哪比得上二哥的靈動溫暖？

男子看來似有不足之症，瘦弱的身姿宛若扶風的楊柳，可盯著霽雲的眼眸卻宛若極地上的寒冰，令人不寒而慄。

「你叫我什麼？」

「對不起。」霽雲忙道歉，只覺眼中乾澀無比。是呀，自己親眼見到二哥死去，又怎麼可能出現在這裡？她神情黯然道：「我認錯人了，把公子錯認成我家二哥。」

男子的神情明顯不信。這世間相像的人多了，可要說和自己相似的……

心裡突然一動，神情急切道：「你家二哥是哪個？姓甚名誰？他現在在哪裡？」

「阿珩。」又一個急促的聲音忽然響起，卻是雅間裡的慧娘最先反應過來，趕緊小跑著過來，一把抱住霽雲。

看到慧娘，男子臉色一白，本是攏在衣袖中的手緊握了一下又鬆開，再看向霽雲的神情忽然變得陰狠，卻在看見從客棧裡出來的傅青川幾人時，神情一滯。

「雲兒，來三哥這裡。」說話的是傅青川，只是傅青川嘴裡雖叫著霽雲的名字，眼睛卻是盯著青衣男子。

憤恨、絕望、惱怒、憎惡等等複雜情緒一一在傅青川眼中閃過，最終又化為沈寂。

慧娘緊緊握住霽雲的小手，衝著青衣男子可憐地笑了一下，便倉皇地要帶著霽雲離開，最後更是心急地俯身抱起霽雲就往傅青川身邊疾跑。只是慧娘畢竟太弱了，剛走一步，就猛一踉蹌，謝彌遜和傅青川忙搶上前扶住慧娘。

慧娘卻似是對謝彌遜一直盯著霽雲很不滿，一把打開謝彌遜的手，抱著霽雲就縮到了傅青川身後。

霽雲拍了拍受驚的慧娘，忙哄道：「好了娘，阿珩沒事，有三哥在呢，快放我下來吧。」

聽霽雲喊娘，慧娘眼裡的淚變成了笑，討好地衝著傅青川和不知什麼時候靠近的青衣男子道：「我家阿珩好乖的，是不是？」

青衣男子神情微微一震，便不再看慧娘，下意識往幾人身後瞧了一眼，又很快收回，冷冷睨了傅青川一眼，語含諷刺。

「我還以為你們三兄弟都是孝子賢孫呢！不是此生都不會回傅家橋嗎？怎麼，這就跑回來了？對了，風華絕代的傅家二公子呢？何不一塊兒出來，躲躲藏藏做什麼呢？」

傅青川定定瞧著男子，良久終於道：「想見我二哥？傅青軒，你不配！我二哥這人對所有人都心存善意，便是對你……」

傅青川頓了下。雖然爹爹一直不承認傅青軒，甚至絕不許他在自己面前出現，可大哥也好，二哥也罷，都始終對傅青軒諸多看顧。甚至二哥讀書時，還特意瞞著爹爹，讓傅青軒也跟著進了學館，每次見到他，也都教導自己叫這人一聲「青軒哥哥」……

這人明明是個害羞的人啊，每次二哥說什麼，或聽到自己叫「青軒哥哥」時，都笑得那般靦覥，為什麼不過兩年未見，這人就變得如此喪心病狂？

第二十三章

傅青川深吸一口氣，再抬起頭來時，眼中唯有決然。「傅青軒，這輩子，天上地下，陽間、鬼府，我也好，大哥二哥也罷，都不會也不願再見你！」

「那是最好。」傅青軒神情漠然。「實在是再好不過了……我也不想再見到你們傅家任何一個。既如此痛恨傅家橋、痛恨我，傅青川，你還找到這裡做什麼？我記得某人不是曾經發誓說，不找到傅家二公子，此生絕不回來嗎？快帶著這些人滾吧！滾得越遠越好，我們此生最好永不相見！」

「永不相見？」傅青川臉上的笑涼薄而諷刺。「是嗎？傅青軒，我還活著，你是不是很失望？可既然這麼恨爹，恨傅家的人，卻偏還要削尖了腦袋擠進傅家來，冠以『傅』姓，做傅家的孝子賢孫，傅青軒，你不覺得自己很可憐，而且可悲嗎？還是你果然和你娘一樣，低賤無恥！」

爹活著時，從不曾承認過傅青軒是傅家子孫，便是「青軒」這個名字，也是娘親取的，更沒有收入傅家家譜。

可方才聽那掌櫃言說，葉氏和傅青軒回宗族後，由族長作主，葉氏和傅青軒均入族譜之中，並在重新遷回祖墳的傅員外夫妻墓旁，替葉氏預留好了墓地。

葉氏這個賤人，終於光明正大地坐上了傅家夫人的位置！

傅青川的聲音並不大，卻無疑說到了傅青軒的痛處，傅青軒臉色青白不定，惡狠狠地盯著傅青川，忽然抬手就想搧過去，卻被傅青川一下抓住手腕，隨手一帶，傅青軒一個收勢不住，撲通一聲就趴倒地上，頭正好撞在臺階上，頓時血流如注。

「三公子？」一個焦灼的聲音隨即響起，緊接著，一名五十許的老者帶了個三十多的壯漢從商號裡奔出，一把扶起傅青軒，怒聲對傅青川道：「四公子，再怎麼說三公子也是你哥哥，你怎麼這般無禮？」

傅青川盯著那白髮老者，半晌終於冷笑道：「二管家，原來是你？怪不得……」

父親傅成峰手下共有兩位得用的管家，大管家是才叔，二管家就是面前這位老者，侯勝。

怪不得才叔說傅青軒掌管商號不到半年便能把所有人都給換了，原來是串通了侯勝。

「侯勝，當初我父親把你從死人堆裡扒出來，你就是這樣回報我爹的？」傅青川聲音痛恨。

葉氏也好、侯勝也罷，都是爹曾經救過的人，可這兩個人卻合夥搶占了自己的家不說，還讓爹地下不得安寧，更設計了自己兩個年幼的姪兒。

說什麼好人有好報，那麼好的爹，那麼善良的二哥卻會得到這般報應！

他按著劍柄的手忽然被人握住。

「三哥。」霽雲聲音清脆。

傅青川一驚，神情由晦暗、痛恨、邪惡而迷茫，終於清醒過來。

「三哥，」霽雲卻仍是仰著小臉，翦水雙瞳柔和又信賴地瞧著傅青川。「不是什麼人，都值得髒了三哥的手的。」

傅青川眼睛已全然清明。是啊，侯勝也好、葉氏也罷，自然是要一個個對付，卻不值得自己拿命來搏。

雲兒、嫂子，還有阿珩、阿玥說不定還等著自己去救他們呢。

傅青軒也注意到了傅青川眼中瞬間的瘋狂，沒想到卻被一個小小的孩子輕而易舉給化開，這個孩子還口口聲聲叫傅青川三哥……

眼神不覺在霽雲身上頓了一下。

侯勝和身後臉色陰寒的壯漢也都瞧了霽雲一眼。

看旁邊越來越多的人圍攏過來，侯勝整了整衣襟，扶著傅青軒，很是恭順地對傅青川躬身。「四少爺即便對老夫人和三少爺如何不滿，也不應如此對待兄長。三少爺雖是大人大量，不怪罪四少爺，老爺在天之靈卻一定不願意看到你們兄弟這個樣子。老夫人日日掛念著四少爺，四少爺還是隨老奴回去見老夫人吧。」

「兄弟？」侯勝此言一出，旁邊圍觀的眾人頓時大譁，看著傅青川等人的神情充滿指責，甚至有人叫囂著。「這是什麼兄弟啊？怪不得有人傳言傅家四公子最是驕縱，鎮日裡胡作非為，甚至數年前因惹了事端就逃往他鄉，我等還以為三少爺這般神仙人品，怎麼會有那樣不堪的弟弟？原來竟是真的嗎？」

「可不，」旁邊就有人點頭。「虧得老夫人心善，不然這般不肖子弟，早逐出家門了！」

「怪道我聽說這四公子原是定了雲家女，可雲家女死活不願意嫁進來，原來竟是這般不孝不悌之徒！」

「我們傅家只有兄弟三個罷了，還有，侯勝，別得意得太早了，告訴你的主子，討債的來了！」傅青川冷冷瞧了侯勝一眼，當即轉身大踏步而去，再沒有瞧旁邊的傅青軒一眼。

「走，咱們去尋族長。」

傅青軒卻是低垂著頭，不知在想些什麼，那削瘦的身軀似是更加孱弱了。

傅青川一行人至族長家門前時，族裡已有些人聞訊趕來，瞧傅青川的模樣頗為不善。

傅青川也不理他們，自顧自上前敲門。

等了半晌，一個老僕才慢騰騰地開門，上上下下打量著傅青川，眼神裡充滿不屑。

聽傅青川說明意圖，那老僕哼了聲，拖著長聲道：「在這兒等著吧。」

說著，啪一聲合上門。

哪知這一去，竟是足足半個時辰之久。

圍觀的傅姓族人越來越多，對著傅青川等人指指點點，其他人倒沒什麼，慧娘的神情卻是越來越驚恐。

傅青川心知這是要給自己一個下馬威，自己倒沒什麼，可雲兒年幼，嫂子又是這般……

剛要囑咐阿遜護著兩人回客棧休息，那朱紅色大門終於再度打開，這次卻不是那老僕，而是一個相對年輕的小廝。

那小廝冷笑一聲，對傅青川道：「族長老大人讓我問一聲，傅家郎君是順慶府的傅三郎呢，還是傅家橋的傅四郎？」

人群頓時靜了一下，暗嘆還是老族長厲害，這個問題說起來簡單，可對傅青川而言，卻是再為難不過。

若說自己是順慶府的傅三郎，倒是顧全了顏面，可再想開口讓族長幫著主持公道，卻是千難萬難。

若說自己是傅家橋的傅四郎，自然可以把家事交予族長裁決，可也就等於承認了葉氏和傅青軒的地位，這般情形下，再因家產之事糾纏不清，無疑會被所有人指責。

哪知傅青川卻是沒有絲毫猶豫。

「煩請小哥通報，就說順慶府傅三郎前來拜會。」

人群頓時一寂。不遠處的胡同裡，一個青色人影愣了片刻，終於轉身踽踽而去，那本就瘦弱的背影好像瞬間老了幾歲。

「他真這麼說？」軒敞雅致的傅府大宅中，穿金戴銀、滿頭珠翠的葉氏啪地把茶杯扔到了地上。

葉氏看著也就是四十許的婦人，面容白皙，肌膚豐腴，竟是比現時的慧娘還要年輕幾分，明顯保養得不錯。

坐在一側的侯勝驚了一下，看葉氏氣得渾身發抖，忙上前扶了葉氏的肩，很是憐惜地道：「翠蓮，妳又何必生這麼大氣？莫說族長不會站到傅青川那一邊，便是要為他主持公道，讓我們把這商號分一半給他，他又能拿了什麼東西去？」

商號早已盡在自己和青軒掌握之中，便是分了一半給傅青川，自己也能保證他得不到一個銅板。

哪知卻被葉氏一把推開。「你不懂，你不懂！」

這輩子自己最恨的就是傅家人！當初自己一腔癡情都交付在傅成峰身上，本以為自己綺年玉貌，和英俊瀟灑的傅成峰正是郎才女貌的一對好姻緣，除此之外，自己更羨慕傅成峰對妻子的那份癡情，便是夢裡也想著，若成峰能把那些對夫人的情意分點給自己，便是死了也甘願。

哪料想傅成峰竟如此絕情，竟是沒有絲毫猶豫，就把自己撂到了一邊。

自己不也是他傅成峰的女人嗎？為什麼要對自己如此絕情？軒兒不也同樣是他的骨肉嗎？為什麼連一聲爹都不能喊？為什麼自己母子要像老鼠一樣這般見不得人？

從那時起，葉氏就發誓，這一輩子，自己一定要和軒兒光明正大地做傅家人，自己要做名正言順的傅家夫人，軒兒要做堂堂皇皇的傅家公子！

即便傅成峰死了，自己也要葬在他的身邊。生不能同寢，死也要同穴，然後到地下告訴他，他的孩兒有多慘，自己也還是睡在了他的身邊，要讓他做鬼也不得安寧！

「翠蓮，我們在一起這麼多年了，難道妳還是放不下他嗎？」侯勝直直瞧著葉氏，聲音隱忍，神情悲苦。

葉氏愣了一下，任由侯勝抱著自己，聲音逐漸哽咽。「阿勝，我不甘心，我不甘心啊……」她推開侯勝咬著牙道：「你放心，我不會做傻事。讓他們備轎，我要親自去見那個小畜生！」

自己一定要去，雖然傅成峰已經死了，自己也要讓他們的兒子清楚，現在，自己才是傅家名正言順的夫人！

族長家裡。

傅家族長名叫傅元陽，按輩分是傅青川爺爺輩的人，今年已是七十高齡，雖是鬚髮皆白，卻仍耳清目明。

抬眼瞧著被僕人引領著進入內廳的傅青川等人，他不由皺了下眉頭。

這傅青川不只容貌舉止甚肖其父，便是行事方式也都是一樣執拗。

當初傅成峰母親故去後，族人也都很是同情，可因為這件事便離族而去，也委實太不明智。

「順慶府傅家三郎傅青川，見過族長老大人。」傅青川入客廳見禮。

傅元陽抬了抬眼皮，並沒有馬上叫起，上上下下打量了傅青川一番，才淡然道：「傅三公子遠道而來，不知有何見教？」

傅青川神情悲愴。「傅青川不孝，使得奸人有可乘之機，利用青川離家遠遊之時，遷了先父母墳塋來傅家宗祠，讓爹娘地下不得安寧！傅青川此來不為別事，只為請回先父母靈柩歸葬，還請族長成全。」

「你——」沒想到傅青川直言不諱，傅元陽心裡不由大為惱火，佛然道：「凡入我傅家橋宗祠的，皆是全族人認可的傅氏族人，你是順慶傅家，與我傅家橋有何相干？」

心裡更是對傅青川大為不喜，若這孩子軟語相求，自己或可看在當初族裡確曾虧欠了傅成峰的分上，幫他一二，沒想到這娃子卻是這般桀驁不馴之人。

「老族長明鑑，」傅青川眼裡冷光一閃，強壓下心頭的怒火道：「不是小子無禮，實在是不敢違了先父遺願。老族長既是一族之長，更是傅家橋威望之所在，切不可聽信奸人言語，壞了自己一世名頭。只要老族長允了小子所求，青川願意——」

話音未落，一個惶急的女子聲音忽然在門外響起。「川兒，你怎麼這般同族長講話？」

眾人回頭，卻是一個雍容婦人正在一幫傅家族人的簇擁下，快步往客廳而來。

婦人看到長身玉立的傅青川，兩眼登時含滿了淚水，緊走幾步就想去拉傅青川的手。

哪知本是瑟縮在傅青川身後的慧娘正好探出頭來，看到婦人，旋即淒厲地慘叫起來。「別打慧娘！慧娘不是掃把星，別打慧娘！」又忽然把頭用力往牆上撞。「慧娘是掃把星……慧娘該死，慧娘死了，青川就能回來了，阿珩、阿玥也會回來！」

阿遜忙上前一步，在慧娘身上扎了一針。

傅青川一把接住已經將頭碰出了血的慧娘，瞪著眼前的葉氏，眼裡幾乎要噴出火來。

「妳這蛇蠍女人，還敢在我面前出現？」

葉氏似是嚇了一跳，旋即神情悲傷地道：「川兒，你是不是一直都在怪娘？」

「閉嘴！」傅青川森然道。「妳是誰的娘？」

「你……」葉氏忽然掩面大哭。「你認不認我，終歸我是你爹用轎子抬回去的，我知道你是怪我和你兄長沒跟你商量，便拿出些家產捐給族裡，可一筆寫不出兩個『傅』字，你爹終是傅家橋的人，又都是傅家兒郎，娘和你兄長如何忍心瞧著有族人落魄而袖手旁觀？便是你爹在世，也必會全力救助。罷了，咱家現在也就你和軒兒兩人罷了，便是你心裡沒我這個……我也不能看著你流落街頭。家裡的生意，你若想要，盡可拿去，我絕不許你兄長同你相爭，我只盼著你們兄弟能和和睦睦就好……」

葉氏一番話說得淒切動人，便是鐵石心腸也不禁為之感動。

當下便有那些受了葉氏恩惠的族人衝著傅青川怒罵道：「哎喲，這般沒良心的兒子，也不怕天打五雷轟啊！」

「真真是不要臉，想謀奪家財，竟拿過世的爹娘作藉口，真是造孽喲！」

霽雲聽得卻不住冷笑。這女人果然狡詐，一番話說得真是滴水不漏，可惜，她碰到的是三哥。

自己記得不差的話，前世三哥最是睿智多謀，自從投身仕途，便是朝中再奸猾之人也從未在三哥面前討得了好。這女人以為三哥年幼便好欺嗎？真是作夢。

這般想著，她無比信賴地瞧著傅青川。

傅青川本已氣怒交加理智盡失，突然觸到霽雲明亮又信心滿滿的眼神，心裡登時沉靜，略一思索，便起身對傅元陽一揖道：「如此就有勞族長老大人了。」

傅元陽本是冷眼旁觀，沒想到傅青川不接葉氏的話，卻忽然轉向自己，不冷不熱地哼了聲道：「老朽方才已經說得清楚，你順慶府的事，與我傅家橋何干？」

傅青川卻並未著惱，反是言詞懇切。

「先父為何離開傅家橋，族長您是最清楚不過。不是小子執拗，實在是不敢違了先人遺願，畢竟爹爹自幼長在這傅家橋，即便如何心傷，也絕不願看見有族人受苦。現在既然奸人願意交出傅家財物，青川作主，便將這財物盡數交予族裡公用，請族長派了得用的人，明日一早便去接收吧。青川不孝，唯願父母能夠地下安眠，早日送他們返回順慶罷了。」

聽傅青川如此說，本是議論紛紛的眾人頓時全都啞然。人們臉上或惶惑、或慶幸、或茫然，卻都把眼睛投向了葉氏。

方才這傅府老夫人說得清楚，這傅青川明明是個忤逆不孝的浪蕩公子罷了，怎麼好像有些不一樣啊？

葉氏卻登時臉色慘白。料不到傅青川竟給自己來了個釜底抽薪，自己這輩子就是死也不願意放手的，一是傅家的財產，二是傅夫人的身分，沒想到卻被傅青川一下全都堵死。

「四弟莫要說笑。」一個清雅的聲音在外面響起，卻是傅青軒。他上前一步扶住葉氏，定定瞧著傅青川。「有我和你二哥在，爹到底葬在哪裡，還輪不到你作主！」

第二十四章

葉氏也馬上明白過來，傅青川所謂捐出全部家產給族裡，是有一個先決條件，那就是遷走父母靈位。若然能阻止得了他遷墳之舉，把所有財產充公之說自當作罷。

當即定了定神，有些勉強地笑道：「都是一家人，川兒何必說這般賭氣言語，你大哥雖然沒了，可還有二哥、三哥。」

「不許再提我二哥！」傅青川瞪著那母子二人，目眥盡裂。「你們不配！」

說著，忽然排開眾人，大踏步走向自己的馬車，從裡面捧出一個青瓷小甕，面對著傅青軒高高舉起。

「傅青軒，你敢不敢把剛才的話對著二哥再說一遍？」

「二哥……二哥，在哪裡？」傅青軒眼睛死死盯著傅青川抱在手中的小甕，上前一步，卻又迅疾站住，倉皇地左右看著，好像有什麼極為可怕的事情發生。

葉氏愣了一下，旋即大喜過望。傅青川手裡的，可不是裝家人遺孤的骨灰罈？那豈不是說傅青羽也死了？

傅青羽可是舉人的身分，自己本來還擔心，若是傅青羽回來了，事情怕是會有些棘手，沒想到傅二郎竟已不在人世。

傅成峰，你怕是絕沒有想到，你三個兒子，現在只剩下一個毛還沒長齊的小子傅青川了吧？

對付這麼一個小子還不是搓圓捏扁，全是自己說了算？

「你這裡面……裝的是什麼？」傅青軒瘦弱的身軀微微抖了下，上前一步，伸手就想去碰傅青川手中的青瓷罈，卻被立在傅青川身邊的阿旺攔住，狠狠一推，紅著眼睛道：「別碰我家二公子，你不配！」

傅青川也不理難掩喜色的葉氏和面色慘白的傅青軒，對著傅元陽慘然一笑道：「傅青川再拜託族長老大人，望族長大人能允了青川方才所請，讓家兄能入土為安長伴父母於地下，青川感激不盡，必將家中財物盡數予以族中公用，絕不反悔！」

霽雲一旁扶著傅青川，一指廳堂上「耕讀傳家」四個大字對傅元陽道：「早聽說傅家橋耕讀傳家，生性最是純樸，老族長也是一世清白，威望頗著，傅伯父雖是人在順慶，也常用此四字教導幾位兄長。不管是故去的大哥、二哥，還是我這三哥，在記著這條家訓之時，也時刻記著傅家橋的香火之情。俗語有云：莫欺少年窮，我三哥現在雖是被奸人所害，落魄如斯，可世間事最難預料，誰能保證我家三哥就會困窘一世？還請老族長三思，切莫被小人蒙蔽，若然鑄下錯事，則悔之晚矣。」

傅元陽這才明白過來，這小孩子竟是在威脅自己，當即冷笑一聲。「好一張伶牙俐齒，區區一個秀才罷了！」

「現在是區區一個秀才。」霽雲朗聲一笑。「只是以我三哥之才，將來會連中三元也不一定，老族長切莫只顧眼前利益，眼光還是放長遠些好。」

此言一出，不只傅元陽，便是傅青川也怔了一下，實在是霽雲此語說得斬釘截鐵，彷彿連中三元對傅青川而言再簡單不過。

自然，霽雲心裡也是如此想。爹爹當初說得明白，他從邊關凱旋後主持會試，取的會元就是傅青川，也就是說就在今年，傅青川必會參加鄉試，並毫無懸念地拿下解元！

圍觀的人群則頓時噓聲一片。

「連中三元？這小孩子還真會吹牛！」

「聽說傅青川雖然不知怎麼糊弄了個秀才功名在身上，卻是不敢去參加鄉試，小孩子就是會胡言亂語……」

「是嗎？」霽雲再次看向傅元陽，神情嚴肅。「鄉試在即，老族長敢不敢跟我打一個賭，若是我三哥能在此次大比之時取中前三，老族長就派人去順慶查實葉氏傅家主母的身分是真是假！」

一旁的葉氏臉色頓時有些灰敗。旁人不知，她自己卻是明白，儘管沒多少人知道過往之事，可她的身分根本禁不住推敲。只要有心去查，自己絕對瞞不了多久。

看向霽雲的眼神頓時充滿了殺氣。無論傅家財產也好，還是傅夫人的名頭也罷，自己絕不允許任何人威脅！

想要參加鄉試，還得看自己答不答應。

傅元陽皺了下眉頭，剛要出言反對，一個笑嘻嘻的聲音忽然響起。「這賭倒是有意思，爹爹不妨答應下來。」

一個眉目稀疏、寬額大耳的年輕人快步走進來，圓圓的臉蛋上是和善的笑意。

「二少爺。」

「二少爺回來了。」

周圍的人紛紛打招呼，便是傅元陽看見此人，嘴角也微有些笑意。

來人正是二兒子傅成文。

本來傅元陽對這個一門心思鑽到錢眼裡的二兒子並不待見，總覺得行商本是賤業，傅成文做那些真是不務正業、有辱門風。

傅家既是耕讀傳家，傅元陽既然希望孩子要麼專心種地，要麼一心讀書，卻沒料到種地的老是被雲家打壓，至於那些讀書的子弟更慘，最好的也不過讀到秀才，然後考到頭髮白了，愣是沒一個中舉的。

倒是這個看著不成器的二兒子，竟是替族裡謀了福利，看這小兒子也終於順眼了點。

「你一個小孩兒家又知道什麼？」傅元陽意有所指，卻也沒有對兒子過多指責。

傅成文小心地瞥了眼傅青川一行，這才上前一步，小聲對傅元陽道：「孩兒倒是覺得，那娃娃所言很有道理。順慶傅家如何，畢竟是他們家事，爹爹只管居中調停便好，又何必蹚這渾水？若是為此落下罵名，實在太不值得。兒子瞧著那傅青川眉目清朗，說不定確有些能耐也未可知。眼看鄉試在即，爹爹又何必急著下定論？」

傅元陽聞言愣了一下，稍稍思索兒子的話，也確實有些道理，頓了下，終於冷哼了聲道：「便如你這娃娃所言，我倒要看看這傅家小子的能耐！」

說著，便轉身拂袖而去。
霽雲掃了一眼臉色破敗的葉氏，哼了一聲，又瞧了傅成文一眼，便和傅青川幾人一起上了馬車。
哪知幾個人剛來到客棧門口，便被店小二攔住了去路，陰陽怪氣地道：「喲，聽說這裡面會出一位舉人老爺，我們店小，可盛不下這般尊貴的人，幾位還是另投他處吧！」
霽雲臉色頓時冷了一下。沒想到葉氏行動還真快！
這傅家橋確是是非之地，暫時先離開這裡也好。
想著便要開口勸傅青川，哪知傅青川卻搖了搖頭。
「雲兒的心思我知道，只是我離家這麼久，實在極想爹娘。」
傅青川聲音痛楚。
離家這麼多年，二哥也定是無時無刻都想回到父母身邊吧？現在父母近在咫尺，雖不能再見慈顏，但能和二哥早一天陪在父母身邊也是好的。
「阿遜還是帶了雲兒……」
霽雲搖了搖頭。「三哥說哪裡話？三哥在哪裡，雲兒自然要和三哥在一起。」
謝彌遜卻是冷然一笑。「青川何必顧慮太多？一個小小的傅家橋罷了，還能翻天不成？」
傅青川聞言，瞧了謝彌遜一眼，終是沒有說什麼。
幾個人剛離開不久，傅成文就匆匆追了過來，聽客棧老闆說人被他們趕出去了，頓時嚇了一跳。半晌跺了下腳，瞪了客棧老闆一眼，嘟囔了句「不長眼睛的東西」，一把推開客棧老闆而去。

一直到天快黑時，傅成文才在離墓地不遠的茅舍裡看到了要找的人。準確地說，傅成文看到的是那匹拴在茅舍的玉雪獅子驄。

若說之前還有些懷疑，可看到那匹玉雪獅子驄後，傅成文馬上明白，並不是有人耍自己。

昨日裡，他忽然接到飛鴿傳書，說是商號大掌櫃要來傅家橋，讓自己速回府中。自己安排好分號事務就忙匆匆往回趕，可回來打聽了一圈，這兩日來傅家橋的陌生人也就是傅青川一行罷了。

但看到傅青川等人，卻又有些狐疑。那幾個主子模樣的人，全都是年不滿弱冠的年輕人罷了，會有自家商號的大掌櫃？不會是有人冒充商號印記哄騙自己吧？

只是那刻有「萱草」二字的印章，絕不是其他人可以模仿的。

傅成文快步走進院中，到了馬匹近前，那馬兒聞聲抬起頭來，忽然伸過頭在傅成文身上蹭了蹭。

傅成文至此再無懷疑，果然是大掌櫃到了。

這匹玉雪獅子驄，之前一直是自己精心餵養，然後又被牽走，大管事當時告訴自己說，馬兒已被送到大掌櫃手裡。

傅成文可不認為有人如何厲害，能從萱草商號大掌櫃手裡搶了東西去。

傅成文忙整了整衣裝，剛要報名，左邊的房間忽然打開，傅成文一抬頭，正瞧見那個俊美逼人的公子，只覺心頭一陣亂跳，忙低下頭去，竟是再不敢正眼看。

「傅成文嗎？進來吧。」

又一道清脆的聲音響起。

傅成文聽話地快步進入室內，卻在看清少年手中的權杖後，一個踉蹌，差點摔倒。

少年手中，可不正是刻有「萱草」二字的權杖？

不會吧？面前這個看著頂多十來歲的小傢伙就是大掌櫃？

「少爺。」看傅青川從墳地起身，阿旺忙迎了上來，錯眼間覺得不遠處的柏樹下似是有人影閃了一下。

等扶好傅青川，再回頭去瞧，卻什麼都沒瞧到。

許是跪得久了，傅青川走起路來實在艱難，阿旺見狀，索性俯身揹起傅青川，想到什麼，又小心翼翼道：「少爺，昨兒個您不在的時候，族長家的二少爺來過了。」

也不怪阿旺驚奇，實在是那位二少爺太過彬彬有禮了吧？甚至對自己這個下人都客氣得不得了……

和那兩位好看的小公子說起話來，更是好脾氣得很。

「嗯。」傅青川微微怔了下，卻又旋即了然。怪不得這傅家二少會幫自己說話，原來竟是阿遜的手下嗎？

早覺得阿遜也好、雲兒也罷，氣度都不似尋常百姓人家，只是那傅成文不是萱草商號的管事嗎？難道說……

若是阿遜和雲兒俱非常人，那害死二哥、二嫂的人身分怕是……

雖然霽雲語焉不詳，傅青川心裡卻早已認定，二哥、二嫂怕是被奸人所害。以二哥之純孝，若有了意中人，怎麼可能會不帶回家中，由大哥主持完婚？

傅青川閉了閉眼睛，明白以雲兒對二哥的維護，目前而言，對方必然是自己惹不起的。雲兒如此用心良苦，自己也不忍拂了她的意思，只是若讓自己知道……

握緊拳頭，半晌又鬆開。

他想了想，又囑咐阿旺道：「以後不必把雲兒的事再單獨向我稟告。你只要記得，雲兒也是我們傅家的少爺，是你的主子便可。」

「是。」阿旺開開心心地應了。那麼漂亮的小少爺，自己也很喜歡呢！

兩人剛離開，旁邊的柏樹叢後忽然閃出一個單薄的人影來，不是傅青軒又是哪個？只是傅青軒臉上卻有著不正常的潮紅，手裡一枚樹葉早被扯成一縷一縷的，足見此時憤恨之深。

「傅青川，為何一個不相干的人，你都願意認作兄弟？我才是和你有血緣關係的那一個，我才是啊……」

傅青軒伏在樹上重重地悶咳起來，好半晌才勉強直起身來，踉踉蹌蹌往府中而去。

剛一進府門，就有小廝進來，說是老夫人有請。

傅青軒換了件衣衫，稍事休息，便去給葉氏請安。

「軒兒，這一大早的，你跑去哪兒了？」看到傅青軒，葉氏又氣又急，甚至完全沒注意傅青軒比起往日更加沒有血色的面容。

「這傅府是我的，我才是傅家老夫人，你才是傅家公子，我不許他們奪走這些，絕不許！」葉氏死死抓著傅青軒的右手，言詞急切，甚至沒發現自己尖利的指甲在傅青軒手背留下一道血痕。

傅青軒神情疲憊。「娘，做傅府老夫人就這般好？」

話音未落，就被葉氏狠狠一推。

「逆子！娘含辛茹苦養了你這麼久，你就是這麼孝敬娘的？早知道你這般沒用，娘就不該生下你！」

傅青軒猛一踉蹌，頭便撞在門框上，後腰處更是被狠狠地硌了一下。

傅青軒神情疲憊而茫然，卻還是溫順地點點頭。

「好，娘放心，我知道該怎麼做了。」

「這才是娘的好兒子。」葉氏滿意地笑了，那和藹的表情，彷彿方才凶神惡煞的人根本不是她一般。

她瞄了眼傅青軒，剛要好言撫慰幾句，廳外忽然傳來一陣急促的腳步聲，卻是侯勝快步而來。

「三少爺，你快去族長家一趟吧！」侯勝面色惶急，顧不得和傅青軒見禮就急急道。

「怎麼了？」侯勝一向老成，這般惶急的模樣還是第一次見到，不只傅青軒，便是葉氏也嚇了一跳。

「出大事了！」侯勝臉色陰沈。不得不說傅青軒也是個商業奇才，短短一年間，就將傅家產業擴大了一半不止，只是在傅家橋而言，傅家算是家大業大了，可相比起在安東根深蒂固的雲家，以及雖是後起之秀卻隱然凌駕於雲家之上的萱草商號，傅家實在算不了什麼。

這也是為什麼當初雲家庶女許配於傅家嫡子為妻的原因所在。

傅家的商業王國一半依附雲家，還有一半卻是依附於萱草商號，或者應該說，近年來傅家最賺錢的生意，完全是萱草商號帶來的。

侯勝本就因為傅青川的事煩擾不已，這邊剛安排人去雲家，讓他們想法阻止傅青川參加秋闈，那邊就得到消息，說是自家剛收購的、搭乘萱草商號大船的瓷器不知為何被退了回來。

侯勝簡直不敢想像，若是這批瓷器運不出去，會發生什麼事！

「這怎麼好？」葉氏也慌了手腳。自己好不容易成了人上人，再也不要被打回原形！

傅青軒站起身子。「勝叔放心，我這就去族長家找二少爺打探一番。」

「好，你快去，快去。」葉氏忙擺了擺手，神情煩亂。「怎麼就這麼多煩心事呢？先是傅青川那個該死的，現在又是商號裡……」

傅青軒快步走出，正碰上小丫鬟端了早點過來。

「少爺，您的早膳。」

「端回去吧。」傅青軒擺擺手，急急往傅元陽家而去。

哪知趕到族長家，卻是吃了個閉門羹，門口的小廝說二少爺一早就回去了。

傅青軒愣了片刻，轉過身來，恍恍惚惚地往前走了一段路，忽然一陣暈眩，朦朧中，眼前似是有人影晃動，下意識地伸手去抓。哪知那人影一晃，傅青軒咚地就倒在了地上。

「三哥。」耳旁似乎響起一個脆脆的孩子聲音，然後，傅青軒就什麼也不知道了。

第二十五章

「餓的？」霽雲神情驚奇至極，瞧著一副老神在在的謝彌遜，不相信的樣子。「這人還真是守財奴，把三哥的家業全都搶走了，還把自己餓成這般模樣？對了，三哥，你說他跑來我們這兒做什麼？若不是……哼！」

霽雲厭惡地瞧了一眼滾得一身泥的傅青軒。明明生得足可和二哥相媲美的俊顏，為何偏是這麼毒辣的心腸？想著，抬腳就踹了過去。

傅青軒吃痛，眼睛終於緩緩張開，看到眼前幾張臉孔。明顯對自己厭惡至極的小男孩，俊美卻神情冷然的男子，還有滿臉倦容，一眼也不肯瞧自己的傅青川……

傅青軒努力從地上爬起來，撣掉青袍下的灰塵，掃了傅青川一眼。

「青川，不要再在這裡無謂地糾纏，帶上二哥，離開這兒。」

傅青川冷冷瞧了傅青軒一眼，只覺再多看這人一眼，自己的殺意便多一分。終於霍然轉身，大踏步往茅屋中而去。

「滾！別髒了我的地方。」

霽雲也哼了聲，和謝彌遜相攜離開。

「以後再暈的話麻煩滾遠些！也就我三哥，竟然這時候還會可憐你這麼個無恥的傢伙！」

「青川，離開這兒，聽我的話，離開這兒……」傅青軒仍是不甘休，又上前幾步道，被謝彌遜提起劍柄狠狠朝腹部搗了下，疼得抱住小腹就蹲了下去，卻是半天沒直起身來。

「不哭，你吃。」一個弱弱的聲音在耳旁響起，傅青軒抬頭，卻是慧娘正憐憫地瞧著自己。

「大嫂……」傅青軒抬頭，怔怔瞧著慧娘，一下紅了眼圈。

「大嫂怎麼跑出來了？」霽雲正好瞧見，看傅青軒不知說了句什麼，慧娘靦覥地笑了下，忙轉身往回跑，一把拉住慧娘。「娘。」

聽霽雲喊娘，慧娘果然馬上轉開了眼，乖乖跟著霽雲離開了。

「娘，他是壞人，娘以後別理他，不然阿珩就生氣了。」霽雲邊走，邊對慧娘諄諄教誨。

聽霽雲說生氣了，慧娘就有些著慌，一副想要哭的樣子。「阿珩……」

她露出一個可憐兮兮的笑容，小心地揪住霽雲的衣服，乞求道：「別氣，照顧好阿珩、阿玥。」

「好，只要娘不理他，阿珩就……」霽雲順著慧娘的話道，又覺得哪裡有些不對。在慧娘眼裡，自己不就是阿珩嗎？還怎麼照顧好阿珩、阿玥的？

忽然想到方才傅青軒的表情……

霽雲激動得渾身都有些發抖。整理了下思路，她試探著問道：「娘的意思是，方才那個人講，要照顧好阿珩、阿玥嗎？」

慧娘的笑容更大了，討好地連連點頭。「不是壞人，阿珩不氣。」

同一時間，傅家商號。

「你說除了傅成文到過那茅舍，便是少爺也去了那裡？」

得到消息的侯勝頓時心煩意亂。傅成文不是萱草商號的人嗎，去傅青川的住處做什麼？是和萱草商號的人有關？還是傅元陽那老狐狸真的改變主意了？

「怕什麼？」原本跟在侯勝旁邊的彪形大漢，這會兒卻是穩穩當當地坐在下首的太師椅上。「就少爺那個病秧子，能成什麼事？至於說傅青川，即便有萱草商號做後盾又能怎樣？」

不就是一個商號，還能逆天不成？還什麼連中三元，作夢還差不多！

距離秋闈大比還有十天時，一個爆炸性的消息在傅家橋傳開。

前幾天大鬧傅家橋，並揚言要奪取大比前三的傅青川被取消了生員資格。

「我就說嘛，一個浪蕩公子哥兒罷了，不過祖上庇佑才中了秀才，還想在大比中出類拔萃，作夢吧！」

「就是，那般德行有虧的人，要是真被取中了，老天才是沒長眼睛呢！」

自然也有人質疑消息的真假，當即就被狠狠地嘲笑了一番。

「這可是我一個在郡守府當差的表哥親耳聽說的，聽說啊……」神秘兮兮地左右瞧了瞧，壓低聲音道：「這裡面可有雲家的首尾。」

此話一出，再沒人有半點疑惑。

那雲家可算是安東真正的豪門大戶，有雲家出馬，十個傅青川也不是對手。

傅成文恰好剛回家。

近日因為大掌櫃來到傅家橋，傅成文得空便會趕過去，一是看大掌櫃日常用度可還合用，二是怕自己爹不曉事，得罪了貴人。

一聽說這個消息，他嚇了一跳，起身就要出門，正碰見拄了枴杖進房間的傅元陽。

「爹。」傅成文忙請安。

「文兒這是要去哪裡？」傅元陽慢吞吞地坐到太師椅上道。

傅成文躊躇了下。大掌櫃來了傅家橋的事，沒有大掌櫃的允許，自己並不敢告知家人。

「兒子有事要出去一趟，爹有什麼吩咐？」

「你想去找傅青川吧？」傅元陽卻是一眼看穿了兒子的心思，冷笑道。

「爹！」傅成文一驚，莫不是爹知道了什麼？

「少爺，」守門的小廝忽然急匆匆跑進來，看見傅元陽也在，忙行了個禮道：「老爺，門外有人拿了書信給少爺，說是請少爺速去西郊茅舍。」

「把信給我。」傅成文忙接過書信，看完之後不由倒吸了口涼氣。

傅青川吐血昏迷，有性命之憂，速請名醫。

落款正是「萱草」兩個字。

傅成文嚇了一跳，連忙起身就要往外走。

「爹，兒子還有事必須暫時離開，等孩兒回來再跟爹細說。」

哪知傅元陽卻並不答言，反而對小廝厲聲道：「攔住他！」

當即有幾個強壯的家奴圍了過來，攔住傅成文的去路，又取走傅成文手中的信件遞給了傅元陽。

傅成文腦門上頓時沁出了汗珠。大掌櫃不惜暴露自己身分，召喚自己，情形肯定是萬分危急。見傅元陽已經看完信件，連忙壓低聲音衝傅元陽道：「爹，信您也看了，實在是我們商號的大掌櫃到了，兒子必須——」

「糊塗！」傅元陽怒聲道。「平時看你一副精明的樣子，怎麼遇事這般不知輕重！」

傅青川的事，明顯就是雲家和傅青軒聯手所為，既然能說動官府出面，代表雲家已經打通了上面的關節。

聽說雲家退了傅青川這門親事後，給那個女兒找的夫君可是當今太子殿下的小舅子。

自古民不和官鬥，何況人家那麼大的來頭！

萱草商號又怎樣？不過是操賤役的商人罷了，區區一個大掌櫃，怕是塞牙縫也不夠！

看來風向又要變了，別說安東，便是江南，從今以後又是雲家的天下了。

雖然以後少不得要受雲家的拿捏，但受些窩囊氣，好歹也比沒了小命強。

「爹，您不能這樣，您不是教孩兒說做人要知恩圖報嗎？」被強行押到房間裡的傅成文隔著窗戶喊道。大掌櫃可是對自己有知遇之恩，不然，自己現在不知還在哪裡浪蕩呢！

傅元陽卻絲毫不為所動。自己是一族之長，要考慮的是整個家族的利益。

「你在房間裡稍安勿躁便好，我會讓人去延請名醫。」

說完再不理傅成文，只管往外而去。

很快，城裡有名的老大夫便被送到了那處簡陋的茅舍中，可惜連去了四、五個，都是搖著頭嘆息而出。

傅青川已經病入膏肓，便是神仙出現也無力回天……

「真的？」葉氏聽聞這個消息，高興得像什麼似的，忙命人擺上香案，焚香禱告，謝菩薩保佑。

「只是，還是有些麻煩。」侯勝頓了頓，瞧了眼臉色蒼白，強撐著坐在椅子上的傅青軒。

「怎麼？」葉氏頓時一愣。

侯勝嘆了一口氣。「就是那兩個小崽子。」

怪不得自家和萱草商號的生意會終止，原來傅青川身邊的那俊美公子竟是萱草商號的重要人物，而且那人已然揚言，傅家對其有大恩，即便傅青川不治，他們也必將傾盡財力尋找失蹤的兩位小少爺。

若真被他們找到傅珩、傅玥的行蹤，以萱草商號財力之巨，怕是他們根本就無法抵禦！

「老夫人。」早就不耐煩的魁梧大漢插口道：「侯林以為，目前最好的辦法就是一不做二不休，斬草除根！」

當初，自己本就想讓手下兄弟做掉這兩個小兔崽子，都是傅青軒這個病秧子，說什麼留下這兩個小崽子，要是傅家兄弟回來，必可有大用。現在倒好，大用沒見著，整個大累贅罷了！

傅青軒臉色更白，手狠狠握了一下，卻是沒說一句話。

葉氏則是連連點頭。「還是侯林想得周到，就按你說的做。」

侯林滿意地笑了。

「好，老夫人果然殺伐決斷，侯林忙完商號事務，就馬上安排。」

說完也不理傅青軒，只衝侯勝點點頭。「爹，你們等我的好消息。」

侯勝面上似有些不忍之色，看到葉氏殷切的神情，又把頭扭到了一邊。

侯林剛離開，傅青軒也站了起來，說要去安東檢查貨物，也離開了傅宅。

侯林回到商號中不久，便有人匆匆進來，附在他耳旁低聲說了句什麼。

侯林冷笑一聲，轉頭對著隨後趕來的侯勝道：「爹，我早說過傅青軒是個不成事的，果然不出我所料。」

侯勝怔了片刻，臉上卻沒有多少笑意，半晌才黯然道：「傅家人，唉！」

當初老爺也是這般性子，所以自己才會儘管和翠蓮恩愛情濃，卻是無論翠蓮如何央求，都不願在老爺活著時背叛他。

本想著傅家三位公子都沒了，自己就幫著翠蓮得了產業，也算回報她一生的情意了，哪料到到頭來，手上還得染上傅家人的血。

「處置了那萱草商號的人便罷了，切不可傷了青軒。」

侯林眼睛閃了閃。「我曉得，爹您放心就是。」

說著起身扶了侯勝去了後堂。

傅青軒騎了馬，快馬加鞭往槐山而去。

因為速度太快了，傅青軒幾度差點被馬顛下來。

一路疾奔，終於在將近正午時分，來到槐山的野林坡。

傅青軒下馬歇息片刻，整了下衣襟，又洗了把臉，這才往坡上而去。剛走了幾步，前面忽然轉出幾個手拿砍刀的山賊。

「站住！」

傅青軒忙從懷裡掏出權杖遞過去。「是我，傅府的傅青軒，侯林大哥讓我來的。」

那些人也看清了傅青軒的模樣，那小頭目正好認得傅青軒，一擺手，瞧著傅青軒清雋無匹的容顏，不由嚥了口口水。

「原來是傅公子啊，怎麼，又來瞧那兩個小崽子？」

心裡暗暗嘀咕，這小子也不知怎麼長的，竟是比娘兒們還好看，奶奶的，真想抱到懷裡親幾口！

忙讓其他手下接過揹在傅青軒身上的美味酒菜，自己則伸出肥厚的大手，一把握住了傅青軒修長的手掌。

「走吧，傅公子，老劉送您上去。」

傅青軒強忍住內心的不適，任賊人半拖半拉地往山上而去。

只是那賊人怎麼也沒想到的是，一向高傲的傅公子今日裡竟是隨和得緊，傍晚時分，竟和大家一起開懷暢飲，眼看著那素來清冷的美人兒腮燃桃花，明媚異常，這下不只那小頭目，便是所有參宴的賊人都大張著嘴巴，看得直流口水。

終於，做二把交椅的何奎再也忍不住，上前抱住傅青軒，借酒裝瘋道：「公子和俺睏一覺吧，就是讓俺何奎死了也甘心了！」

哪知傅青軒也彷彿喝醉了，竟就勢歪倒在何奎懷裡。

何奎大喜過望，俯身抱起傅青軒就踉踉蹌蹌往後面而去。

被謝彌遜抱著藏在橫梁上的霽雲簡直目瞪口呆。

傅青軒是不是腦子有問題啊？竟然就這樣把自己給送出去了？

念在他也是想救兩個孩子，這次就算了。

霽雲捏了下謝彌遜的掌心，謝彌遜忙低下頭來，她湊過去，附在謝彌遜耳旁低聲道：「咱們去瞧瞧。」

霽雲的聲音很輕，說話時，撲出的溫熱氣息令謝彌遜的耳垂登時變成了粉紅色。謝彌遜的臉如灌了血一般，只覺耳裡一陣轟鳴，竟是傻在了那裡。

看謝彌遜半天沒反應，霽雲忙又推了一下。「阿遜。」

再不快些的話，傅青軒說不定都被人吃乾抹淨了！

謝彌遜終於回過神來，身子一歪，差點從簷上摔下來，好在下面的人仍是喝得熱鬧，沒有人注意到上面的異常。

謝彌遜抱緊霽雲朝著何奎和傅青軒離開的方向急追而去。

到了房間外，兩人並未貿然進房間。

謝彌遜四處觀察了一番，確定附近沒人，才在食指上吐了口唾沫，輕輕捅破窗戶紙，兩人臉上登時一紅。

床上被褥散亂，何奎高大的身子正死死壓著下面瘦削的身軀，一隻手胡亂地撕扯著傅青軒的袍子，另一隻手在傅青軒身上不停揉搓，嘴裡還「心肝呀，寶貝呀，疼死我了」叫個不停。

謝彌遜反應很快，一把將霽雲的頭摁在懷裡，拿劍輕輕撥開門閂，搶步而入。

同一時刻，床上的何奎突然一聲悶哼。

謝彌遜一怔，傅青軒已經推開何奎笨重的身體，艱難地從床上爬起來。被撕爛的袍子裡，兩粒粉色的茱萸已被啃咬得紅腫不堪，完好的衣服上卻是暈染了大片鮮血……

傅青軒似是沒料到會看見謝彌遜，也愣在了那裡。

霽雲恰好此時探出頭來，謝彌遜一邊麻利地再次把目瞪口呆的霽雲摁在懷裡，一邊抬手揮下床邊兩側的帳子。

片刻後，傅青軒終於爬下床，手裡還抓了一串鑰匙。

看清兩人是誰，傅青軒臉色更加蒼白，卻抿緊了嘴唇，並不說話。

謝彌遜又探頭往帳子裡瞧了下，也是一驚。何奎心窩處是一個碗大的窟窿。

真想不出那麼一個纖秀如女子的男人，竟也如此心狠手辣。

傅青軒也不理兩人，只管跌跌撞撞往前走，只是走起路來，兩條腿卻明顯有些異常。

霽雲愣了片刻，恍然想到傅青軒趕來時快馬加鞭，這模樣，八成是大腿內側的皮磨破了。

當下也不點明，只輕輕叫了聲：「十一。」

一個鬼魅般的人影登時躍下，一把抱起傅青軒。

傅青軒登時驚怒交加，低斥道：「你做什麼？滾開！」

霽雲頓時無語。這人有毛病吧？方才瞧著那般滿不在乎，這會兒又……不對！這傅青軒方才定然是第一次那般被人輕薄，這會兒反應才這麼大吧？

她放緩了口氣輕聲道：「公子勿怪。那是雲兒的人，救人要緊，若有冒犯，還請恕罪。」

「你的人和我有什麼相干？」傅青軒卻毫不領情，一把推開十一，執意一瘸一拐地往前走。

「我並不是你三哥，需要你這般維護！」

啊？霽雲愣了一下。這話怎麼說的？若是不知道兩人敵對的關係，一定會認為這人在吃醋。

看傅青軒堅持，霽雲無法，揮手讓十一退下。

好在傅青軒雖步履艱難，走得倒不慢，不過片刻便領著二人到了一個黑暗的囚室旁。

霽雲忙從懷裡拿出一顆夜明珠，傅青軒見了也驚了一下。竟然隨便出手，便是這般大顆的夜明珠！

當下定了定神，一把把地在鎖上試著，終於，啪嗒一聲，他打開了囚室。

霽雲忙舉高手裡的夜明珠。黑暗裡，正瞧見兩個骨瘦如柴的孩子瑟縮在角落。

「阿珩，阿玥！」霽雲眼睛頓時紅了，方才對傅青軒僅有的一點同情又煙消雲散，狠狠推開傅青軒。「讓開。」

傅青軒被推得撞在了牆上，卻是紅著眼圈沒說一句話。

霽雲也不理傅青軒，看十一、十二已經抱起兩個孩子，剛要招呼謝彌遜離開，外面忽然響起一陣急促的腳步聲，隨即，本是黑沈沈的牢房一下亮如白晝。

「萱草商號的大掌櫃是吧？真是稀客啊，既然來了，幹麼這麼急著走啊？」

眾人回頭，那獰笑著一步步逼近的彪形大漢，正是侯林。

第二十六章

看著被圍在中間的幾人，侯林輕蔑的眼神之外，更多的是得意。這樣一起料理了，省得再有什麼後患。

「侯林，你——」意識到侯林的想法，傅青軒臉色難看，張開雙臂護在抱著孩子的十一、十二身前，喘著氣道：「他們還小，你莫要……」

「傅青軒，怪不得你娘罵你沒出息！」侯林冷冷瞧著傅青軒，表情猙獰。「本來念在你引來了這幾條大魚，我爹又一再替你說情，我還想著不和你計較了，沒想到你竟敢殺了我的兄弟！」

聽侯林如此說，他身後的賊人頓時鼓譟開來。「做了這小子，給二哥報仇！」

那引領著傅青軒上山的小頭目卻是咬牙切齒道：「不能這麼便宜了他！二哥不是到死都想嘗嘗這小子的滋味嗎？咱們不能讓二哥帶著遺憾走！」

當即就有人轟然回應。「那是自然！咱們就在二哥的身前幹死他，然後再讓他給二哥陪葬！」

「好！」

霽雲聽得瞠目結舌。這些人難道真當自己等人是死人不成，竟是如此肆無忌憚？瞧他們看著傅青軒時眼裡的綠光。

「好！」侯林一揮手，那些賊人終於安靜了下來，轉過頭來瞧著仍然黑巾蒙面的霽雲幾個陰笑道：「這幾位應該就是萱草商號的重要人物了，怎麼，這個時候了，遮遮掩掩有用嗎？還不爬過來受死！」

「快爬過來舔爺的腳趾頭，爺說不定善心大發，讓你們死得舒服些！」那些賊人手持武器就圍了上來，個個模樣輕鬆無比，一副手到擒來的模樣。「還萱草商號大掌櫃！我呸，什麼小娘養的！」

「一幫子蠢材！」霽雲嘆了口氣，緩聲道：「十一、十二。」

當即有賊人大笑出聲。「這小崽子明顯是嚇傻了吧？竟然還數數。」

話音未落，只覺脖子一涼，一個鬼魅般的聲音隨即在耳旁響起。

「敢笑話我主子。」

同一時間，十二的劍下也有幾個人倒下，被殺的眾人無一不是一劍斃命。

霽雲一把拉過仍然呆愣愣僵立在旁邊的傅青軒，謝彌遜則是輕鬆地一劍削去一個想要靠近霽雲的賊人頭顱，那頭顱飛出去，一直滾到了侯林的腳下。

看到身前雙眼外凸、死不瞑目的兄弟，侯林頓時驚出了一身冷汗。

不過短短片刻，自己手裡的兄弟就交代了數個之多，他瞧著霽雲等人又驚又怒。

「好、好，好一個萱草商號！」

怪不得這間商號可以在短時間崛起，原來手下竟有這麼多棘手的人物嗎？

只是那又如何？這裡可是槐山，自己的地盤！他眼中一寒，忽然指著人群中的霽雲、阿遜等人道：「擒賊先擒王，先殺了他們再說！」

侯林算盤打得精。很明顯，那兩個武功高強的奴才護著的，定是萱草商號的首腦。只是兩個奴才太過厲害，說不定先攻擊他們的主子，那兩個奴才就會投鼠忌器之下慌了手腳，一旦他們自己亂了陣腳，再對付他們必定容易得多。

當然，方才阿遜一劍剁掉了顆人頭的樣子他也瞧見了，只是侯林早已經認出，阿遜就是那日跟在傅青川身後的貴公子。不過就是一個養尊處優的公子哥兒，又能厲害到哪裡去？

至於那被殺的兄弟，自然也就被侯林歸到了倒楣蛋一類。被個手無縛雞之力的公子哥兒給一劍削掉了腦袋，那不叫倒楣叫什麼？

只是奇怪的是那兩個侍衛好像沒長眼睛一般，理都沒理那些朝霽雲等人衝過去的山賊，仍然猛虎出柙一樣朝著侯林等人撲過來。

倒是傅青軒臉色一變，忙用力推了下謝彌遜。

「不用管我，快帶阿珩、阿玥走。」說著，抖抖索索地從地上拾起把刀就想衝出去拚命。

霽雲不由扶額。大哥，您自己站都站不穩，這樣衝出去，不是明擺著送死嗎？忙死死拉住傅青軒衣角。

「別動。」

看霽雲接二連三攔著自己，傅青軒也很是惱火，怒聲道：「你這孩子，怎麼這般胡攪蠻纏！讓你快走就走，囉嗦什——」

一句話未完，臉上忽然一熱，傅青軒順手一抹，還想要罵醒旁邊疑似嚇傻的一大一小，卻在看清自己手上沾的東西是什麼之後，徹底僵在了那裡，半晌，終於捂住肚子乾嘔起來。

任何人看到自己手背上忽然多出熱呼呼的人眼珠子，都會受不了吧？

一直在後面指揮的侯林也注意到了這邊的異狀，抬眼看過來，差點沒暈過去。

自己要殺的那幾個人還好好站在那兒，倒是他們周圍一片殘肢斷臂……

「老大。」一手忽然被人拽住，侯林低頭，卻是一個兄弟，正捂著被開膛破肚後不斷流出的腸子。「那人是……魔鬼，好……痛……殺了我吧……」

侯林這時才明白，為什麼那兩個護衛根本就不管他們的主子，原來那個貴公子根本就是比他們還要厲害的存在——不，那不是貴公子，那是嗜血修羅！

「後退！快，後退！」侯林嘶聲道。

其他賊匪也意識到不妙，以對方武功之高，自己這些人撲過去，無疑等於羊入虎口，馬上如潮水一般往後退去。畢竟他們更熟悉山上的環境，雖然片刻之間又在地上留下十多具屍首，還是很快退到了安全地帶。

侯林臉色鐵青。縱橫安東這些年，還是第一次損失這般慘重，更讓人不能接受的是，竟是在自己的地盤上！

「準備弓箭！既然你們這麼不識抬舉，那就等著變成馬蜂窩吧！」

侯林此話一出，圍牆上便出現了一排弓箭手，箭尖正對著霽雲幾個。

哪知被圍在中間毫無任何遮蔽的幾人毫無慌張的模樣，謝彌遜甚至慢悠悠地扯下蒙臉的黑巾，漫不經心地擦拭著寶劍，那俊美如斯的容顏襯著四周的血海屍身，說不出地詭異可怖。

那個一心想要睡了傅青軒的小頭目最先受不住，兩腿一軟就癱在了地上。

侯林臉色一寒，手猛地揚起。「射。」

噗噗，一陣利箭入肉的聲音傳來，卻沒見箭雨飛來，被圍在中間的霽雲等人自然仍舊毫髮無損。

「怎麼回事？」侯林大怒，忙回頭去瞧，卻一下驚得目瞪口呆。

自己手下那些弓箭手都歪倒在一邊，每人胸口處都有一枝利箭穿胸而出，而方才那些弓箭手的位置，卻是另外一些一模一樣的黑衣人，每人手裡一張硬弓，森冷的箭尖正指著他們這百十個人。

阿遜看都沒看眼睛幾乎要瞪出眼眶的侯林等人，把劍插回鞘中，對著面前不知什麼時候突然多出的黑衣人道：「阿律，慢了些。」

黑衣人咧了咧嘴角，神情明顯有些鬱悶，卻還是行禮後靠近謝彌遜和霽雲，小聲稟報著什麼，只有那不時投射過來的眼神讓侯林頭皮發麻。

「你們絕不是什麼生意人！」看著那行動整齊劃一的一隊黑衣人，侯林終於意識到不妙。這般矯捷的身手，這般凜冽的氣勢，哪裡是區區一個商號會擁有的，分明是一支久經沙場的勁旅！

「你們到底是什麼人？」

「老大，難道他們是官府的人？」這次不只是侯林，便是他身後那些賊人也都慌了手腳。

「拿下他們。」霽雲淡然開口。「特別是那個侯林。」

傅府大宅祠堂中。

葉氏一身盛裝，居高臨下地俯視著供桌上排列整齊的傅家祖上靈位，最後定在傅成峰的牌位上，臉上的表情說不清楚是喜悅還是悲傷。

傅青川應該已經死了吧？侯林已經趕回槐山，說是要親手結果那兩個小崽子的性命……

終究，這世上你不過只有青軒一個兒子罷了，我也才是真正的傅府夫人，誰都無法撼動！

「傅成峰，當初你棄我如敝屣，可曾想過你的兒孫會遭此報應？」

「是嗎？自古不都是惡人遭報應嗎？俗語有云，不是不報，時辰未到，葉氏，妳不覺得高興得太早了嗎？」

門外忽然傳來一聲朗笑，然後，祠堂厚重的大門一下被人推開，那過於燦爛的光線使得葉氏不覺捂住了眼睛，再移開手時，卻是一呆。

那被綁著推進院子裡的，怎麼是侯林？

侯林兩條腿都被卸掉了，便是胳膊也僅剩下一隻罷了，可見此前搏殺之慘烈，再看看那眼含煞氣逼視著自己的謝彌遜和霽雲，葉氏旋即明白，事情怕是敗露了。

果然讓他們找到了那兩個小兔崽子的下落！

眼睛突然落到一旁失魂落魄、垂手而立的傅青軒身上，她明白過來，忽然撲過去，瘋了一般掐著傅青軒的脖子道：「畜生！是不是你引了他們去？是不是，是不是……」

傅青軒垂著兩手，緩緩閉上眼睛，卻是一動不動，直到身子慢慢軟倒在地上。

「喂，妳這個瘋婆子，他可是妳兒子。」看傅青軒臉色逐漸青紫的樣子，再不阻止，怕是真會被葉氏給掐死，霽雲忙一推十一。十一雖有些不願，還是上前反剪了葉氏，霽雲忙扶住軟倒下來的傅青軒，哪知卻被狠狠推開。

「不要你管。」

說著，跌跌撞撞就朝葉氏而去，卻被葉氏狠狠地朝臉上抓了一下，玉一般的臉頰上，登時留下幾道嚇人的血痕。

「孽子！我只恨自己瞎了眼，沒有在你出生時便溺死你！」

十一忙要把葉氏推開，哪知傅青軒卻紅著眼睛，死死抱住葉氏不放。

霽雲皺眉，剛要開口，門忽然再次被狠狠踹開，謝彌遜剛要呵斥，卻在看清來人時愣了一下。

卻是侯勝推了被五花大綁的傅青川而來。

「侯勝，你大膽！」霽雲再顧不得傅青軒，一下站直了身子。「快放了我三哥！」

侯勝一眼看到躺在地上奄奄一息的侯林，和被十一箝制著的葉氏，神情頓時更加瘋狂，放在傅青川脖子上的手猛一用力，便有鮮血順著鋒利的刀刃汩汩流出。

「想讓我放了他？好，那就放了林兒和翠蓮，不然，你們就等著給傅青川收屍！」

霽雲頓時有些著慌，卻被謝彌遜箍在身邊一動不能動。

「想保你兒子的命，就拿穩手裡的刀，否則……」

阿遜說著，忽然抬腳狠狠往侯林殘存的右臂上碾壓，一陣骨頭的碎裂聲傳來。本是昏迷的侯林忽然清醒，看到神情冷酷的阿遜，神情頓時驚恐至極。

「魔、魔鬼，魔鬼！」

一回頭，恰好瞧見侯勝，匍匐著就向侯勝爬去。「爹，救我！爹，救救孩兒！」

侯勝猛一哆嗦，拿刀的手頓時一軟，青川順勢側身，一把奪過那鋒利的尖刀，反手一推就送進了侯勝的心窩。

「勝哥！」瞧著侯勝的身體慢慢軟倒在地，葉氏掙脫十一的手，瘋一樣地朝著侯勝撲了過來。

侯勝愣了愣，怔怔瞧著連滾帶爬撲在自己身上的葉氏，終是慢慢閉上了眼睛。

「啊……」葉氏抱著侯勝的屍身，彷彿傻了一般。

為什麼現在才明白，什麼金銀珠寶，什麼老夫人的名頭，都不如那個愛自己、護自己的人活著重要啊！

傅成峰，為什麼當初我要認識你，不然我也一定可以和勝哥快活一生吧？

「三哥。」霽雲也跑了過來，看著傅青川頸邊，鮮血還在汩汩往外流，頓時心痛至極，慌忙踮起腳，想要幫青川包紮傷口。哪知坐在地上的葉氏忽然拔出侯勝胸口的匕首，朝著傅青川就撲了過來。

「是你！你殺了勝哥，我要殺了你！」

正好奔過來的傅青軒愣了一下，反身就撲到傅青川身上，隨著噗的一聲鈍響，葉氏眼睜睜瞧著自己的刀深深沒入兒子的後心處。

葉氏慢慢張開染滿兒子鮮血的雙手，眼睛僵硬地慢慢下移，最後定在傅青軒軟倒的身體上，忽然淒厲地慘叫一聲，奪門而出。

「你……」傅青川霍然回身，接住滿身是血的傅青軒。

傅青軒那雙瞧著青川的眼裡寫滿了乞求。

「青川，放過、放過我娘，好不好……」

顧不得越跑越遠的葉氏，青川死死托住傅青軒瘦弱的身體，只覺眼睛慢慢發熱。

「你怎麼這般傻？她不配做你的娘。若不是她，你怎麼會變成現在這般……」

如此虛弱而眼含乞求的傅青軒，漸漸和那個九歲時才被二哥偷偷帶出院子、靦覥美麗的男孩重疊在一起。

那時，正是六月榴花紅，男孩蒼白的臉頰上落了一瓣火紅欲燃的榴花，使得男孩的病弱之外更增了一分凡塵沒有的淒美。

二哥俯身捏了捏看呆了的自己的小鼻子，溫聲道：「這是你青軒哥哥，快喊人。」

「青軒哥哥……」

傅青川身體一晃。他們是兄弟啊，為什麼會變成今天這樣？眼淚再也止不住地重重落下，一滴滴落在神志已經有些昏沈的傅青軒臉上。

傅青軒的眼睛緩緩張開，那滿是死氣的鳳眼倏地溢滿了無限風情。「青川，你……方才……喊我什麼？」

從懂事起，自己就和娘在一個四面都是高牆的院子裡生活。

從來沒有人告訴自己，高牆外是什麼。

直到有一天，娘把勝叔迎進屋子，把自己趕了出來。自己縮在牆角裡，看著那完全陌生的世界，真是驚恐至極。

也就是那一次，自己第一次見到了因為撿一只風箏而跑得滿臉是汗，卻仍是好看得和畫裡人一般的二哥傅青羽。

當二哥把自己寒冰一般的小手焐在熱熱的掌心時，自己第一次明白了，原來這世上除了天上的太陽，以及從來都是冷若冰霜、遙不可及的娘親外，還有一種更加真實的溫暖，那就是兄弟……

第二十七章

「你們竟然動手殺人？」門外忽然傳來一聲怒吼，霽雲回頭，卻是傅元陽帶了一幫族人匆匆趕來。

剛進門，就瞧見一身是血的傅青軒和明顯已經沒了氣息的侯勝，臉色頓時更加陰沈。

方才葉氏忽然一身是血地從傅宅衝了出去，一頭扎進了滄河之中，到現在還沒打撈上來，現在這府裡竟又是這般模樣！

阿遜身子一動，傅元陽嚇了一跳，忙厲聲道：「都別動，官府衙差很快就到。」

阿遜抬眼瞧了傅元陽一眼，傅元陽也不知怎麼回事，竟然到了嘴邊的喝斥又生生嚥了回去，本是擋在前面的身子下意識地讓開，眼睜睜瞧著阿遜上前一步，伸手拔出傅青軒後心處的匕首，血雨頓時如箭一般地噴了出來。

「你幹什麼？」傅青川大吃一驚，揮手就要去打阿遜，卻被霽雲抱住。「三哥莫慌，阿遜是在救人。」

「救人？」傅元陽也反應過來，氣得鬍子都是抖的。「說什麼救人，這明明就是殺人！」又吩咐族人道：「馬上把他們綁了，衙差很快就來！」

那些族人應了一聲，或拿鐵鏟或拿石頭，就想往裡衝。

「喂，你們做什麼？」傅成文終於從家裡跑了出來，聽說父親帶著人去傅宅抓人了，嚇得魂兒都飛了，大吼一聲就擋在了門前，一面喝令族人快退下，一面苦著臉對謝彌遜和霽雲道：「大掌櫃，都是屬下辦事不力。」

沒想到兒子這般執迷不悟，傅元陽氣得鬍子都是抖的。「先把這個孽子抓了，再處置其他人！」

「爹！」傅成文撲通一聲就跪倒，央求道：「您就聽兒子一次，他真的是我們萱草商號大掌櫃！」

傅成文此言一出，不只眾族人，便是傅青川也大吃一驚。早想過阿遜和雲兒應該來歷不凡，可怎麼也沒想到，竟是萱草商號的當家？

那個年紀輕輕的貴公子，會是萱草商號的掌舵者？開什麼玩笑！那些族人本來想笑，卻突然想到，怎麼忘了，二少爺可是萱草商號的管事，怎會連自己的當家都認錯？

對了，自家的東西還想託二少爺賣給萱草商號呢……

這樣想著，神情頓時就有些猶疑，雖然舉著手中的武器，卻是不敢再往裡衝。

「真是糊塗！」看到此情景，傅元陽氣得枴杖在地上搗得篤篤響。「他再是萱草商號的當家又怎樣？不過一介卑賤商人罷了，還能大得過國法律例？」

「什麼卑賤的商人？我家遜兒也是你這樣的庶民可以妄加評論的？」一個威嚴的聲音忽然在門外響起。

傅家橋族人嚇了一跳，忙回頭去瞧，卻是一個身著紫色長袍的中年男子。

男子生著一副清臒的面容，長眉入鬢，鳳眼斜挑，唇下還有幾縷美髯，就是那樣靜靜站著，卻是讓人生出仰慕之意。

那些族人嚇了一跳，不由慢慢移開身子，屋裡的情景頓時一目了然。

倒是正為傅青軒縫合傷口的阿遜臉色忽然一白，頓時僵在了那裡。

中年男子瞧見了阿遜的背影，臉上神情明顯激動無比，不由自主上前一步。

「你是遜兒，你是遜兒，對不對？」

緊跟在男子身後的謝蘅臉色頓時很是難看。明明自己才是爹的親生兒子，為什麼爹的眼裡從來都只有那個雜種？

「美人兒！」一聲驚喜的叫聲同時傳來，卻是魏明亮。他本來很是不滿爹爹為什麼要帶自己來這窮鄉僻壤，哪裡料到竟有這般奇遇。

那日被哥哥踹回府後，魏明亮又偷偷跑到街上找了很多次，卻再沒見到那美人兒的影子。

這麼多日子以來，他輾轉反側、茶飯不思，作夢都想再見一見那個美人兒。沒想到這會兒突然見到了自己心心念念的人，頓時有些忘乎所以，再瞧瞧那些虎視眈眈圍著房間的傳家橋人，忽然明白，怪道自己找不著人，原來美人兒是被困在這裡了。

他奪了把刀就衝了進去，伸開胳膊護住謝彌遜。

「美人兒，別怕，有小爺在，看他們哪個敢張狂？」又衝那些族人揮刀子。「敢和爺搶人，也不打聽打聽爺是誰！」

一直小心翼翼在後面伺候的魏如海險些沒嚇暈過去，撲通一聲就跪倒在紫衣人面前。

「公爺恕罪！」

一邊對同樣渾身發抖的長子魏明成道：「還不快讓那個孽畜給公子賠罪！」

魏明成不敢怠慢，穿過人群，上前就踹了魏明亮一腳，自己也順勢跪倒在阿遜身前。

「公子恕罪，弟弟冒犯了公子，或殺或打，就交由公子處置。」

「哥，你說什麼呢？什麼公子，這明明是我的——」魏明亮還在迷糊，一大早就被爹揪過來，說是要來尋謝家的公子，自己不是跟著來了嗎？

我的美人，我的美人……

魏明亮眼睛忽然睜得溜圓，眨也不眨地瞧著謝彌遜。

「你你你——你就是、就是我爹說的，謝公爺家的公子？」

話音未落，被魏明成反手狠狠一巴掌。

「還胡說，還不快給公子磕頭認罪！」

「嗚。」魏明成這一巴掌揍得著實狠了些，魏明亮只覺嗡地一下，頓時鼻血與眼淚齊飛。美人兒是謝家的人，那豈不是意味著自己的美人兒真的飛了？自己這一輩子都不會有什麼希望了……

這樣一想，頓時痛心至極，竟是趴在地上哭得上氣不接下氣。

傅元陽冷眼瞧著這一切，不由暗暗冷笑，什麼謝家的公爺，這大楚被稱作公爺的謝家人也就上京謝家罷了，怎麼會來到傅家橋這樣的小地方來？

自己可不信，謝家那樣富貴滿門的王侯之家會允許家中後輩去操賤役！

「喲嗬，這裡面真熱鬧啊！」又是一陣笑聲傳來，傅元陽抬頭，卻是縣裡的差役到了，忙小跑著迎上去，很是恭敬地對為首的差官道：「官爺，你們可來了，屍首還在屋裡擺著呢，一個都沒跑！」

那官差自來是威風慣了的，看這滿院子的人除了這個老頭外，竟是沒人搭理自己，頓時就有些氣悶，自顧自地就要朝中間的椅子坐下，卻被人一下拽住。

「朱永，大人面前哪有你的座位！」

朱永頓時有些著惱，一把推開拽著自己的人，抽出腰刀怒道：「你誰呀？敢在朱爺面前撒野。」

卻在看清來人的面容後，手一鬆，刀就掉了下來，臉上露出比哭還難看的笑容。「齊大人。」

這不是郡守府的大捕頭齊勇嗎？怎麼在這裡？

還有，齊勇說「大人在此」，齊勇的大人不就是郡守魏如海嗎？

想通了其中的關係，朱永很是麻溜地跪了下來。

不到片刻，縣令周元也聽到了消息，快馬加鞭趕了來，連滾帶爬地跑進院裡，一眼就看見臉色鐵青的魏如海，嚇得撲通跪倒在地，衝著魏如海連連請罪。

哪知魏如海卻是轉向一直默不作聲的中年男子，聲音恭敬至極。

「公爺，您看……」

從周元來到院子就臉色不好的傅元陽終於受不住刺激，兩眼一翻，暈了過去。

完了！竟然真是接連出了三代皇后的上京謝家……

謝明揚親自伸手攙起周元。「周大人免禮。既然人都齊了，老夫以為，不妨就在這裡設下公堂，把案子結了吧。」

「是、是，但憑公爺作主。」周元邊擦汗邊連連應道。

「如海也陪同審理吧。」

謝明揚吩咐了一句，便撩起袍子拾階而上，其他人都懂事地恭送謝明揚，並沒有人跟上去。

早有官差利索地上前拖了侯勝和侯林出來，十一也抱起傅青軒，十二扶著傅青川，慢慢走出祠堂，霽雲卻是重重抱了一下始終低垂著頭的謝彌遜。

「阿遜，我在外面等你。記得，你不是一個人，你還有我。」

阿遜用力抱了一下霽雲，啞聲道：「放心，我很快就去找妳。」

厚重的祠堂大門終於關上，謝明揚伸手就想去拉阿遜，眼前卻是劍光一閃。

謝明揚低頭，一把明晃晃的寶劍，劍尖正抵著自己胸口。

「別靠近我。」謝彌遜渾身上下都是毫不遮掩的厭惡。

「遜兒。」謝明揚神情淒涼。「你就這麼恨我？跟舅舅回去吧，你娘臨死時囑咐我，一定要撫養你長大成人，讓你娶妻生子。玉兒也及笄了，你們的婚事也該辦了。」

「又在說笑嗎？」謝彌遜神情譏諷。「你們謝家的小姐，又豈是我這樣父不詳的低賤之人可以高攀得起的？」

「遜兒，你渾說什麼？」謝明揚微微皺眉。「什麼低賤之人？即便不論才貌，單憑你是我謝明揚的甥兒這一條，這世上有幾人可以和你相比？再莫要如此輕賤自己。」

瞧著謝彌遜，他內心複雜無比。

數年不見，遜兒更加丰神俊朗，更難得的是這分才氣。短短數年時間，竟是不靠任何一個人便創下了一份家業。當然，這些黃白之物，以謝家之豪富是絲毫不放在眼裡，但足以看得出阿遜的才華與心胸。

果然不愧是那家人之後……

「你的甥兒？」謝明揚不提這一句還好，聽謝明揚如此說，謝彌遜的脊背繃得越來越直，手忽然按上劍柄。

看著瞬間宛若鬼煞的謝彌遜，謝明揚只覺渾身寒毛都豎了起來，不覺後退一步。「遜兒，你怎麼了？」

「我怎麼了？哈哈哈……」謝彌遜忽然仰天大笑，只是明明是笑，聽在人耳中，卻是比哭還刺耳。「你真的是我的舅舅嗎？真的是嗎……」

沒有人知道，曾經，自己對這個世間唯一有血緣關係的人多麼依戀、孺慕。雖然從小沒有爹娘，雖然背著人，即便是下人也敢欺凌自己，可自己也從未恨過、怨過，因為不論如何，自己還有舅父啊！舅父於自己，不但是爹、是娘，甚至是天，是自己活在世間最溫暖最幸福的支撐。

可誰能料到，就是這樣一個自己心中如神一般的存在，竟對自己懷有那般卑鄙的念頭！

若是自己當年沒有逃出謝府，怕是早就被毀了吧？

流浪在這個世界上這麼多年，自己更是想明白了很多，有哪個真心愛孩子的長輩，會任由孩子聲名狼藉而不加以管教？即便是比自己還年幼的謝蘅，也曾因做事不合法度而被這位舅舅鞭笞，倒是自己，不管做什麼，謝明揚卻是從未責罰……

自己當初真傻啊，竟是仗著這樣淺薄的愛肆意妄為、無法無天……

「你們謝家儘管金玉滿堂，卻與我無半點干係。」阿遜瞧著謝明揚，神情冰冷。「稍後，我會讓人奉上十萬兩銀票，以酬答謝府收留十年的恩德。我和你就此別過，唯願從今以後和謝府再無半點干係。」

說完，阿遜再不瞧謝明揚一眼，推開門，大踏步離開。

看著阿遜決絕的背影，謝明揚神情逐漸變得冰冷。

阿遜，你實在是太不乖了！你明知道舅舅輔佐的是太子殿下，卻竟然還弄了這麼個萱草商號，暗地裡支持楚昭……

也怪不得太子殿下會勃然大怒，若不是萱草商號從中作梗，容文翰的大軍早就一敗塗地了，也不會給了楚昭可乘之機，使得太子殿下的地位如現在這般岌岌可危！

太子若倒了，那謝家數百年的恩典也就到盡頭了……

一干人看房門打開，忙都起身。

謝蘅站在最前面，瞧著一前一後走出來的謝彌遜和父親，心中五味雜陳。

也就是謝彌遜可以在父親面前如此放肆，卻是絲毫不會獲罪。什麼萱草商號，自己可不相信會是那雜種憑自己能力得來的！說不定謝彌遜早就和爹聯繫上了，不然，若不是爹暗中支持，他會有那般如山一般的財富？聽說萱草商號現在可是有錢得緊……

傅家的案子已了結，匪首侯林已抓捕在案，周元很快就得出一個父子勾結想要謀奪傅青川家財的結果。

既然元凶已死，家財自然判歸傅青川、傅青軒兄弟所有。

聽到宣判結果，傅元陽再次昏倒過去，從此臥床不起，族長職責便交由長子傅成玉履行。

「三哥、四哥。」和傅青川、傅青軒一塊兒安葬了傅青羽，眼看已是寒冬將至，霽雲便要和謝彌遜離開。「雲兒要走了，你們保重。」

「雲兒，」一直倚著傅青川，連站立都很艱難的傅青軒忽然開口。「若是青軒說，過些時日到妳的萱草商號做事，雲兒可願意給青軒一口飯吃？」

不遠千里，送二哥歸葬，又保全傅家於危難之中，這般恩典，他便是拿這條命來賠也是不夠的吧？

「三哥可是並未視雲兒如家人？」霽雲認真瞧著傅青軒的眸子，神情懇切。「雲兒家中並無其他兄弟姊妹，二哥當初雖困境之中，對雲兒亦是百般維護，便是三哥、四哥還有大嫂，這些時日無不對雲兒關愛有加。三哥若真疼雲兒，就好好將養身體，莫讓雲兒擔憂才好。」

「傻丫頭，」傅青軒紅著眼圈道。「三哥何德何能，能修來這般蕙質蘭心的妹子？雲兒放心，三哥是真心喜愛從商，絕沒有委屈了自己。除了這件事，我和弟弟還有一件事要求妹妹。」

「三哥、四哥……」霽雲心裡一緊。

「雲兒放心。」這次開口的是傅青川，瞧著霽雲的神情堅毅無比。「沒有完全的把握，我和三哥絕不會莽撞行事。只是無論如何，我們也要知道，到底害死二哥的人是誰。」

阿遜的身分竟是謝府的表少爺，若然連阿遜也無能為力，豈不是說明那害死二哥的人身分之高，猶在謝家之上？

「雲兒。」一直靜默的阿遜忽然開口。「不妨告訴他們吧。」

霽雲眼睛閃了閃，看傅家兄弟竟是無論如何也不願放棄，無奈之下，終於點了點頭。

「好，雲兒告訴三哥、四哥便是。」

說著踮起腳尖，附在兩人耳旁輕輕吐出兩個字。「太子。」

傅青川渾身一震，不敢置信地瞧著霽雲，到最後，終於慘然一笑。

怪不得大哥翻遍了上京每一寸土地也找不到一點線索，原來竟是一國儲君嗎？只是即便是一國儲君又如何，大不了一命換一命——

「三哥四哥切不可做傻事！」霽雲一眼就看出兩人心中所想，當即厲聲道。「兩位哥哥若是相信我，就依雲兒所說，三哥體弱，養好身體後好好守住傅家；而四哥你……」

霽雲眼睛閃閃發亮。果然不出自己所料，剛剛結束的秋闈，傅青川奪得頭名解元，那也就意味著三年多之後的大比……

「三年多之後，雲兒等著在上京喝四哥的狀元紅。」

雖然不知道其中曲折，但可以肯定的是，上一世，四哥確是為楚昭的上位立下了汗馬功勞。

狀元？官場？傅家兄弟都是異常聰慧之人，聽霽雲如此說，很快明白了霽雲話中涵義。

傅青川更是心神激盪，一把握住霽雲的手。「好。雲兒放心，四哥知道該怎麼做了。」

兩人一直站在原地，目送霽雲二人越走越遠，直到再也看不見……

第二十八章

「好了。」阿遜把車簾拉下，語氣微有些發酸。「妳那兩個好哥哥已是看不見了，就躺下歇息片刻吧。」

霽雲瞥了眼阿遜，抿嘴一笑，並未開口。

阿遜只覺心裡益發不是滋味，抬手重重揉了下霽雲的頭。

「沒良心的丫頭！枉我對妳……倒沒有那兩個便宜哥哥來得重要，這麼久了，怎麼沒聽妳喊我一聲哥哥？」

這句話問得霽雲也是一怔。是啊，相處了這許多時日，自己心裡雖是看著阿遜極親近，卻從未想過喚他一聲「大哥」，真是對阿遜不公平呢。

從前也就罷了，而現在……

那個謝明揚離開後，阿遜雖表面上和從前一般無二，可二牛卻不止一次羨慕不已地對自己說，少爺精神怎麼這般好，竟是每個夜裡都要練劍到天亮。

可阿遜哪是精神好，自己料得沒錯的話，他必是太傷心了！還記得，好像初遇阿遜時，這傻小子每日裡便是這般失魂落魄，白日裡會忘記吃飯，甚至夜間，好幾次自己醒來，阿遜都是大睜著眼睛，呆呆蹲在房梁上，那般無助又悲涼……

霽雲握住阿遜的手，認真地瞧著阿遜的眼睛，慢慢道：「若是我說，自己也不知道，為什麼不喊阿遜哥哥，阿遜可是會生氣？只是在我心裡，阿遜就是阿遜，阿遜不是哥哥，卻是最獨一無二的存在……」

即便最絕望的時候，一直都是阿遜陪在自己身邊，可以說若沒有阿遜，便不會有萱草商號，更不會有今天的自己。阿遜一直說他不能沒有自己，可實際上，是自己不能沒有他吧？

「阿遜，其實，有很多時候，我都好怕。」霽雲抬起手，似是想要碰觸阿遜的臉頰，卻又很快頓住。「我怕，等不到爹爹，更怕一覺醒來，卻突然發現，爹爹也好、你也好，不過都是一場夢罷了……」

夢醒了，自己依舊是身敗名裂，為世人所不容，所到之處人人喊打，以致最終累死老父的不祥之人罷了……

「很多時候，我都怕自己會不會打碎這麼美好的夢境……」霽雲喃喃著，慢慢垂下眼。

「阿遜這麼好的哥哥……」

「不要。」阿遜忽然抓住霽雲的雙手，將她往懷裡一帶。霽雲呆了一下，忙要往外推，動作卻忽然頓住。不過幾日，怎麼阿遜便瘦得只餘一把骨頭了？

「這樣就好。」阿遜滿足地瞧著睜著圓溜溜的雙眼，半伏半趴在自己懷裡的霽雲，下巴輕輕抵在她的秀髮上。「妳有那麼多哥哥了，阿遜卻只有一個，從今以後，阿遜只是雲兒一個人的阿遜，雲兒也只是阿遜一個人的雲兒，妳說可好？」

阿遜的語氣實在是太溫柔，使得那般俊雅的容顏彷彿有了一種說不出的蠱惑人心的力量，霽雲一時有些迷醉，剛要點頭，外面忽然傳來一陣馬匹嘶鳴，緊接著，那本來低垂的布簾就嗤啦一聲，整個斷為兩截。

馬車外，十二手捧著斷裂的布簾，臉色一會兒青一會兒白，終於慢慢轉向始終眼觀鼻鼻觀心、彷彿什麼都不知道的十一，神情哀懇。

「十一，你告訴少爺，不是我幹——」

話音未落，就被阿遜一腳踹飛了出去。

看阿遜轉向自己，十一慌忙從懷裡掏出一封信，高高舉起。

「主子飛鴿傳書，說是太傅邊關大捷，祈梁送來國書請和，主子請小少爺速速動身，一起到餘饒恭迎太傅凱旋！」

十二，不是哥哥不講義氣，主子來時可吩咐過，除了用性命保護小少爺的安全外，還必須用性命保證小少爺絕不會被謝彌遜拐了去。現在你不過是挨了一腳罷了，好歹咱們的小命還在，你這一腳也算是值了！

「凱旋？」霽雲臉色忽然難看至極。

自己怎麼把這件大事給忘了！

「阿遜，今天可是十一月朔日？」霽雲握住阿遜的手，臉色發白。

阿遜點頭，明顯覺得霽雲臉色不對。「是啊，出什麼事了？」

「我們現在趕往邊關，需要多少時日？」霽雲卻是緊抓著阿遜，沒有回答阿遜的問題。

「到邊關啊？」阿遜細細思索了一番，掐指算了下。「如今天寒地凍，水道難行，陸路又多山脈，最快的話，怕也得走兩月有餘。」

「兩月有餘？」霽雲身子猛地一晃。「那若是最好的馬匹晝夜兼程，到十二月朔日，可以走到哪裡？」

「一個月的時間，最好的馬匹晝夜兼程的話，當可到距邊關最近的關隘虎牢關。」阿遜很是肯定地道。

「虎牢關嗎？」霽雲臉上終於有了些血色。蒼天保佑，還來得及！

拿出紙筆，她迅速寫好了一封信遞給十一。「你快馬加鞭趕往上京，把這封信交給昭王爺，告訴他，所謂祈梁議和根本是假的。具體情形，我已經在信上寫清楚了，讓他記得，即便事不諧也絕不可輕言撤兵！」

十一聞言一愣，馬上意識到事情重大，當即沈聲道：「少爺放心，十一定不辱命！」

說著又叫來十二，小心囑咐了一番，便即翻身上馬，絕塵而去。

送走十一，霽雲當即讓二牛丟掉馬車，所有人換乘馬匹。

「阿遜，我們馬上趕往邊關。」

「去邊關？」沒想到霽雲竟是真的要趕往邊疆，阿遜頓時鎖緊了眉頭。「這天寒地凍的，雲兒妳怎麼吃得消？」

「阿遜，」霽雲神情堅定。「我必須要去，而且一定要在二十日之內趕到虎牢關。因為……我不能讓我爹，有一絲一毫的危險。」

「妳爹？邊關？」阿遜一怔，旋即明白。「雲兒的意思是妳爹在邊關？」

再聯想到楚昭對霽雲非同一般的關切，阿遜終於意識到，自己的猜想十有八九是真的。

「妳爹是容家現任家主，楚昭口中的太傅，現在的邊關統帥，容文翰？」

「是。」霽雲黯然點頭，抓著阿遜的衣袖都在簌簌發抖。「阿遜，我們要馬上走。」

「好。」阿遜答得乾脆。「今天先找客棧休息，明日一早上路。」

「阿遜。」霽雲想要反對，阿遜卻是搖了搖頭。「商隊傳來消息，說是北方大雪，再加上路途不熟，這般貿然上路，說不定反而誤事。雲兒放心，咱們必能在十二月朔日前趕到虎牢關。阿遜擔保，必不會誤了雲兒見到妳爹。」

說完轉身，急匆匆上馬而去。

霽雲雖是心急如焚，也知道阿遜所言不假，怪只怪自己，竟差點忘了這般重要的事。記得當日爹爹提起戰場之事，曾說當初戰場上，最痛心的莫過於屠城一事，而最驚險也最後悔的，便是這次所謂的凱旋而歸。

九死一生，就是爹爹提起此事時的結論，甚至這場本應明年便能結束的戰役，硬生生又打了兩年之久。

後來爹爹才知道，說什麼祈梁求和，其實卻是祈梁國主病危，國內大局不穩。後來祈梁國主果然在旬日之內病故，祈梁太子為了穩定時局，便使了這麼個障眼法，意圖拖延時間，後來更打著為君王報仇的旗號，全軍縞墨，竟是使得大楚本已穩勝的局勢轉為岌岌可危。

其實，皇上詔令下達之時，爹爹便已有所懷疑，曾上書說便是答應求和，也須給敵人當頭痛擊，使得對手再無還手之力。奈何皇上卻是聖意已決，還派了欽差特使，到軍中督促大軍返回。

爹爹無奈，只得奉命。冷不防剛到奉元近郊，便遭遇了千年難遇的大地震，那些不曾在戰場上殞命的英雄豪傑，卻有將近半數死於地震之中，曾經廣袤無垠的漠北原野，幾乎瞬間成了一片死域。

更諷刺的是，因為當時大軍恰好到達那裡，地震發生後，朝野譁然，竟是把此事歸咎於爹爹殺孽太多，說什麼定然是上天示警皇上，應除去朝中奸臣，直到祈梁悍然攻下居元關的消息傳到上京，才有詔令姍姍而來，不過不鹹不淡地安慰幾句，便催促爹爹重返戰場。以至於三年後，爹爹得勝還朝，六年沙場血戰卻為之一世神傷。

上一世爹爹倒是無恙，可這一世呢？誰敢保證，爹爹這一世仍然不會遭遇危險？而且這一世，自己絕不要那「朝中奸臣」的名號再落到爹爹頭上，所謂一報還一報，這偌大的罪名還是讓那些心懷不軌意圖陷害爹爹的人擔著吧！

所以自己一定要在二十日內趕至虎牢關，阻止大軍開拔！

「謝彌遜忽然扔掉車子，換成了馬匹？」一處不起眼的客棧內，一個一身煞氣的黑衣人慢慢睜開眼睛。「向北的話，豈不是通往邊關的路徑？」

「是。」一個販夫打扮的賊眉鼠眼男子忙點頭。「那我們……」

「跟著他們。」黑衣人神情冷凝。「找到機會除去他們。」

難道竟是被察覺了？自己果然是小瞧了他們。

「特別是那個謝彌遜，不能活捉的話，就殺了他。」

來時太子特意交代，萱草商號必不能再任其存於世間。若是在這繁華之地貿然殺人，說不定會引起不必要的麻煩。現在他們竟然要去往邊關，那真是再好不過了。

北方多窮山惡水，死了幾個人，又有誰會在意？

上京，昭王府邸。

自從祈粱的求和國書送達上京，昭王府邸這幾日便成了車水馬龍的熱鬧之處。

不只那極少部分本就跟楚昭交好的，便是一些本來冷眼旁觀的中立派，也紛紛釋出善意。

送走最後一個拜訪的客人，已是晚膳時分。

看楚昭頂著落日餘暉一步步慢慢行來，老總管忙迎了上去。「王爺，可要用膳？」

楚昭站住，偉岸的身軀在地上投下一道長長的剪影，本是剛毅的眉眼，在數年的朝堂磨礪下，卸去了外在的冰寒，多了些沈穩的雍容。

「讓他們待會兒送到書房吧。」楚昭沈吟片刻，轉向老總管。「我讓你收拾的院子，可安置妥當了？」

「那處朝華院嗎？」老總管忙點頭。「已經收拾妥當了。只是……」想了想，還是委婉道：「那朝華院是咱們王府中最大氣的一個院落，當初設計時，本也是預備王爺將來大婚的住所，現在若是貿然讓人入住，王爺以為可妥貼？」

老總管是看著自己長大的，楚昭明白，老總管是為了自己好，他卻是搖搖頭，含笑道：「總管莫擔心，不就是一處院落嗎？這樣便好，我還怕委屈了她呢！」

三年多時間，不過是以自己的贈金起家，竟能讓萱草商號發展成現今這般的規模，可以說，若不是萱草商號的配合，太傅他們要取得今日這般戰績，根本就是難如登天。

若說太傅的全力維護自己尚可報答一二，那雲兒以女子之柔弱，卻為自己奔波江湖，實在是讓自己既喜又愧。

也只有太傅家，才會養出這般奇女子！

老總管心裡卻是暗暗叫苦。也不知那即將入住朝華院的女子是何方神聖？怎麼會有這般天大顏面……

只是王爺畢竟年輕，這婚姻大事豈可兒戲，怎麼著也得先問一下太傅的意見吧？真是覺得家世樣貌都還說得過去，可以悄悄央求了萬歲爺指婚啊，怎麼這般急躁地就要讓人住進來？難道是那女子地位太過卑微，王爺就想來個先斬後奏？

老總管一會兒默然，一會兒微笑，一會兒嘆息，驚得對面急急跑進來稟報事務的家丁腳下一滑，趴在了地上。

老總管這是怎麼了，難道是魔怔了不成？

一抬頭，卻看見自家王爺正居高臨下盯著自己，頓時嚇了一跳，忙不住磕頭。「王爺恕罪，實在是十一回來了，說是有急事面見王爺。」

「十一？」楚昭緊鎖的眉頭霎時舒展開來。十一回來了，那豈不是意味著雲兒也回來了？

前段時間還聽說他們身在安東，沒想到這麼快就趕回了上京。

「你說十一回來了，在哪裡？」

那家丁也是個機靈角色，看楚昭如此高興，意識到自己這頓打應該是可以免了，猛磕了個頭。

「不然奴才去宣十一到此處面見王爺？」

「不須。」楚昭忙擺手。「孤自去迎她，你快帶路。」

迎他？家丁剛直起的身子差點又趴倒。不是吧？十一什麼時候面子這般大了？竟要王爺親自去接。昨兒個左相來拜訪，王爺也不過送到滴水簷下罷了。

楚昭邊走邊招呼老總管。「你隨我一同去吧，再吩咐他們把晚膳直接送到朝華院。」

一行人急匆匆趕至大門口，看到一身風塵僕僕的十一，老總管的臉最先垮了下來。不是吧，王爺讓自己收拾了這麼多天的朝華院，是要讓十一這臭小子住？

第二十九章

「不能撤兵？」聽了楚昭的稟報，大楚皇上楚琮登時沈下了臉。「昭兒你可明白，若你所言有半點虛假，會是什麼後果！」

「父皇。」楚昭磕了個頭，神色焦灼。「兒臣不敢欺瞞父皇，實在是得到消息，說是祈梁國君病危，所以才假說退兵，其實是為了拖延時間——」

話語卻被楚琮打斷。

「昭兒說的事情，父皇已經知道了，正因如此，那祈梁求和一事才可信。好了，朕累了，你下去吧。」

「父皇。」楚昭頓時惶急萬分。「俗語有云，防人之心不可無，便是祈梁求和是真，邊關三軍也不必這麼快就撤回來呀！待大局已定，再回撤不遲。」

「昭兒。」楚琮不覺皺眉。還以為昭兒沈穩多了，怎麼遇事還是這般毛躁？只是楚琮對這個兒子自來與別的兒子不一般，當下便耐心道：「昭兒，這件事的處置你還要和你大哥學學。如今連年戰爭，民生凋敝，這仗不能再打了。咱們現在雖不能說大獲全勝，卻已是穩占上風，諒那祈梁絕不敢再耍什麼花招！既如此，咱們何不讓他一步，也能昭示我泱泱大國的寬仁之心？」

最後那幾句話卻是太子白日在朝堂所講，當時便得到一片嘉許，人人都說太子真是仁義心腸，而「泱泱大國的氣度」幾個字，也讓楚琮很是受用。寬仁之心？楚昭不由苦笑。那也得看人啊！和祈梁交手這許久，祈梁根本就是個無所不用其極的國家！

「父皇……」

楚琮卻已經沒有再談下去的耐性，搖搖手道：「好了，昭兒你回去吧，父皇累了，要歇著了。」

說著，逕自扶著旁邊伺候的太監的手，蹣跚而去。

楚昭還要再說，卻在看見楚琮皇冠下星星點點的白髮時，閉上了嘴巴。

只是楚琮沒有想到，第二日在朝堂之上，楚昭竟然再次態度強硬地要求邊關人馬暫時不可撤。

「皇弟開什麼玩笑？宣旨特使昨日已然離京，你今天又要父皇派出新的欽差，朝廷大事最忌朝令夕改，況且祈梁求和，正是讓百姓休養生息的大好時機，皇弟萬不可因為一人之得失，而置萬千百姓困苦於不顧！」第一個站出來反對的正是太子楚晗。

楚晗年已三十有餘，生得頗似皇后娘娘，面相雖不失俊秀，卻顯得有些陰柔。

其他百官也像看白癡一樣地瞧著楚昭。果然人心不足蛇吞象，昭王爺腦子進水了吧？如今局面，聖心已定，昭王爺只要安安心心待在京裡，靜待太傅凱旋，已經是穩穩占盡了上風，這會兒偏要出言反對，難道外面傳言是真？昭王爺之所以不願退兵，其實是因為想要擁兵自重？

「父皇。」楚昭重重叩了個頭。「兒臣明白父皇一片仁善心腸，可怕只怕祈梁卻是狼子野心！若真是此時撤軍，那將來若祈梁反悔，我們必悔之晚矣！」

「皇上，冤枉啊！」祈梁特使臉都變了，忙跪下磕頭，內心卻早已是心驚肉跳。早聽說這大楚五皇子非比尋常，今日一見果然名不虛傳，竟讓他看破了主子的心思！幸虧主子早有安排！

特使邊不住磕頭，邊裝模作樣地連連叫苦。「王爺，你們大楚有句俗語，不是說『殺人不過頭點地』，現在外臣不遠萬里從祈梁而來，本是要向大楚表達臣服之心，王爺怎麼這般平空誣陷我們祈梁？難道不怕寒了這天下四方仰慕大楚的小國之心？」

「你——」沒想到這使者如此牙尖嘴利，楚昭頓時大怒，剛要喝斥，楚琮卻是臉色一沈。「好了，還不退下？」

「父皇。」楚昭咚的一聲跪倒在地，額頭上都隱隱滲出血跡來。「番邦自來多言而無信之徒，父皇莫要被他們——」

楚琮臉色頓時不悅至極，看楚昭還要再說，厲聲道：「執金吾，把昭王帶下去！」

楚昭還要再說，兩名執金吾已經上前，竟是把楚昭給叉了出去。

朝中重臣哪個不是人精？馬上明白太子和五皇子這次明爭暗鬥，皇上竟然這麼不給昭王面子，太子可是占盡了上風。

直到早朝結束，楚昭還是一個人孤伶伶跪在原處。

「昭兒還在殿外跪著？」聽完執事太監的話，楚琮一愣。這孩子今日是怎麼了？竟是這般固執？

沈思片刻，轉向旁邊繡墩上略側著身子坐著的安家家主安雲烈。「安卿，昭兒的話，你怎麼看？」

自年輕時，安雲烈就跟著楚琮南征北戰，兩人之間早已是亦君臣、亦良友，最難得的是不論皇帝如何寵信，安雲烈都是謹守本分，從不會有踰矩之舉。加上十幾年前，安雲烈的獨子安錚之又為救駕而死……

也因此，楚琮對安雲烈信賴有加，無論什麼事都願意聽聽安雲烈的意見。

「祈梁之事，老臣並未經手。」安雲烈想了想道：「只是老臣以為，兩國和平卻是國家大事，若沒有真憑實據，還是多加謹慎些為好。只是昭王爺所慮也不是全無道理。」

楚琮深深瞧了安雲烈一眼，很是無奈道：「雲烈，你怎麼也學得那般酸腐夫子的模樣？朕是向你問計，可不是聽你這般誰都不得罪的滑不溜丟回答。」

安雲烈忙起身。「皇上息怒。不然，臣也到邊關走一趟，畢竟無論是要和還是要戰，都絕不可輕忽。」

楚琮臉上這才露出滿意的神色。

「好，就有勞愛卿了。」

楚晗回到自己東宮居處，卻很是坐立不安。

明明容文翰凱旋是對楚昭最有幫助的，怎麼他卻如此反對？難道竟然是察覺了自己和祈梁太子的計劃？

正沈思間，一隻信鴿忽然飛進房間。

楚晗愣了一下，忙捉住信鴿，伸手解下紙條。

萱草商號大掌櫃去了邊關。

看著手中的字條，楚晗一愣。怎麼會，這麼巧？萱草商號竟會在這樣的敏感時刻突然跑到天寒地凍的邊關，再連上楚昭的反應……難道又是萱草商號從中作祟？

楚晗重重哼了聲。一個商號罷了，竟敢和自己作對，果真不知死活！

「不惜一切截殺萱草商號所有人等。」

一道密令悄無聲息地從太子東宮送往邊關……

「前面到了哪裡？」霽雲顧不得擦額頭上的汗水，扭頭大聲問阿遜。

「已是到了奉元。」阿遜愛憐地幫霽雲拭去額頭上的汗，本想勸她再休息一下，卻明白霽雲現在是思父心切，根本不會聽自己的，只得嘆息一聲，單手抱起她，用一條新的柔軟坐墊換下了已經被汗水浸透的。「這樣晝夜兼程，最遲兩天後，我們應該就能趕到虎牢關。」

「嗯。」霽雲點頭，知道阿遜心疼自己，伸手重重握了阿遜一下。「阿遜放心，我沒事的。」

阿遜苦笑著搖頭。還說沒事，兩條大腿都磨破了，每日裡若不是自己抱著，怕連上下馬都無法……

正自出神，忽覺旁邊有異。

「雲兒！」

阿遜一把抱住霽雲，抬劍一格，一枝雕翎箭一下被斬成兩段。

那匹玉雪獅子驄受驚之下，一抬腳就衝了出去。

阿遜忙把霽雲圈在懷裡，又快速觀察周圍地形，心裡不由一緊。

他們正在一個之字形的峽谷裡，兩邊崖壁高聳，峽谷中灌木因是冬日，早已光禿禿一片，竟是連個遮擋身形的地方都沒有！幾個人分明是最好的箭靶，好在峽谷已經即將到盡頭，若是加快速度，要衝出去應該也是有幾分把握。

能離開這峽谷，活命的機會就增加了一半。

他狠狠一鞭抽在馬屁股上，馬兒怪叫了一聲便開始揚蹄疾奔。

山路雖濕滑，好在幾人的馬匹都是萬中挑一的寶馬良駒，瞬間便跑出一丈多遠，幾人方才站立的所在，頓時躺了一片明晃晃的雕翎箭，更可怖的是，那箭頭上竟然都是青汪汪的，明顯是淬了劇毒。

阿遜心裡又急又怒。到底是誰？竟是鐵了心腸要自己等人的性命！

他低喝一聲：「雲兒，抱著我！」

霽雲伸出雙手緊緊抱住阿遜的腰。

阿遜騰出手來，伸手從懷裡掏出銀針朝後一甩，銀針飛回，竟是捲回了數枝毒箭，他瞧也不瞧便朝著兩邊山坡振臂急甩。

「呀！」頓時有悶呼聲傳來。

那箭雨明顯頓了一下。

「少爺好厲害。」李虎歡呼一聲，話音未落，旁邊引路的嚮導老路忽然撲通一聲從馬上栽了下來，卻是後心處正插著一枝毒箭。

幾人臉色大變，再不敢多言，忙催馬繼續前行。

阿遜護著霽雲跑在最前面，後面依次是李虎和二牛，十二則斷後。

眼看幾人就要跑出山谷，埋伏的人明顯急了，那毒箭更如急雨般鋪天蓋地而來，霽雲把頭埋在阿遜懷裡，也能聽到宛若下雨的聲音。

阿遜的身形猛地一僵。

「少爺！」後面的李虎急促地叫了一聲。

霽雲一愣。難道是阿遜受傷了？忙要抬頭去看。「阿遜……」

阿遜繃緊的身體隨即緩和了下來，沈穩的聲音隨之在頭頂響起。「我沒事。咱們馬上就可以出谷了。」

李虎抬手狠狠搭開又一枝箭，嘴唇咬得幾乎能滲出血來。

夾雜在毒箭中的，竟有一枚小巧的飛刀，那飛刀力道太大，竟是直直沒入了少爺的後背！

有人一定要置少爺於死地——

好在，前面終於出了峽谷，但隨著撲通幾聲響，幾人的坐騎先後倒斃。

「阿遜。」霽雲臉色蒼白地從阿遜懷裡探出頭來，焦灼地檢查他。「阿遜，你怎麼樣，快讓我看看有沒有傷到？」

「沒有。十二，處理一下你的傷。」阿遜答得快，緊緊捉住霽雲的手。「我們快走，追兵馬上就來了。」

話音未落，後面果然傳來一陣急促的馬蹄聲。

「十二受傷了？」霽雲一愣，剛要回頭去瞧，身子已經被阿遜抱起，頭也不回地往山上而去。

「十二——」二牛忽然驚叫出聲。

卻是十二邊向前疾跑邊一劍斬斷了自己的左臂。

李虎畢竟年齡小些，看十二如此，嚇得身子都僵了。倒是二牛馬上明白，那箭定是毒性厲害至極，十二才不得不斷了一條手臂。

「想跑？沒那麼容易！」前面忽然傳來一聲呼哨，卻是一群黑巾蒙面的勁裝男子突然擋住了眾人的去路。

阿遜也不說話，揮劍就衝了上去。最前面的男子臉色一變，忙要躲閃，卻還是晚了一些，被阿遜一劍捅了個透心涼。

十二和李虎、二牛幾個也衝上來，心裡明白，後面的敵人馬上就追來了，若是任這些黑衣人會合，他們的處境必然更加不堪！

許是沒想到一路奔逃之下，阿遜等人竟還如此悍勇，黑衣人頓時有些慌了手腳，又被阿遜砍掉幾顆頭顱後，包圍終於被撕開了一道口子，幾個人衝了出去，又往前疾跑了一段，李虎忽然摔倒在地。

原來，剛才廝殺時，李虎被砍中左腿，現在終於支持不住。

幾人忙停下，不過這麼一耽擱，那些黑衣人竟再次追了上來。

「少爺，你快帶著小少爺走，我和二牛帶著阿虎很快就會趕上！」十二停住腳，聲音急促地對阿遜道。

「你們快走，不用管我！」李虎搖搖頭。自己傷了腿，只會拖累大家罷了。更重要的是別人沒看到，自己卻瞧得清楚，那柄飛刀現在還在少爺的身體裡。

「阿虎，不要任性。」二牛急急蹲下，粗聲道：「快，到我背上來！」

「不，二牛哥。」阿虎忽然一跺腳，朝著旁邊的山坡就滾了下去。「少爺，你們快走！」

「阿虎！」眾人大驚，眼前哪還有阿虎的身影？

「阿虎！」霽雲的淚一下流了下來。

「走！」阿遜猛地抱緊霽雲，掉頭繼續往山上疾奔，二牛和十二也紅著眼睛跟了上來。

霽雲死死地捂住嘴巴，才能讓自己不哭出聲來。

「不好！」阿遜忽然頓住腳，神情大變。卻是已經沒有了路，前面橫亙的分明是一個深不見底的懸崖。

「快追，在那裡！」那些黑衣人的聲音緊跟著傳來，看他們突然站住腳步，愣了一下，馬上明白過來，停下腳步，獰笑地瞧著他們。「別再跑了，這裡就是你們的葬身之地！」

旁邊忽然傳來一聲馬嘶，卻是霽雲的玉雪獅子驄從旁邊的叢林裡衝了出來，一直跑到霽雲和阿遜身邊站定，嘴裡噴著熱氣直舔霽雲的臉。

「少爺，你們快上馬，我和二牛擋住他們！」十二抽出寶劍，護在阿遜和霽雲身前。別的馬兒興許不成，可有玉雪獅子驄在，應該可以馱著兩位少爺到懸崖的那一邊。

「快，攔住他們！」那些黑衣人也馬上明白了十二的意思，頓時有些著慌。

又一陣噠噠的馬蹄聲傳來，竟是有更多的黑衣人追了過來。

「少爺，快走！」十二急道。

阿遜身形晃了晃，臉上已經隱隱有些青氣，知道此番劇烈廝殺之下，已經加速了毒素擴散。他一隻手托起霽雲放到馬上，另一隻手摸出幾枚霹靂彈分別塞給十二和阿牛。

「兩個人太重，雲兒先走，待會兒咱們趁亂——」

一句話未完，忽然一頭栽倒在地。

「阿遜！」霽雲大驚，跟著翻身滾下了馬。

眼看黑衣人已經來到近前，十二一咬牙，就甩出了一枚霹靂彈。二牛忙把阿遜送到馬上，又抱起霽雲放在後面，狠狠往馬屁股拍了一下。「少爺，坐好！」

玉雪獅子驄痛嘶一聲，一揚馬蹄便撒足疾奔。

「快追，別讓他們跑了！」最後一個黑衣人也打馬出了林子，厲聲道。

霽雲恰巧回身，正對上蒙面人狠戾的眸子。

這雙眼睛，自己好像在哪裡見過……

「我沒事……雲兒，妳先走。」身前的阿遜突然動了一下，看自己正躺在霽雲的懷裡，忙掙扎著要直起身子，卻被霽雲死死抱住。

「別動！」

霽雲深吸一口氣，牢牢摟住阿遜的腰。「要我放開你，除非我死——啊！」身子忽然猛地一晃，竟是從凌空飛起的玉雪獅子驄身上直直摔了下去！

「雲兒！」阿遜毫不猶豫地跟著一躍而下，一手撈住霽雲，另一隻手摸出懷裡的銀針，朝著對面的懸崖就射了過去。

隨著銀針沒入崖壁，兩人急速下墜的身形終於止住。

玉雪獅子驄已然到了懸崖對面，看到懸崖下不住晃蕩的兩人，頓時急得嘶鳴起來。

「雲、雲兒……」阿遜一陣昏眩，意識也一陣模糊，忙用力一咬舌尖。

隨著一口鮮血吐出，他的意識終於清醒了些，這才發現霽雲的後心處正插著一把飛刀，傷口旁的青氣讓阿遜明白，這把刀和自己身上那把一般，也是一把毒刀！

阿遜快速點了霽雲傷口旁幾處穴道，伸手輕輕一按，那把飛刀騰地飛了出去，霽雲疼得哆嗦了一下，嘴裡輕輕叫了聲「阿遜」便再無聲息。

他呆了一下，但銀針的線太細，又承載著兩個人的重量，那絲線已經完全沒入了阿遜的手掌，鮮血順著絲線，很快浸濕了他的肩頭。

他卻完全不顧痛得好像就要斷掉的手掌，反而低下頭，對準傷口快速地吸了起來。

聽得上面打鬥聲越來越近，阿遜的意識也越來越模糊。

「少爺！」十二的驚叫聲忽然從上面傳來。很明顯，兩人已經退到了懸崖邊，而且發現了懸崖下吊著的兩人。

「喲，還真是命大呀！」一個黑衣人獰笑一聲。「準備弓箭。」

「雲兒，妳一定要……好好的……」

阿遜深吸一口氣，腳猛地一蹬崖壁，身子盪起的同時，把手裡的霽雲朝著對面就扔了過去，勒著手掌的絲線也同時斷為兩截。

雲兒，是不是阿遜太壞了？所以老天才要懲罰我離開妳？真不想死啊，可我更不想妳死……

意識越來越混亂，隱約中，崖上探出一個人。

那人瞧著急速下墜的阿遜，慢慢解下臉上的黑巾，嘴角浮起一抹輕蔑的笑。

謝莞，是你……

——未完，待續，請看文創風284《掌上明珠》2

文創風 248-250

芳草扶疏雁南歸

全套三冊

未來公公是上一代戰神，
親爹是這一代戰神，準夫婿是下一代戰神，
有三代戰神從旁護持，你敢惹她?!

擅寫甜寵文．深情入你心 ／月半彎

上一世的姬扶疏，作為神農山莊最後一位傳人，她受盡寵愛。
這一世重生為陸扶疏的她，成了爹和二娘認定的掃把星，
小小年紀就和大哥被送到這貧瘠得草都不長一根的小農莊，
雖然過著自己吃自己的生活，但她卻快樂似神仙！
這世她不想情情愛愛，只想低調過日，
偏偏老天爺讓她遇見前世自己救過的那個小不點兒楚雁南，
竟已長成驚天地、泣鬼神的絕世美男，還對她疼寵得不行，
意外露了一手本事也攪亂了她平靜的日子……

前世，當她是小菜一碟處理了，
這世，她教你懂得——什麼叫高人不好惹！

大氣磅礴、情意纏綿，千百滋味盡在筆下／月半彎

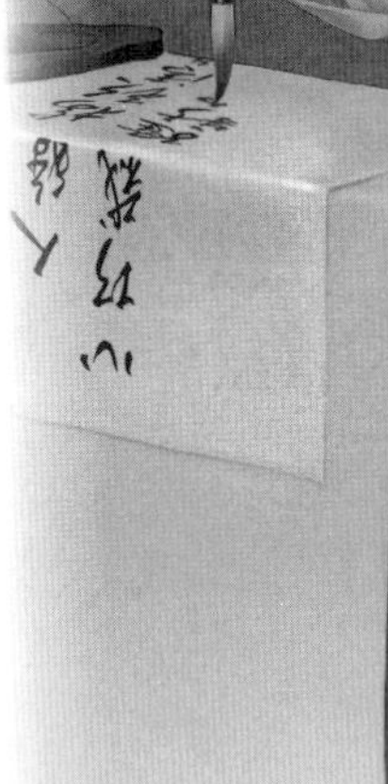

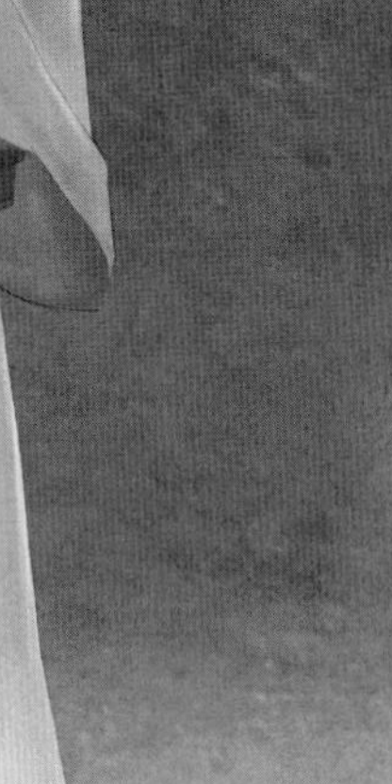

2015年4月出版

掌上明珠

前生被母親所誤，她仇恨父親，錯愛他人，
最終落得一切盡毀，如今她既然有機會再活一次，
她不但要當父親的乖女兒，更要那些人償還欠她的人生！

文創風 283 1

母親的恨意毀了她的前生，令她性格乖僻、痛恨父親，落得家破人亡，
但父親始終護著她，至死，她終於徹底醒悟——原來她便是母親的報復！
萬幸上天憐惜，讓她重生回到母親臨終前，一切還未明之時；
這一生，她既然領先一步，便要扭轉自己和父親的結局，
首先便是先收服那個莫名恨她，而後又致她於死的神祕黑衣男子，
只是這一步才踏出，怎麼發展卻大大超出她預料，
難道既定的事件被她改變，局勢便失控了……

文創風 284 2

雖是重生，但她仍是處處危機，幸而身邊有「阿呆」陪伴，
這「阿呆」原來本姓謝，也是大有來歷，卻被那神祕男子留在自己身邊；
也因他才能過人，而她聰明伶俐，兩人開了商號，竟也混得風生水起，
只是她終究心繫父親容文翰，想起前生如何地傷害最疼愛自己的父親，
如今情勢即將走到父親落入奸人陷阱的時刻，
她怎麼也坐不住，左思右想，決定改扮男裝，前往邊關尋父！
只是即便有阿呆和隨從護衛，一路上仍是險象環生，
甚至面臨生離死別，究竟是誰非要置他們於死地……

文創風 285 3

謝爾遜從來視身分家世如無物，無論是謝家子弟或是安家孫子，
他一心一意想陪著容霽雲，她要上天下地、做什麼事情都行，
只要她讓他伴著，刀山火海他也陪她一起去；
可她遲早要回歸容氏本家，甚或可能是容家下一任當家，
她如此高貴，他又怎能委屈了深愛的她……
而他身分未定，又身不由己地被五皇子捲入皇室鬥爭，
他與她之間，似乎越來越難有平靜相守的時刻，
這條情路，又會因朝廷風雲掀起怎樣的風波……

文創風 286 4 完

兩人認祖歸宗又心意互許，本該是好事一件，
但因身為當朝三大家之一，這段姻緣自然礙了別人的眼……
而太子在五皇子的對抗之下，野心越來越大，也引起皇上的疑心；
朝堂之上，風雲暗湧，容霽雲和父親小心翼翼、如履薄冰，
甚至放棄眼前的權勢與名聲，只為換得皇上的安心、容家的安全，
卻沒想到太子的野心之大，竟想弒君登基！
她重生以來拚命守護的一切，終究還是要面臨破滅的一刻嗎……

為流浪貓狗加油 和貓寶貝 狗寶貝 廝守終生(一定要終生喔！)的幸福機會

對人來說，貓寶貝狗寶貝只是生活的一部分，但妳（你）對牠們來說，卻是生活的全部，領養前請一定要考慮清楚——

▲ 溫厚純真的步步

性　　別：小女孩
品　　種：米克斯
年　　紀：約5個月大
個　　性：活潑親人
健康狀況：已驅蟲，已施打第一劑十合一疫苗
目前住所：嘉義縣

本期資料來源：台灣認養地圖

『步步』的故事：

寒冷的冬天，不滿一歲的小步步被媽媽遺棄在路旁。冷風呼呼地吹，空氣冰涼，我們南華大學狗狗GOGO志工隊的成員們就見步步瑟縮在路邊，顫抖著身體，一副徬徨無助的模樣，不忍心之下，於是把牠帶回學校照顧。

步步有著淺褐和白色的斑紋，看起來便是很乖巧樸實的孩子，而實際上牠也十分可愛。圓圓的眼睛水汪汪的，當牠注視著你時，你完全能從單純的目光看到牠對你全然的信賴；而且步步表達愛也不遺餘力，一旦喜歡了就會黏著人不放，乖乖地、憨厚地跟在你後頭到處趴趴走。

除了親人的個性之外，步步更是個活潑的女孩。牠喜歡和人一起運動，小跑步追著人，歡快地邁動四肢，甚至牠還有一招很強的爬牆功。這個厲害的特殊技能，每次看到牠展現，總會讓人忍不住為牠的可愛好動笑出聲來。

目前住在校園裡的步步，因為志工隊成員畢竟都還是學生，沒有足夠的經濟能力可以長久照顧牠，所以希望牠能找到愛牠的主人，擁有一個溫暖幸福的家庭。步步還沒結紮，但結紮費志工隊願意支付，如果你想給這個可愛女孩一個家，歡迎聯絡0952125676、supersmilebubi@gmail.com (洪小姐)，0923589117、cherry84820@yahoo.com.tw (王小姐)、0986382922、recluse0713@yahoo.com.tw (官小姐)。謝謝！

認養資格：

1. 認養者須年滿20歲，有獨立經濟能力，並獲得家人與同住室友的同意。
2. 非學生情侶或單獨在外租屋的學生，須能提出絕不棄養的保證。
3. 須同意送養人日後之追蹤探訪。
4. 領養者需有自信對步步不離不棄，把牠當家人，愛護牠一輩子。

來信請說明：

a. 個人基本資料：姓名、性別、年齡、家庭狀況、職業與經濟來源等。
b. 想認養「步步」的理由。
c. 過去養寵物的經驗，及簡介一下您的飼養環境。
d. 若未來有當兵、結婚、懷孕、畢業、出國或搬家等計劃，將如何安置「步步」？

文創風
283

掌上明珠 1

國家圖書館出版品預行編目資料

掌上明珠 / 月半彎著. --
初版. -- 臺北市 : 狗屋, 2015.04
冊 ; 公分. --（文創風）
ISBN 978-986-328-440-6（第1冊：平裝）. --

857.7　　104002901

著作者　月半彎
編輯　張蕙芸
校對　黃薇霓　周貝桂
發行所　狗屋出版社有限公司
地址　台北市104中山區龍江路71巷15號1樓
電話　02-2776-5889～0
發行字號　局版台業字845號
法律顧問　蕭雄淋律師
總經銷　知遠文化事業有限公司
電話　02-2664-8800
初版　2015年4月
國際書碼　ISBN-13　978-986-328-440-6
原著書名　**《重生之掌上明珠》**，由北京晉江原創網絡科技有限公司授權出版

定價250元
狗屋劃撥帳號：19001626
網址：love.doghouse.com.tw　E-mail：love@doghouse.com.tw